JN241834

Prawiek i inne czasy

Olga Tokarczuk

プラヴィェクとそのほかの時代

オルガ・トカルチュク

小椋彩 訳

東欧の想像力

16

松籟社

プラヴィエクとそのほかの時代

PRAWIEK I INNE CZASY

by

Olga Tokarczuk

Translated from Porish into Japanese by Hikaru Ogura

【目　次】

プラヴィエクとそのほかの時代

プラヴィエクの時

プラヴィエクは宇宙の中心にある。

プラヴィエクを急ぎ足で歩けば、北の端から南の端まで一時間。東から西もおなじくらい。もし、プラヴィエクをぐるりと回るなら、なにもかもいちいちじっくり眺め、考えごとをしながらゆっくり歩いて、まる一日、つまり、朝から晩までかかる。

プラヴィエクの北の境界は、タシュフからキェルツェにはしる道、これは車が多くて危ない道で、だから旅をするには不安になる。この境界を護っているのは、守護天使ラファウ。

南の境界の目印はイェシュコトレで、ぬかるんだ市場をかこんで、教会と、老人ホームと、石造りの背の低い家々が建っている。この村は危険だ、というのも、占領したい気分になるし、占領されたい気分になるから。プラヴィエク側からここを護っているのは、守護天使ガブリエル。

南から北まで、イェシュコトレからキェルツェの道までを国道がはしり、プラヴィエクは、その両側にひろがっている。

プラヴィエクの西の境界には、川に沿って湿っぽい牧草地と、ちいさな森と、屋敷がある。屋敷のわきには種馬の飼育場があって、ここの馬一頭は、プラヴィエクのいっさいとおなじだけの価値がある。馬の所有者は領主、牧草地の所有者は教区司祭。西の境界の危険は、うぬぼれに陥ること。この境界を護っているのは、守護天使ミハウ。

プラヴィエクの東の境界には**白い川**が流れていて、プラヴィエクとタシュフの土地とを区切っている。**白い川**はそれから製粉所のところで曲がり、境界だけがその先を、湿地を抜けて、ハンノキの茂みのあいだをはしっていく。こちら側の危険は、賢くなりたい気持ちから生まれる愚かさ。この境界を、守護天使ウリエルが護っている。

プラヴィエクの中心に、神は小山を創られた。そこには毎年、コガネムシの大群が飛んでくる。それで人びとはこの小山を、コガネムシの丘と名づけた。神の仕事は創ることで、人の仕事は名づけることだから。

北西から南に向かって**黒い川**が流れていて、製粉所のところで**白い川**と合流する。**黒い川**はふかくて暗い。森の中を流れていて、森の茂った顔を水に映している。乾いた葉っぱの船が**黒い川**をゆく。うっかり落ちた虫たちが、水のふかみでなんとか助かろうともがいている。**黒い川**は木の根をひっぱり、森の下草を洗う。ときには川の黒い水面に渦が巻く。川は怒ることも、奔放になることもできるから。毎年、春の晩（おそ）いころ、川は司祭の牧草地にあふれだし、そこで日光浴をする。カエルを数千匹に殖やす。司祭は夏中川と戦うが、毎年七月の終わりには、川は愛想よくいつものじぶんの進路に還る。

白い川は浅くて陽気だ。砂の川床にひろがり流れて、隠すべきものはなにもない。水は透明で、きれいな砂礫の底に太陽が反射している。それは、光輝く大きなトカゲを思わせる。ポプラの木立の間できらめき、やんちゃに湾曲してみせる。川の悪ふざけを予測するのはむずかしい。ある年にはハンノキの茂る島をつくったと思えば、十年もの間、木々にまったく寄りつかないこともある。**白い川**は木立と草原と牧草地を流れる。川は砂色と金に輝く。

水車小屋のところで、ふたつの川はひとつになる。はじめは川も決心がつかず、待ち焦がれていた近さにどぎまぎしながら、隣りあって流れている。それから互いに流れこみ、互いに見分けがつかなくなる。水車のもとで渦を巻き、まざりあった川は、もう**白い川**でもなければ、**黒い川**でもない。川は力づよく、パンのための粉を挽く水車を、やすやすと廻してくれる。

プラヴィエクはふたつの川と、その両方の欲望から生まれた三番目の川のほとりにある。製粉所で**黒い川**と**白い川**があわさって生まれた川は、**川**と呼ばれて、その先はしずかに、満ち足りて流れてゆく。

ゲノヴェファの時

一九一四年の夏、あかるい色の軍服を着た皇帝（ツァーリ）の兵が二人、馬に乗り、ミハウを訪ねてやってきた。ミハウはかれらがイェシュコトレの方から近づいてくるのを見た。熱風が二人の笑い声を運んできた。ミハウは粉で白くなった作業着を着て、家の敷居に立っていた。かれらがどんな用事で来たのか、わかってはいたが、待っていた。

「オマエハダレダ」かれらはロシア語で尋ねた。

「ミハイル・ユゼフォヴィチ・ニェビェスキ、トモウシマス」ミハウもロシア語でロシア式に答えた。

「ホラ、プレゼントダ」

ミハウは紙きれを受けとると、それを妻にわたした。それから妻は一日中泣きながら、ミハウを戦地にやる準備をした。妻はあまりに泣いたせいですっかり弱りはて、夫を橋まで見送るために家の敷居をまたいで出ることすらできなかった。

ジャガイモの花がぽとりと落ちて、そこにちいさな緑の実がなるころ、ゲノヴェファは、じぶんが妊娠したと確信した。指を折って月を数えてみると、五月の終わりの、最初の草刈りに思い当たった。あのときにちがいない。すぐにミハウに教えてやれないのが、悲しくてしかたなかった。もしかしたら、日に日に膨らむお腹は、ミハウが帰る、帰ってくるにちがいないという、なんらかの徴かもしれなかった。ゲノヴェファ自身が製粉所を切りまわした。ちょうどミハウがそうしたみたいに。職人たちをしっかり見張り、小麦を運びこむ農民たちに受取証を書いた。石臼を動かす水音や、機械のうなりに耳をすませた。彼女の髪やまつ毛には白い粉が降りかかり、夜、鏡の前に立つと、そこに老婆がいるように見えた。老婆はそれから鏡の前で服を脱ぎ、自分のお腹をよくしらべる。ベッドに身体をよこたえても、枕や毛の靴下があったところで、身体はちっとも温まらない。人は夢の中に入るときは、水の中に入るみたいに片足ずつ入るものだから、なかなか寝つけない。そういうわけで彼女には、祈る時間はたくさんあった。父なる神への祈りから始めて、「アヴェ・マリア」につづき、最後までとっておくのは、大好きなじぶんの守護天使へのまどろむような祈り。彼女は天使にミハウの無事を祈った。戦場では、一人分の守護天使では足りないかもしれないから。祈りのあとは、戦場を思いうかべる。それは、単純で貧困な空想だった。ゲノヴェファはプラヴィエク以外の世界を知らなかったし、土曜日にシュロムの店で飲んできた酔っ払いたちの広場での喧嘩のほかは、戦いの場を知らなかったから。男たちは互いの上着の裾をつかんで相手を地面に引き倒し、ぬかるみの中を、真っ黒に汚れた哀れな姿でころげまわった。だからゲノヴェファは戦争を、ぬかるみや水たまりの中で、ゴミにまみれる取っ組み合いみたいなものだと想像した。腕一振りですべてが決まる、喧嘩みたいなものなのだと。だから、戦争がこんなに長くつづくことに、彼女はおどろいていた。

ときどき、町へ買い物に行くと、人びとの会話に耳をかたむけた。

「皇帝(ツァーリ)はドイツより強いよ」という人がいた。

あるいは、

「クリスマスには戦争は終わる」と言うのも聞いた。

でも戦争は、クリスマスには終わらなかったし、そのあと四回クリスマスが来ても終わらなかった。

クリスマスの直前、ゲノヴェファはイェシュコトレまで買い物に出かけた。橋をわたっているとき、川に沿って少女が歩いているのが見えた。みすぼらしい身なりに、裸足だった。むきだしの足は勇敢に雪を踏んで、ちいさくて深い足跡を残した。ぶるっと身震いすると、ゲノヴェファは立ちどまった。少女を見おろしながら、手さげ袋に、彼女にあげるコペイカを探しだした。少女が顔をあげ、ふたりの目があった。硬貨が雪にぽとりと落ちた。少女は微笑んだ。でもその微笑みには、感謝も好意もなかった。大きくて白い歯がこぼれ、緑の目が光った。

「あげるわ」ゲノヴェファが言った。

少女はしゃがむと、雪からそっと硬貨をつまみあげた。そしてくるりと踵(きびす)を返すと、ひと言もなく立ち去った。

イェシュコトレは、まるで色を奪われたみたいだった。いっさいが、黒と、白と、灰色だった。市場の広場に男たちが、群れを成して立っていた。戦争の話をしていた。町は破壊され、家財道具はおもてにばら撒かれ、人びとは銃弾の中を逃げ惑い、兄が弟を探している。いったいどちらが悪いのか、だれにもわからなかった。つまり、ロシアなのか、ドイツなのか。ドイツ人たちは、目を刺すような毒ガスを使っている。あたらしく穀物が実るまでに、飢饉がおとずれるだろう。戦争は災厄の始まりにすぎない。そのあとに、べつの災厄がくる。

ゲノヴェファはシェンベルトの店へ、店の前の雪を溶かす馬糞の山を避けて近づいた。ドアに打ちつけられたベニヤ板には、以下のように書かれていた。

薬局
シェンベルト＆Co.
お取扱いは
最高級品のみ
洗濯石鹸
リネン用染料
小麦粉糊と米糊
油、蠟燭、マッチ
殺虫粉

「殺虫粉」という言葉を見て、彼女は突然、気分が悪くなった。ドイツ人たちが使っている、目を刺すようなあのガスのことを考えた。シェンベルトの粉を振りかけられたら、ゴキブリもおなじように感じるのかしら。吐き気をおさめるため、彼女は何回か深呼吸しなくてはならなかった。

「いらっしゃいませ」歌うような声で、臨月を迎えた若い妊婦が出迎えた。彼女はゲノヴェファのお腹を見て、微笑んだ。

ゲノヴェファは、灯油とマッチと石鹸、それに、あたらしい床掃除用のブラシをたのんだ。彼女は指で、するどいブラシの毛をたしかめた。

「クリスマスまでにきれいにしようと思って。床磨きとか、カーテンの洗濯とか、暖炉掃除とか」

「うちももうすぐ祝日ですわ。奉献の祭り（ハヌカー）。プラヴィエクからいらしたんでしょう？ 製粉所の方ね。存じていますわ」

「ではもう、お互い知りあいね。おたくはいつ？」

「二月に」

「わたしも二月よ」

シェンベルト夫人は売り台の上で、灰色の四角い石鹸を包みはじめた。

「こんな戦争のさなかに出産だなんて、なんてばかなんだろうって思いません？」

「神さまの思し召し……」

「神さまね……有能な会計係だわ、「貸付金」と「残高」をちゃんとご覧になっている。バランスがだいじね。去るものがあれば、生まれるものあり……おだやかな顔をされているから、たぶん、お子さんは男の子ね？」

ゲノヴェファはバスケットをもちあげた。

「女の子がほしいの。夫が戦争に行っているから。男の子は父親がいないとちゃんと育たないわ」

シェンベルト夫人は売り台の内側から出て、ゲノヴェファをドアまで見送った。

「みんな娘がほしいわ。もしみながいっせいに女の子を産みはじめたら、世界は平和なのに」

ふたりは大声で笑った。

ミシャの天使の時

天使はミシャの誕生を、産婆のクッメルカとはまったくちがうふうに見た。そもそも天使はいっさいを、まるでちがうふうに見る。天使は世界を、物理的な形を通して知覚するのではない。世界は物理的な形をまとって生滅をくりかえすけれど、天使が見るのは、形の意味や、その魂だ。

神がミシャに遣わした天使が見たのは、苦痛のためにのたうちながら、ぼろきれみたいに小刻みに震える身体で、それは、ミシャを産みつつあるゲノヴェファだった。一方、ミシャを天使は、みずみずしくてあかるい、空っぽの空間として見た。ここに、一瞬ののち、目覚めたばかりの魂があらわれようとしていたのだ。赤ん坊が目をあけたとき、守護天使は全能の存在に感謝した。そして、天使と人のまなざしが初めて出あい、天使は、肉体を持たない天使にできる限りのやりかたで、ぶるっと身を震わせた。

天使は産婆の背後から、ミシャをこの世界にとりあげた。ミシャの生きる空間を清め、ほかの天使や全能の神にミシャをお見せした。天使の、肉体のない唇はささやいた。「見て、見て、わたしのもとにきたかわいい魂」天使は、このうえない天使的なやさしさと、愛ある共感でみたされていた。それらは、天使たちが感じることのできる唯一の感覚だ。本能も感情も必要も、神は天使にお与えにならなかった。もしもそれらを与えられていたら、霊的な存在とはならなかっただろう。天使にそなわる唯一の本能は、共感の本能。天使にそなわる唯一の感覚は、尽きることない、まるで天空のようにおもたい共感。

天使はつぎにクツメルカを見た。産婆は赤ん坊に産湯をつかわせ、やわらかいフランネルでその身体を拭いてやっていた。それから、力を出しきり充血しているゲノヴェファの目を見た。

天使は出来事を、流れる水を見るように見ていた。出来事じたいに興味はなかった。それにはちっとも惹かれない。なぜならそれがどこから流れてどこへいくのか、始まりと終わりを知っていたから。天使は出来事の流れを見ていた。似ていることと似ていないこと、時間的に近いことと離れていること、因果関係のあることと、まったく関係ないこと。でも、それすらも、天使にとっては意味がなかった。

天使にとって、出来事は、ある種の夢か、始まりも終わりもない映画みたいなものだった。天使は出来事に参加できないし、そこからなにか得る必要もない。人は世界から学ぶ。出来事から学ぶ。世界とじぶん自身についての知識を得る。出来事自体にじぶんを映す。じぶんの限界と可能性を知り、じぶんのために、ものを名づける。でも、天使は外からなにもとらない。すべて、じぶんの中から知る。世界についての、じぶんについてのいっさいの知識は、すべてじぶんの中にある。そういうふうに、神は天使を創られた。

天使には人間のような知性はない。結論を出さないし、判断もしない。論理的に考えない。天使のことが、愚かに見える人もいるかもしれない。でも、天使たちには智慧の木の実が、シンプルな予感だけがそれを豊かにすることのできる、純粋な知識というものが、初めからそなわっている。それは理屈のない精神。それに、天使にはまちがいもなくて、まちがいから生じる恐れもない。天使にあるのは、誤った知覚がもたらす偏見のない知性。でも、神が創られたほかのすべてのものとおなじく、天使もまた、きまぐれだ。どうしてミシャが必要とするとき天使がしばしば不在だったのか、これで説明がつく。

ミシャの天使は、ミシャのそばにいないとき、この地上から視線をそらして、べつの天使や、べつの世界を見たりしていた。つまりこの世のあらゆるもの、あらゆる動物と植物とに割り当てられた、上の世界や下の世界を。天使には巨大な建物の階段が見えた。とてもふしぎな建造物で、中に八つの世界がある。それに、創造に没頭する創造主も見えた。でも、ミシャの天使が主の顔を目にしていた、と思うのはまちがいだ。天使に見えるものは、人間よりも多いとはいえ、ぜんぶではないのだから。

ほかの世界から心をもどして、天使はようやく、ミシャの世界に集中した。それはほかの人びとや動物たちの世界に似て、暗く、苦しみにみちていて、まるで浮き草の生い茂る濁った沼のようだった。

クウォスカの時

ゲノヴェファがコペイカをあげたあの裸足の少女は、クウォスカだった。

クウォスカはプラヴィエクに、七月か八月にあらわれた。人びとが彼女に「ちいさな穂」を意味することの名をつけたのは、彼女が収穫後の畑から麦穂を集めて、じぶんのために炙っていたからだ。それから、秋には、ジャガイモを盗んだ。十一月、畑がすっかり空っぽになると、クウォスカは旅籠屋で過ごした。ときどきだれかが彼女の前にウォッカを置き、ときどきだれかが脂身をつけたパンをひと切れ与えた。でも人びとは、なにかをただで、無償で、とくに宿屋で与えることには、あまり乗り気でなかった。それでクウォスカは、じぶんの体を売りはじめた。彼女はウォッカでかるく酔い、体を温めてから、男たちと出かけていき、輪っか状に連ねたソーセージと引き換えにじぶんを与えた。このあたりではたった一人の、若くてたやすい女だったから、男たちはみな彼女のまわりを犬のようについてまわった。

クウォスカは大柄で、でっぷりしていた。金髪で、陽に当たったことのないあかるい肌色をしていた。いつも人の顔を、神父の顔さえも、不作法にのぞきこんだ。目の色は緑で、片目がなんとなく斜視だった。クウォスカを茂みに連れこむ男たちは、いつもそのあと、なんとなく気まずい思いをした。ズボンのボタンを急いでかけると、顔を赤らめ、蒸し暑い酒場にもどっていく。クウォスカはぜったいに、じぶんの上に男を乗せたがらなかった。彼女は言った。

「なんであたしがあんたの下なの？　あんたとあたしは平等なはずよ」

彼女は、木か、居酒屋の木の壁によりかかり、スカートをじぶんの肩までまくりあげるのが好きだった。彼女の尻が、暗闇で、月のように輝いた。

こうしてクウォスカは世界を学んだ。

学ぶことには二種類ある。外側からと、内側から。前者は後者よりすぐれている、あるいは唯一の方法だと考えられている。だから人は、遠い旅や、なにかをじっと見ることや、読むことや、大学や、講義を通して学ぶ。つまり、じぶんの外側で起こっていることから学ぶのだ。人は愚かな存在だから、学ばずにはいられない。だから人は、知識をじぶんにくっつける。ミツバチみたいにぐんぐん集める。もっともっと蓄えて、それを利用し、加工する。でも内側にある、〝愚かな部分〟は、これも学びはするけれど、結局は変わらないものだ。

クウォスカは、外側を内側にとりいれることで、学んだ。

人をただ覆うだけの知識は、人の中に、なにも変化をもたらさない。あるいは、もたらしたとしても、それは上っ面の、見かけだけのことで、服を着替えるようなものだ。でも、じぶんの内側にとりいれて学ぶ人は、たえまなく変わりつづける。学んだことが、じぶんをかたちづくるのだから。

そういうわけでクウォスカは、じぶんのなかに、プラヴィエクやその周辺の、臭くて汚い農夫たちを受けいれて、じぶん自身が彼らになった。彼らみたいに酔っぱらい、彼らみたいに戦争に怯え、彼らみたいに興奮した。それればかりか、酒場の裏の茂みで彼らを受けいれながら、クウォスカは、彼らの妻たちや子どもたちを受けいれていたし、コガネムシの丘の周辺にある、蒸し暑くていやなにおいのする、彼らのちいさな木の家も受けいれていた。ある意味、彼女は、じぶんのなかに、村全体と村にある痛みのいっさいを、望みのいっさいを、受けいれていたのだ。

これがクウォスカの大学だった。卒業証書は、膨らんでいくお腹だった。

クウォスカの運命について耳にしたポピェルスカ夫人は、彼女をじぶんの屋敷に連れてくるように命じた。夫人はクウォスカの大きなお腹をながめた。

「あすにも生まれそうね。これからどうして暮らしていくの? わたしが裁縫と料理をおしえてあげる。洗濯屋でだって働けるわよ。ひょっとしたら、ぜんぶうまくいって、赤ちゃんといっしょに暮らせるかもわからないわ」

ところが、この少女のよそよそしくて厚かましいまなざしが、屋敷の絵画や家具や掛物を無遠慮に眺めまわすのを見たとき、夫人の心は揺らぎはじめた。そして、そのまなざしが、夫人の無垢な息子たちや娘たちの顔をよこぎったとき、夫人の口調は変化した。

「困っている隣人を助けるのはわたくしたちの義務です。でもそれは、隣人が助けをもとめてきたら、の話よ。わたくしは、まさに、そういう援助をしているの。イェシュコトレに、わたしの運営する施設があります。そこに赤ん坊を預けなさい。清潔で、いいところだわ」

「施設」という語が、クウォスカの注意を引いた。彼女は夫人を見た。それでポピェルスカ夫人は、すっかり自信をつけてしまった。

「収穫までのあいだ、わたくしは着るものと食事を施します。みな、おまえにはここにいて欲しくないと思ってるの。面倒を起こすし、風紀は乱すし。ほんとにだらしない女よ。ここから出ていきなさい」

「どこにいようと、あたしの勝手じゃない？」

「ここにあるものはすべて、わたくしのものよ。わたくしの土地に、わたくしの森だわ」

クウォスカは、白い歯を見せて、にっと笑った。

「ぜんぶあんたのものだって？　あんたったら、みじめったらしい、ちびでがりがりの雌犬……」

夫人の顔がけわしくなった。

「出ておいき」と、夫人は静かに言った。

クウォスカはくるりと背を向けた。裸足の足音がぺたぺたと寄木細工の床を歩くのが聞こえた。

「この売女が」クウォスカに向かって、屋敷の掃除係のフラニョヴァ夫人が吐きすてた。彼女の夫は、この夏、クウォスカのところにいりびたっていた。掃除係は、クウォスカの顔を平手でぶった。

ふらふら左右に揺れながら、クウォスカが粗い砂利の車道をわたるとき、屋根の上にいた大工たちが、彼女に向かって口笛を吹いた。彼女は応えてスカートをまくり上げ、男たちに、なにも履いていない尻を見せてやった。

彼女は公園の手前で立ち止まり、どっちへ行こうか考えた。

右に曲がればイェシュコトレ、左に曲がれば森。そして森に行くのがいいという気がした。木々のあいだを歩きはじめてすぐ、あらゆるもののにおい方がちがうことに気がついた。においは、よりつよく、よりはっきりしていた。彼女は、ヴィディマチュの空き家を目指して歩いた。そこでときたま夜を過ごしたことがあった。その家とは、火事のあった集落の燃え残りだったが、いまとなってはそれも、森の植物に覆われつつあった。体の重みと熱のせいで腫れあがった彼女の足は、かたい松ぼっくりを踏んでも、なにも感じなくなっていた。川のそばで初めて彼女は、なじみのない痛みがじぶんの中にあふれだすのを感じた。恐怖がゆっくりクウォスカをとらえた。「もう死ぬ、あたしは死ぬんだ、だってだれもあたしを助けてくれやしないんだもの」ぞっとしながら、こう考えた。**黒い川**の真ん中に立つと、彼女はもはや一歩も前に進めないことがわかった。つめたい水が脚と下腹を洗っていた。川の中から、ウサギが見えたが、それもすぐにシダの茂みに隠れた。彼女はウサギがうらやましかった。木の根のあいだをくるくる泳ぐ魚が見えた。彼女は魚がうらやましかった。トカゲも見えたが、石の下にするりともぐりこんだ。そして彼女は、トカゲもうらやましかった。ふたたび、こんどは、もっとつよくて、もっと恐ろしい痛みを感じた。「死ぬんだ」彼女は思った。「いますぐ、いま死ぬんだ。お産がはじまる。でもだれも助けてくれない」川のほとりのシダの茂みによこたわりたかった。涼しさと暗さが必要だったからだが、全身の願いにさからって、彼女は先へと歩きつづけた。三度目の痛みがもどってきたとき、クウォスカは、もうじぶんに残された時間は長くはないと悟った。

　ヴィディマチュにある壊れかけた家は、四枚の壁と屋根からできていた。家の中では、瓦礫（がれき）がイラクサに覆われていた。かび臭かった。盲目のカタツムリたちが壁を這っていた。クウォスカはゴボウの大きな葉を数枚ちぎると、それでじぶんのベッドをしつらえた。ますますつよい、耐えがたい痛みが、波のようにふたたびおしよせた。もうもちこたえられないというある瞬間に、この痛みをじぶんの外に放つため、イラクサとゴボウの葉に投げだすため、クウォスカはなにかをしなくてはならないと理解した。彼女は歯を食いしばると、力みはじめた。「この痛みは、もときたところから出ていくのだろう」こう考えると、クウォスカはしゃがみこんだ。スカートをまくってみる。特別なものはなにも見えない。下腹の壁と太ももだけ。体はあいかわらずぴんと張りつめ、かたく閉じていた。クウォスカはそこを覗きこもうとしたが、じぶんの腹がじゃまをした。痛みに震えながら、手で、子どもが出てくるはずの場所に触れてみた。指先に、膨れあがった陰門と剛い陰毛を感じた。でも、会陰のほうは指先を感じなかった。クウォスカは、じぶんの体を見知らぬなにか、物であるかのように触れていた。

痛みはどんどんつよくなり、彼女の意識を苦しめた。考えが、まるでぼろ布みたいに引き裂かれた。言葉と概念はみじんに砕けて、大地に呑みこまれていった。いま産みつつある彼女の体は、膨れあがって、全権を握っていた。人の体は生きたイメージだ。それがいま、クウォスカの半ばうしなわれた意識を、ひたひたにみたしているのだった。

クウォスカは、じぶんが教会のつめたい床の上、聖像画の前で出産している気がした。彼女はだんだん静まっていくオルガンのうなりを聞いていた。それから、じぶん自身がオルガンになって、演奏しているような気がした。彼女のなかにたくさんの音があり、もしも願えば、すべての音をいっぺんに出すことができる気がした。じぶんがつよくて、全能のように感じた。ところが彼女のその全能を、蠅がぶちこわした。彼女の耳元を飛ぶ、紫色の大きな蠅のごくありふれた羽音が。あらたな力を伴って、痛みが彼女におそいかかった。「もう死ぬ、死ぬ」と、彼女はうめいた。そして「死ぬもんか、死ぬもんか」と、すぐにまたうめいた。汗はまぶたをはりあわせ、目にちくちくとしみた。彼女はしゃくりあげた。腕で体を支えると、絶望しながらいきみはじめた。そしてこのがんばりのあとに、安堵を感じた。なにかがぬかるんだ音を立てて、彼女の中から出ていった。クウォスカはいまや、ひらかれていた。ゴボウの葉の上にたおれこむと、葉のあいだに子どもをさがした。でもそこには、温かい水以外は、なにもなかった。それでクウォスカは力をふりしぼり、もういちどいきみはじめた。目をぎゅっとつぶって、いきんだ。大きく息を吸って、いきんだ。そして泣きながら、上を見た。腐りかけた梁(はり)のあいだに、雲のない空が見えた。そしてそこに、じぶんの子どもも見えた。子どもは危なっかしく身を起こすと、じぶんの足で立ちあがった。子は、かつてだれもそんなふうに彼女を見たことのないようなまなざしで彼女を見た。つまり、大きくて、得も言われぬ愛のこもったまなざしで。それは男の子だった。男の子が地面から小枝を拾いあげると、小枝はちいさなヘビに変わった。クウォスカは幸せだった。彼女は葉の上によこたわり、ふかい井戸のようなところへ降りていった。ひきかえしてきた思考が、意識の流れの向こう岸へとおだやかに、ゆうゆうと泳ぎわたっていた。「ということは、家には井戸がある。井戸の中には水がある。井戸に住もう、涼しいし、しめっぽいから。子どもたちは井戸の中で遊んでいる。カタツムリは目が見えるようになって、小麦は育つ。子どもに食べさせるものができる。子どもはどこ?」

彼女は目をあけ、時間が止まっていることに気がつき、ぞっとした。そしてどこにも子どもはいなかった。

ふたたび痛みがおそいかかり、彼女は叫びはじめた。あまりに大きな声で叫んだので、崩れかけた家の壁は震え、鳥はおどろき、牧草地で干し草を集めていた人びとは顔を見あわせ十字を切った。クウォスカは息がつまり、じぶんの叫びを飲みこんだ。そしてこんどは、じぶんにむかって、じぶんに対して叫んだ。彼女の叫びがあまりに力づよかったので、腹が動いた。クウォスカはじぶんの脚のあいだに、あたらしくて異質ななにものかを感じた。腕を支えに半身を起こすと、じぶんの子どもの顔を見た。子どもの目は、痛々しいほどにぎゅっと閉じられていた。クウォスカがもういちどいきむと、子どもが生まれた。がんばった全身を震わせながら、彼女は子どもを腕にとりあげようとした。でも彼女の手は、目に見えているその姿にはとどかなかった。安堵のため息をつきながら、彼女はどこか、闇の中へと身をまかせた。

気がつくと、じぶんの傍らに子どもがいた。ちぢこまって、死んでいた。彼女は子どもを抱いて、じぶんの胸を吸わせようとした。彼女の乳房は子どもよりも大きくて、痛いほどに、生きていた。その上を蠅が旋回していた。

午後中ずっとクウォスカは、死んだ子どもに乳房を吸わせようとしていた。夕方ちかく、ふたたび痛みがぶりかえし、クウォスカは後産をした。それからまた眠りにおちた。夢の中で、彼女は子どもに、母乳ではなく**黒い川**の水を飲ませていた。そしてそれは子どもではなく、人の胸の上に座って命を吸いだす悪霊だった。そして血を欲しがった。クウォスカの夢はますます不穏な、おもくるしいものになっていったが、どうしても目覚めることができなかった。夢の中に、樹木ほどもある大きな女があらわれた。クウォスカは彼女をはっきりと、顔や髪形や着ているものまで、ことこまかに見た。女は、ユダヤ人みたいな黒い巻き毛を垂らし、すばらしく表情ゆたかな顔をしていた。クウォスカは彼女をうつくしいと思った。クウォスカは女を全身で求めた。でもそれは、前からなじみの、腹の下、脚のあいだにある欲望ではなかった。クウォスカが女を求める気持ちは、体内のどこかから、お腹の上の、心臓に近いところから流れてきた。女はクウォスカの上にのしかかると、その頬をするりとなでた。クウォスカは女の目を間近に覗きこみ、そこに、いまだかつて知らず、考えたことすらなかったなにかがあるのを見つけた。「おまえはわたしのもの」巨大な女はこう言うと、クウォスカの首と、張った乳房をなではじめた。クウォスカの体の、女の指が触れたところは、祝福されて、不死になった。クウォスカはその愛撫に体のまるごとを、すみずみまでまかせていた。それから女はクウォスカを腕にとり、じぶんの胸に抱きよせた。クウォスカのひびわれた唇が、女の乳首をさぐりあてた。動物の毛のにおい、カミツレとヘンルーダのにおいがした。クウォスカは乳を飲みつづけた。

夢の中で雷がとどろき、ふいにじぶんが壊れかけた家の中、ゴボウの葉の上に寝ていることに気がついた。あたりは灰色だった。夜明けなのか、黄昏れなのかもわからなかった。ふたたび、どこか近くで雷鳴が響いたかと思うと、一瞬ののちに空から豪雨が降りはじめ、つづく雷の音をかき消してしまった。水は朽ちかけた屋根板から流れこみ、クウォスカの血と汗とまじりあい、熱っぽいその体を冷やし、飲ませ、食べさせてやった。クウォスカは水を天からじかに飲んだ。

日が昇ると、彼女はあばら家の前まで這い出て、そこに穴を掘りはじめた。そして、大地から、からみあった根をひっぱりだした。土はやわらかく従順で、まるで彼女の葬儀を手伝いたがっているみたいだった。平らに均さないままの穴に、彼女は赤ん坊をよこたえた。

クウォスカは長いこと、墓の土をなでていた。そして目をあげてあたりを見ると、すべてはまるでちがっていた。それはもはや、じぶんのまわりにとなりあって存在する、対象、物体、現象から成る世界ではなかった。クウォスカが見ているのは、あるひとつの塊、巨大な動物、もしくは巨大な人間の体、いろいろな形をとって成長し、死に、また生まれる体だった。クウォスカのまわりにあるのはひとつの体で、彼女自身もそのおおきな体の一部、巨大で、全能の、言いあらわせないほどに強力な体の、一部だった。動くたび、音を立てるたび、その力が姿をあらわした。そして体はただ望むだけで、無からなにかをつくり、なにかを無へと変えるのだった。

クウォスカは眩暈を感じて、背であばら家の壁にもたれかかった。ただ見ることが、まるでウォッカみたいに彼女を酔わせ、頭の中をかき乱し、お腹のどこかに笑いをおこした。いっさいは、いままでとおなじようだった。砂埃の道がちいさな緑の草原をよこぎってはしり、草原の向こうには、ハシバミに縁どられるようにして松林が茂っていた。そよ風が草と葉をさざめかせ、キリギリスがどこかで歌い、蠅が羽音を立てていた。ほかにはなにもなかった。それでもいま、クウォスカにはわかっていた。キリギリスがどうやって空とひとつになるか、森の道端のハシバミをなにが護っているのか。ほかにももっとわかっていた。いっさいを充たすあの力が見えた。その働きが理解できた。わたしたちの世界の、上と下とにひろがっている、いろいろな世界といろいろな時の見取り図が見えた。言葉では名づけられないものが、見えていた。

プラヴィエクの森に**悪人**があらわれたのは、まだ戦前のことだ。その類の人びとは、これまでだってその森にずっといただろうけれど。

始まりは春のこと、ヴォデニツァで、半ば土に還りかけたブロネク・マラクの遺体が見つかった。かれはアメリカに行ったものだと、みなが思っていた。タシュフから警察が来て、現場を検分し、遺体を荷馬車に載せて運び去った。警官はそれからも、何回かプラヴィエクに来た。でも、だからといってなにもわからなかった。犯人は見つからなかった。それから、森で怪しい人物を見たという人があらわれた。裸で、全身サルみたいに毛むくじゃらだったと。木々のあいだをすばやく走りぬけていったらしい。森に不審な痕跡を見つけたと証言する者も出てきた。地面に掘られた穴、砂地の道につけられた足跡、うち捨てられた動物の死骸。だれかが森で吠え声を聞いた。半分獣、半分人間のような、おそろしい叫び声だったという。

そこで人びとは、この**悪人**がいったいどこからやって来たのか、うわさしあうようになった。**悪人**は、**悪人**になる前はごくふつうの農民だったが、おそろしい罪（詳細はいっさい不明とはいえ）を犯したという話だった。

その罪がなんであろうと、かれは良心の呵責(かしゃく)に悩み、一睡もできなかった。心の声に苦しめられ、じぶん自身から逃れるうち、ついに森に安寧をみつけた。かれはこの森をうろつきまわり、とうとう道に迷ってしまった。太陽が空で踊っているように見え、それで方角を見失った。かれは、北へ向かう道がどこかに導いてくれるにちがいないと確信した。でもそのあと、北に向かう道を疑い、東で森がついに終わると信じて、東へと歩きだした。ところが東へ歩いているうち、疑いがふたたび頭をもたげた。かれはすっかり混乱し、まるで方向がわからなくなった。それから計画を変え、南に行こうと決めた。だが、南への道でまた疑わしくなり、すぐに西に向かって歩きはじめた。そしてそのときじぶんが、もといた場所に戻ってきたことがわかった。つまり、大きな森の真ん中に。そういうわけで、四日目、かれは世界の方角を疑った。五日目、じぶんの知性を信じるのをやめた。六日目、じぶんがいったいどこから来て、なんのために森に入ったのかを忘れた。そして七日目、じぶんの名を忘れた。

このとき以来、かれは森の獣に似てきた。ベリーやキノコで命をつなぎ、やがてちいさな動物を狩った。日を追うごとに記憶から、よりおおきな断片が拭い去られていった。**悪人**の脳は日増しにつるつるになった。かれは言葉を忘れた。なぜなら、使わなかったから。毎晩どんなふうに祈るのかも忘れた。火のつけ方と、使い方を忘れた。上着のボタンのかけ方や、靴紐の結び方を忘れた。子どものころから知っていた歌と、子ども時代のいっさいを忘れた。身近な人びとの顔を忘れた。母も、妻も、子どもの顔も。チーズや、調理した肉や、ジャガイモや、スープの味を忘れた。

忘却は延々とくりかえされ、ついに**悪人**は、森に来た時とはまるでちがう人間になった。**悪人**はじぶん自身ではなくなり、じぶん自身が何なのかについても忘れた。全身に毛が生え、生肉を食べるせいで歯は獣のそれのようにつよく白くなった。かれの喉（のど）からは、いまや耳ざわりなしゃがれ声、ブタがぶひぶひ鳴くような声が出た。

ある日、**悪人**は、森で小枝をひろう老人を見かけた。かれにとって人間は、まったく異質で、むしろ敵ですらあると感じた。そういうわけで**悪人**は、老人に近づき、かれを殺した。またあるときには、荷馬車に乗る農民に襲いかかった。そして、馬もろとも殺してしまった。馬は食べたが、人には触れなかった。死んだ人間は、生きているよりも忌まわしかった。それから、ブロネク・マラクを殺したのだった。

悪人は、ある日たまたま森のはずれまで来て、プラヴィエクを見た。家々の眺めは、かれになにか不可解な感情を呼びおこした。そこにあったのは、後悔とはげしい怒りだ。村ではそのとき、オオカミがうなるみたいな、恐ろしい吠え声が聞こえた。**悪人**はしばらく森のはずれに立っていたが、やがてくるりとふりむくと、なんとはなしに地に手をついた。おどろきながら発見したのは、このほうがずっと快適で、ずっとすばやく移動できるということだった。いま、より地に近くなったかれの目は、もっとはっきり、もっとこまかく見ることができた。まだ弱弱しいかれの嗅覚も、土のにおいをよく嗅げた。たったひとつの、かけがえのないかれの森は、あらゆる村、あらゆる道と橋、町と塔よりもすばらしかった。そういうわけで**悪人**は、永遠に森に帰っていった。

ゲノヴェファの時

戦争は世界に混乱を惹き起こした。プシィミの森が焼け、コサック兵がヘルビンの息子を撃ち、男は足らず、畑で収穫する人間はおらず、食べる物もなかった。

イェシュコトレから来た領主ポピェルスキは、荷馬車に家財道具を積みこむと、数か月のあいだ姿を消した。しばらくしてから、ここに帰った。コサックたちが、領主の家と地下室で盗みを働いていた。かれらは百年もののワインを飲んだ。それを見たボスキ老人によると、ワインの一本はあまりにも古かったので、まるでゼリー菓子みたいに銃剣ですぱっと切れたらしい。

ゲノヴェファは、製粉所がまだ動いているうちはその世話をした。夜明けとともに起床し、いっさいを監視した。だれも仕事に遅れてこなかったかをたしかめた。それから、リズミカルに騒がしく、あらゆるものが進行しだすと、ゲノヴェファはふいに、ミルクみたいに温かい安堵の波がおしよせるのを感じるのだった。安全だった。そして家に帰り、眠っているミシャの朝食を用意した。

一九一七年の春、水車が止まった。挽くべきものはなにもなかった。人びとは穀物の蓄えをぜんぶ食べてしまっていた。プラヴィエクでなじみの、あのうるさい音が聞こえなくなった。水車は世界を回すモーター、世界を動かす機械だった。いま聞こえるのは川のせせらぎだけで、水車の力は無駄になった。ゲノヴェファは、空っぽの製粉所を歩きまわって泣いた。幽霊みたいに、粉をかぶった白い貴婦人みたいに、うろうろと歩きまわった。彼女は夜ごと、家の外階段に腰をおろして、水車を眺めていた。そしてそれを夢に見た。夢の中の水車は、まるでいつか本で見たような、白い帆を張る船だった。木製の船体の内部では、油のせいでべとついた、大きなピストンが行きつ戻りつしていた。吸って、吐いて。中から熱が噴きあがる。ゲノヴェファはそれを求める。そんな夢から、汗だくになって、不安な気持ちで目が覚める。それがもうすぐ夜が明けるころならば、彼女は起きて、食卓で壁掛けを縫った。

コレラが流行した一九一八年、村沿いにぐるりと溝を掘ったとき、製粉所にクウォスカがあらわれた。ゲノヴェファは、彼女がまわりをぐるぐる歩いて、窓から覗きこんでいるのを見た。クウォスカは疲れきっているようだった。痩せて、ものすごく背が高く見えた。灰色になった金髪が、汚れたショールみたいに彼女の両肩を覆っていた。衣服は破れていた。

ゲノヴェファはキッチンから観察していたが、クウォスカが窓から覗きこんだとき、室内のうしろにひっこんだ。彼女はクウォスカが怖かった。みんなクウォスカが怖かった。クウォスカは頭がおかしいし、たぶん病気でもある。見当ちがいのことを言うし、悪態もつく。いま水車のまわりをうろついている彼女は、飢えた雌犬にそっくりだった。

ゲノヴェファは、イェシュコトレの聖母像を見やり、十字を切ってから、外に出た。

クウォスカがこちらをふりかえると、ゲノヴェファは悪寒をおぼえた。このクウォスカったら、なんて恐ろしい目つきをしているのだろう。

だ。

「小屋に入れて」クウォスカが言った。

ゲノヴェファは鍵を取りに帰った。それから、なにも言わずに扉を開けた。

クウォスカはゲノヴェファの先に立ち、つめたい影の中に入ると、いきなり膝をついて、穀物の粒や、かつては小麦粉だった埃のかたまりをあつめはじめた。そして、痩せた手で粒をすくうと、口につめこんだ。

ゲノヴェファは彼女のあとを一歩ごとついてまわった。クウォスカがしゃがんでいる姿は、上から見ると、ぼろ布のかたまりに似ていた。クウォスカは小麦の粒で腹いっぱいになると、地面に座りこんで泣きはじめた。涙がうす汚れた顔をつたった。目を閉じて、彼女はほほ笑んでいた。ゲノヴェファは喉がしめつけられた。どこに住んでいるの？　だれか親しい人はいる？　クリスマスはどうしていたの？　なにを食べたの？　いまや折れそうに痩せたクウォスカの体を見ながら、ゲノヴェファは戦前の彼女を思い出した。あのときは、がっしりしていて、うつくしい少女だった。なにも履いていない傷だらけの足に、獣みたいに頑丈な爪が生えているのも見た。ゲノヴェファは、クウォスカの灰色の髪に手をのばした。するとクウォスカは目をひらき、ゲノヴェファの目をまっすぐに見た。いや、見たのは目ですらなくて、魂を、彼女のなかをまっすぐに見た。ゲノヴェファは手をひっこめた。それは人間の目ではなかった。おもてに出て、ほっとしてじぶんの家を眺めた。ゼニアオイや、スグリの茂みにはためくミシャの服や、カーテンを見た。家からひとかたまりのパンを手にとると、水車小屋に引きかえした。

穀粒をつめこんだ袋をもって、クウォスカが、ひらいた戸口の闇からあらわれた。彼女はゲノヴェファではなく、その背後を見ていて、顔がぱっとあかるくなった。

「かわいい子」垣根まで出てきたミシャにむかってクウォスカは言った。

「あなたの赤ちゃんはどうしたの？」

「死んだ」

　ゲノヴェファはクウォスカに手を伸ばしてパンをわたそうとしたが、クウォスカの方からごく近くに寄り、その手でパンを取りながら、じぶんの唇をゲノヴェファの口に押しあてた。ゲノヴェファはぎょっとして飛びのいた。クウォスカがけたたましく笑いだした。そして、持参した袋にパンをつっこんだ。ミシャが泣きだした。

「泣かないでよ、いい子ちゃん、あんたのパパはもうすぐ帰ってくるからさ」こうつぶやくと、クウォスカは村のほうへ歩きはじめた。

　ゲノヴェファはじぶんの口を、赤黒くなるまで、エプロンで拭っていた。

　その夜はなかなか寝つけなかった。クウォスカがまちがうわけがない。クウォスカには未来が見える。このことをみなが知っていた。

　そしてつぎの日から、ゲノヴェファは待ちはじめた。でも、いままでとおなじようにではない。つまりこんどは、一時間きざみで待っていた。ジャガイモがあっという間に凍らないようにと、羽根布団を掛けた。ベッドをととのえた。洗面器に髭剃り用の水を汲んだ。椅子にミハウの服を置いた。彼女は待っていた。まるでイェシュコトレに煙草を買いに行ったミハウが、まっすぐ帰ってくるのを待つように。

彼女はひと夏、秋も、冬も待っていた。家を空けず、教会にも行かなかった。二月に領主のポピェルスキが帰ってきて、製粉所に仕事をくれた。まだ挽いていない小麦をかれがどこから仕入れてきたのか、だれも知らなかった。それから領主は、農民たちに種も貸してくれた。セラフィンの家に子どもが生まれた。女の子だったので、みなこれは戦争が終わる兆候だと考えた。

以前から製粉所にいた働き手の多くは戦争から戻ってこなかったから、ゲノヴェファはあたらしく人を雇わなくてはならなかった。水車の管理人兼助手として、領主はヴォラのニェヂェラを推薦した。ニェヂェラは仕事がはやくて信頼できた。上へ下へとせわしなく動きまわり、農民たちに声をかけた。チョークで壁に、挽いた分の袋の数を書いた。製粉所にゲノヴェファが来ると、もっとすばやく動き、もっと大声で叫んだ。そういうとき、かれはじぶんの口髭をなでた。それはまばらで、ミハウのゆたかな口髭とは似ても似つかなかったけれど。

ゲノヴェファは、小屋の上階にはのぼりたがらなかった。どうしてもというときだけ、たとえば穀粒を量りちがえたとか、機械が止まってしまったとかいうときにだけ行くのだった。

あるとき、ニェヂェラをさがしていると、袋を運ぶ少年たちが目に入った。上半身裸で、その上半身も小麦粉に覆われ、まるで大きなプレッツェルみたいだった。袋が頭を隠していたから、二人はまったくおなじに見えた。ゲノヴェファには、かれらが年端のいかないセラフィンやマラクではなく、すっかり大人の男のように思えた。二体のトルソーは、彼女の目を釘づけにして、不安にさせた。彼女は戻らなくてはならなかったから、目をそらした。

ある日、ニェヂェラがユダヤ人の若者を連れてきた。かれはごく若かった。せいぜい十七にしか見えない。黒い目と黒い巻き毛。ゲノヴェファは彼の口を見た。輪郭がはっきりした大きな口は、いままでに見たどんな口よりも濃い色をしていた。

「もう一人、たのみました」、ニェヂェラは言うと、若者に荷運びに加わるように命じた。

ゲノヴェファは、ニェヂェラの言葉をうわの空で聞いていて、ニェヂェラが去ると、ここに残る理由をさがした。そして、少年が麻のシャツを脱ぎ、丁寧にたたみ、階段の手すりに置くのを見ていた。若者の裸のあばらを見たとき、彼女は胸騒ぎをおぼえた。筋肉質だが痩せていて、浅黒い肌の下に血が流れ、心臓が脈打っていた。ゲノヴェファは家に帰った。でもそれ以来、穀粒や粉の袋の受け渡しをする門に、なにかと理由を見つけて立ち寄った。あるいは、男たちが食事に降りてくる夕飯時に立ち寄ることもあった。そしてそこで、粉だらけの肩や、筋ばった腕や、汗でしめったズボンを見ていた。彼女の意志にかかわらず、彼女の視線はたったひとりをさがしており、見つけると顔に血がのぼり、体がほてるのを感じた。

その若者、エリ（そう呼ばれているのを聞いた）はゲノヴェファに、恐れと、不安と、恥ずかしさを呼びおこした。かれを見ると、心臓は鐘のようにうち、呼吸がはやまった。彼女はなにごともないふう、平静を装って見ていた。黒い巻き毛、力づよい鼻、見たことのないような、色の濃い口。顔の汗をぬぐうときの、毛におおわれた暗い腋の下。歩くと、体が左右に揺れた。幾度か彼女と目があったが、そのたびかれはそばに寄りすぎた動物みたいに、おどろいた。ついにふたりは、狭い戸口でいきあった。彼女はかれに微笑みかけた。

「うちまで、小麦粉の袋を運んでくれる？」

そしてこのときから、彼女は夫を待つのをやめた。

エリは袋を床に置くと、麻の帽子を取った。そしてそれを、粉で白くなった手でこねくりまわしていた。彼女はかれにお礼を言った。でも、かれは出ていこうとしなかった。彼女はかれが唇をかむのを見た。

「ジュース、飲む？」

エリはうなずいた。彼女はかれにコップをわたし、飲む姿を見ていた。かれは少女みたいな長い睫毛をふせていた。

「あなたにお願いがあるんだけど……」

「なんでしょう」

「今晩、薪割りに来てほしいんだけど、いいかしら」

エリはうなずき、帰っていった。

彼女は午後中待っていた。髪をピンであげ、鏡を見た。それから、かれが来て、薪を割っているときに、ヨーグルトとパンを持っていった。エリは割った薪の上に腰かけて食べた。ゲノヴェファは、じぶんでもなぜかわからないが、戦争に行ったミハウのことを話した。かれが言った。

「戦争はもう終わりました。みな、帰ってきますよ」

彼女はかれに、小麦粉を一袋わたした。翌日も来てくれとたのみ、その次の日も、また来てくれとたのんだ。

エリは薪を割り、ストーブを掃除し、ちいさな修理もしてくれた。ふたりはほとんど会話しなかったし、してもたいした話ではなかった。ゲノヴェファはエリをこっそり見つめた。彼女がかれを長く見れば見るほど、まなざしは、かれに強く結びついた。それから、かれを見ずにはいられなくなった。彼女はまなざしでかれをむさぼった。彼女は夜、だれかと愛しあう夢を見た。そしてその相手は、ミハウでもエリでもなく、ぜんぜん知らないひとだった。じぶんが汚れた気がして、ゲノヴェファは目が覚めた。起きあがり、洗面器に水を注ぐと、全身を洗った。夢のことを忘れたかった。それから、窓の向こうに、男たちが水車小屋へ歩いていくのを見ていた。するとエリが、窓越しのじぶんをひそかに見ているのが見えた。彼女はカーテンに隠れた。まるで走ったあとみたいに心臓がはげしく打っている、じぶんに腹をたてながら。「もうかれのことは考えない、誓うわ」彼女は決心すると、仕事に取りかかった。昼ころニェヂェラのところへ行くと、いつもたまたま、エリに会ってしまうのだった。じぶんの声にじぶんでおどろきながら、彼女はエリに、来てくれとたのんだ。

「あなたにパンを焼いたの」こう言って、彼女は食卓を示した。

エリはおずおずと腰かけると、目の前に帽子を置いた。彼女はむかいにすわり、食べる姿を見ていた。エリは注意ぶかく、ゆっくりと食べた。白いパン屑が唇についていた。

「エリ?」

「はい」かれは目をあげた。

「おいしい？」

「ええ」

かれはテーブル越しに、彼女の顔に手をのばした。彼女はさっと身を引いた。

「さわらないで」と、彼女は言った。

若者はうなだれた。かれの手のひらは帽子にもどった。そして黙っていた。ゲノヴェファが腰かけた。

「教えて、わたしのどこにふれたいの？」

かれは顔をあげて彼女を見た。彼女には、かれの目に赤い光がひらめいたような気がした。

「あなたの、ここに、ふれたい」かれはじぶんの首を指さした。

ゲノヴェファは、じぶんの手を首にはわせた。指先に、温かい肌と脈うつ血管を感じた。彼女は目を閉じた。

「それから？」

「あなたの胸に……」

彼女は大きく息を吸いこみ、頭をうしろにそらした。

「どこか、はっきり言って」

「いちばんやわらかくて、いちばん熱いところ……ねえ……いいでしょう……」

「だめよ」と、ゲノヴェファは答えた。

エリは立ちあがり、彼女の正面に来た。かれの息を感じた。子どもの息みたいな、甘いパンとミルクのにおいがした。

「わたしにさわってはだめ。さわらないって、神に誓って」

「かっこつけやがって」かすれた声でこういうと、エリはしわくちゃの帽子を床に投げつけた。かれの背中で、ばたんとドアが閉まった。

その夜、エリはふたたび来た。静かなノックの音がして、ゲノヴェファはかれだとわかった。

「帽子を忘れて」と、かれはささやいた。「愛しています。あなたが望むまで、あなたにふれないと誓うよ」

ふたりは台所の床に座りこんだ。ストーブの熱の赤いリボンが、ふたりの顔を照らしていた。

「ミハウが生きているのか、たしかめなくちゃ。わたしはまだかれの妻ですもの」

「ぼくは待つよ、でもあとどれくらい？」

「わからない。わたしのことを見てもいいわ」

「あなたの胸を見せて」

ゲノヴェファは、寝間着の肩を落とした。裸の胸と腹が赤く輝いた。エリが息を呑むのが聞こえた。

「わたしのこと、どれくらい欲しいのか見せて」彼女がささやいた。

エリがズボンのボタンをはずすと、ゲノヴェファに、膨らんだかれの一部が見えた。彼女は夢から与えられたよろこびを感じた。それはいっさいの努力と、まなざしと、はやい息遣いに与えられた栄冠だった。このよろこびは、あらゆる支配を超えている、抑えることはとてもできない。そしてつぎにあらわれたのは、恐れだった。なぜならもはや、これ以上はありえないから。それはすでに叶えられ、あふれだしている。終わった、そして始まったのだ。そしていまから起こることのいっさいは、つまらなくて、胸が悪くなる。いったん飢えに気づいたら、それはつよくなるしか、もはやないから。

領主ポピェルスキは信仰をうしなった。かれは神を信じるのをやめなかったのに、神やそのほかのあれこれが、色を失くして、平たくなった。まるで、福音書の銅版画みたいに。

領主にはすべてが順調に見えた。コトゥシュフからペルスキ一家がやってきたときも、夜ごとホイストに興じたときも、芸術について議論を戦わせたときも、自邸の地下室を訪れて、バラを剪定(せんてい)していたときも。いっさいは、うまくいっていた。クローゼットからラベンダーが香ったときも、金のペン軸の羽ペンを手にオーク製の机に向かい、夜になると、妻の手が疲れた背中をさすってくれたときも。ところが領主は、外出するやいなや、じぶんの領地から外のどこかに出ていくやいなや、それがたとえイェシュコトレの汚い中央広場や、近くの村々へ行くのであっても、世界に対する免疫をうしなった。

崩れかけた家々やすっかり朽ちた塀、表通りに敷きつめられた、時間に摩耗された石を見て、かれは考えた。「わたしは生まれるのが遅すぎた。世界は終わりに近づいている。もうすべておしまいだ」。頭が痛いし、視力も衰えつつあった。領主には、いっさいが前よりも暗く見えた。足は凍えて、なにか得体の知れぬ痛みに貫かれていた。空っぽで、希望もなかった。どこからも助けはなかった。屋敷に帰ると、かれはじぶんの書斎にこもった。すると世界は、しばらく崩壊をやめるのだった。

とはいえ、世界は崩壊した。領主はこれを、コサック兵からの緊急避難を終えて屋敷に帰り、じぶんの地下室を見たときに知った。そこにあるなにもかもが壊され、割られ、切り刻まれ、焼かれ、踏みつけられ、こぼされていた。くるぶしまでワインに浸かりながら、領主は損失を数えてまわった。

「崩壊と混沌、崩壊と混沌」かれはつぶやいた。

それから、とんだ災難にあったじぶんの屋敷でベッドによこたわり、考えをめぐらせた。「世界の悪はどこからくるのだ？　神が善ならば、なぜ悪をゆるす？　もしかして、神は善ではないのか？」

国に起きた変化が、領主の憂鬱の薬になった。

一九一八年は、するべきことがたくさんあった。忙しく動きまわることほど、憂鬱に効く薬はない。十月のまるひと月をかけて、社会にゆっくり復帰した領主は、十一月には、メランコリーからすっかり解放され、それどころか、まるでちがう状態になっていた。ほとんど眠らず、食事すらとる暇もない。国中を動きまわり、眠りから醒めた姫君みたいなクラクフの街を訪れ、そのありさまを検分した。最初の議会（セイム）の選挙を組織し、いくつかの協会とふたつの政党、それにマウォポルスカ県の養魚池所有者同盟を創設した。あくる年の二月、小憲法を制定すると、領主ポピェルスキは風邪をひいた。かれはふたたび、よこたわっていた。頭を窓に向けて、じぶんの部屋のじぶんのベッドに。つまり、以前そこから旅立った場所に。

かれは肺炎から回復した。まるで遠い旅から帰るみたいに。たくさん読書し、日記をつけはじめた。だれかと話がしたかったけれど、まわりにいるのは俗物か、退屈な人間ばかりに思われた。そういうわけで、かれは図書室からベッドに本を運ぶように命じ、あたらしい本は郵便で注文した。

三月初旬、かれは病後初めて公園に出かけ、またもや世界が歪み、色をうしない、腐敗と崩壊に満ちているのを見た。独立も憲法もまるで関係なかった。公園の小道で、溶けた雪から子どもの赤い手袋がのぞいているのを見つけた。なぜだかわからないけれど、その光景はかれの記憶にふかく沈みこんだ。しつこくて、盲目的な復活。生と死の惰性。命の、非人間的なメカニズム。

いっさいをあたらしくつくりなおそうという前年の努力は、すべて無に帰した。

領主ポピェルスキが年を取れば取るほど、世界はいっそう恐ろしいものに見えた。若者はじぶんたちが発展し、前進し、じぶんの境界をひろげるのに忙しかった。ベビーベッドから、子ども部屋へ、家へ、公園へ、町へ、国へ、世界へ。そしてかれらが大人になると、偉大なことを成し遂げようという、夢想の時間がおとずれる。四十くらいが分岐点だ。張りつめた若さ、力みなぎる若さに、じぶん自身が疲れてしまう。ある夜、もしくはある朝に、境界を越えて、人はじぶんの頂点にたどり着き、こんどは麓(ふもと)にむけて、死にむけて、はじめの一歩を踏みだす。そして、こんな問いかけが頭にうかぶ。暗闇に顔をむけて誇りたかく降りていこうか。それともむかしを見るために、くるりとうしろをふりかえろうか。うわべだけとりつくろって、暗闇なんかじゃない、これは部屋の灯りが単に消えただけだというふりをしようか、と。

ところで、汚い雪の下からのぞいていた赤い手袋の光景が、領主にこんなことを思わせた。なにかを変えたり改良したりすることを、どんなときにも進歩とみなす、あらゆる楽観主義、ぬぐいがたい信念は、若さにそなわるもっとも大きな欺瞞だ。そしていま、領主のなかで、絶望の盃は割れてしまった。それはかれにとってのドクニンジン入りのガラス瓶で、肌身離さず持っていたのだが。領主はあたりをみまわして、苦しみや、死や、崩壊を観察した。それらはいままでだって、汚物のように、どこにでもあった。かれはイェシュコトレ中を歩きまわって、ユダヤ教徒のための食肉の屠殺場や、鉤（かぎ）にぶらさがった腐りかけの肉や、シェンベルトの店先で凍えている物乞いや、子どもの棺につづくささやかな葬列や、中央広場のまわりに建ちならぶ低い家々の上空の低い雨雲や、いまやいたるところにのしかかり、すべてを覆いつくしている暗闇を見た。それはたえまなくて、緩慢な、焼身自殺のようだった。ここでは人の運命が、まるごとの生が、時の炎にゆだねられている。

屋敷に帰る道すがら、教会のそばを通り、立ち寄ったが、かれはなにもみつけられなかった。イェシュコトレの聖母像を目にしたが、領主の希望をとりもどしてくれるような、いかなる神もそこにいなかった。

イェシュコトレの聖母の時

聖像画の装飾的な額縁に四方を囲まれているので、イェシュコトレの聖母からは、教会の眺めも限られていた。聖母は側廊に掛けられていて、そこからは、祭壇も、聖水盤を据えた入り口も見えなかった。円柱が説教台を隠していた。聖母に見えるのは訪問者だけ。つまり、個人的に祈りに来た、あるいは、聖餐式に参加しに来た人びとの、祭壇までつづく流れだけ。そしてミサのときにはその横顔を、男性も女性も、老人も子どもも、何十も見た。

イェシュコトレの聖母とは、病人と弱者に救いをさしだす純粋な意思だった。神の奇跡が聖像画に描きこんだ強さだった。人びとが聖母に顔をむけたり、唇でささやいたり、その腹部に手をおしつけたり、心臓のあたりで両手を組んだりすると、イェシュコトレの聖母は、かれらに強さと回復力を与える。彼女は例外なく、すべてに与えた。憐れみのためではぜんぜんなくて、それが聖母の本性だったから。つまり必要とする者すべてに、回復力を与えることが。そしてその先どうなるか、それは、力を与えられた人間が何を決めるかによる。ある者は、この力を、じぶんのなかで活かすことにする。そういう人びとは元気になって、やがて聖母のところに帰ってくる。治癒した体の一部を模る（かたど）、銀や銅やときには金製のミニチュアや、聖像画を飾るビーズやネックレスを、聖母に奉納するために。

じぶんのなかで、この力を流してしまう者もいる。穴のあいた盃から、液体がこぼれて、地に吸いこまれてしまうみたいに。そういう場合、人は奇跡への信仰をうしなう。

イェシュコトレの聖母の聖像画の前に立つ、領主ポピェルスキもそうだった。聖母は領主がひざまずき、祈ろうとするのを見た。でも、かれにはできなかった。それで領主は、怒りながら立ちあがり、高価な奉納品と、色鮮やかな画布を見つめた。イェシュコトレの聖母はこの人物が、その体にも心にも、善にあふれた救いの力をおおいに必要としていることを見てとった。それで彼女は、領主に力を与えてやった。かれを力であふれさせ、かれを力のなかに浸した。ところが領主ポピェルスキは、ガラスの玉みたいにぴっちり目がつまっていたから、善の力は、かれからあふれて教会のつめたい床に流れだし、教会を、かすかにやさしく震えさせたのだった。

ミハウの時

一九一九年の夏、ミハウが帰ってきた。それは奇跡だった。なぜなら、戦争によってあらゆる原則が破壊されたこの世界では、しばしば奇跡が起こるからだ。

ミハウが帰るまでに三カ月かかった。出発地点は異国の海岸沿いの町、地球のほとんど裏側にある、ウラジオストックだった。したがって、東の支配者、混沌の王に、解放されたわけだけれど、プラヴィエクの境界を越えて存在するものは、なんであれ夢みたいに滲んで変わりやすかったから、例の橋をわたりながら、ミハウはもはや、この事象について考えをめぐらすことはなかった。

かれは病気で、衰弱しきって、汚かった。顔は黒くて剛(こわ)い髭に覆われ、髪の中ではシラミの群れが大騒ぎしていた。戦に負けた軍隊のぼろぼろの軍服が、棒みたいなかれの体にぶらさがっていた。ボタンはひとつもついていなかった。皇帝の鷲の紋章の入った輝くボタンを、ミハウはパンと交換した。それに、熱があったし、下痢もしていたし、かつてじぶんがそこから旅立ったあの世界は、もうどこにもないという恐ろしい感覚を抱いてもいた。希望がかれにもどってきたのは、たえまなく陽気に合流する**黒い川**と**白い川**とを、橋に立って見たときだ。川はもとの場所にあった。橋ももとの場所にあった。そして、石を砕くような炎暑もまた、そこにあった。

ミハウは橋から、白い製粉所と、窓辺の赤いゼラニウムを見た。水車の前で、子どもが遊んでいた。おさげ髪のちいさな女の子。三つか、あるいは四つかもしれない。その傍で白い雌鶏が、もったいぶって小刻みに歩いていた。女性の手が窓を開けた。「最悪のことが起こりつつある」ミハウはこう思った。開けられつつあるガラス窓に反射した太陽が、一瞬、かれの目を射た。ミハウは水車小屋に向かった。

ミハウは朝から晩まで、そして夜もずっと寝ていた。そして夢の中で、最後の五年の日々を数えた。疲れきって濁った知性は、夢の迷路をぐるぐるさまよっていたから、ミハウは何回も何回も数え直さなければならなかった。そしてこの間にゲノヴェファは、埃でごわごわになった軍服を注意ぶかく目でたしかめ、汗まみれの襟にふれ、煙草のにおいのするポケットに手をつっこんだ。リュックサックの留め金をやさしくなでたが、それを開けることはできなかった。それから、軍服を塀にかけたので、水車小屋の傍を通る人は、だれでもこれが目に入ったにちがいなかった。

ミハウはあくる日の明け方に目覚めると、眠っている子どもを観察した。そしてその目で見ているものを、詳細に名づけた。

「栗色の、たっぷりした髪。濃い色の眉。日焼けした肌。ちいさな耳と、ちいさな鼻。子どもの鼻は、みんなちいさい。手はぷっくりしていて、子どもらしい。でも、どうやら爪は、まるっこいな」

それからかれは鏡に近づき、こんどはじぶんを観察しはじめた。ミハウにとって、じぶんは他人だった。

水車の周囲をぐるりとまわって、回転する大きな石の輪をなでてみた。手のひらで小麦の粉をあつめて、舌の先で味わってみた。手を川の水に浸し、指を塀の木板にはわせ、花の香りをかぎ、干し草裁断機の車輪を動かしてみた。車輪はきしんだ音を立て、圧縮されたイラクサの切れ端がはらりと落ちた。

水車の裏手の丈の高い草むらに入って、かれは小用をたした。

小屋に戻ると、思いきってゲノヴェファを見た。彼女は眠っていなかった。彼女はミハウを見ていた。

「ミハウ、だれもわたしに、指一本ふれてないわ」

ミシャの時

あらゆる人とおなじように、ミシャもまた、断片として、不完全として、かけらとして生まれた。彼女のなかの、すべてがばらばらだった。見ること、聞くこと、理解すること、感じること、知覚すること、経験すること。ミシャの将来の生のいっさいは、これらすべてがひとつの全体にまとまり、そのあと、崩壊することに、かかっているにちがいなかった。

彼女には、じぶんの前に立つだれかが必要だった。つまり、そこにじぶんの全体を映して見ることができる、彼女にとっての鏡のような存在が。

ミシャの最初の記憶は、水車につづく道で見た、ぼろぼろの服を着た男性と結びついていた。彼女の父は、よろめきながら歩いていた。夜になると、かれはしばしば、ママの胸にもたれて泣いていた。そういうわけで、ミシャは父を、じぶんとおなじものとみなした。

そのとき以来、彼女が感じていたのは、現実に問題とされるあらゆる点において、大人と子どもにちがいはないということだった。子どもも大人も、一過性の状態だ。ミシャは注意ぶかく観察していた。じぶん自身がどんなふうに変わるのか、彼女のまわりのほかの人びとが、どんなふうに変わるのか。でも、なにになかって変わるのか、その変化の目的がなにかは、わからなかった。ボール紙の箱の中に、彼女はちいさなじぶんの、やがて、もう少し大きなじぶんの思い出をしまっていた。赤ちゃん用の毛糸の靴下。まるで子どもの頭ではなく人形のために作られたような、ちいさな帽子。麻のシャツ。初めてのワンピース。それから彼女は、毛糸の靴下のすぐ傍に、じぶんの六歳の足を置いてみて、おどろくべき時間の法則の意味を感じた。

父親が帰ってきて以来、ミシャは世界を見ることを始めた。それまでは、いっさいが混じりあい、ぼんやりしていた。父が帰る前のじぶんのことを、ミシャはちっとも思い出せない。まるでじぶんはぜんぜん存在しなかったみたい。ただ、ひとつひとつのものを覚えているだけ。当時彼女には、水車が巨大な塊に見えた。始まりも終わりもない、上も下もない、単調な塊。それから水車を、じぶんの知性で発見した。水車には意味と形があった。ほかのものについても、おなじように発見した。かつてミシャが「川」と思えば、それはつめたくて湿ったなにかを意味した。いま彼女は、川がどこからか流れてきてどこかに流れていくということ、橋の前後でおなじ川が流れているということ、それに、ほかの川もあるということを知っていた。ハサミもむかしは、ふしぎで複雑なもので、魔法みたいに扱うママじゃなかったら、使うのがむずかしい道具だった。でも、彼女の父が食卓にいるようになって以来、ミシャはハサミが、二枚の刃を持つ単純な機械だということがわかった。ミシャも平べったい二本の棒で似たようなものを作った。それから彼女は長いこと、ものごとを以前とおなじに見ようと努力していたが、世界を父が永遠に変えてしまったのだった。

ミシャのコーヒーミルの時

人はじぶんが動物よりも植物よりも、とりわけ、物よりも濃密な生を生きていると思っている。動物は、植物や物よりも濃密な生を生きていると感じている。植物は、物よりも濃密な生を生きていることを夢に見る。ところが、物は、ありつづける。そしてこの、ありつづけるということが、ほかのどんなことよりも、生きているということなのだ。

ミシャのコーヒーミルは、木と磁器と真鍮をひとつの物に組み合わせただれかの手によって、この世に存在することになった。木と磁器と真鍮は、挽くことのイデアを体現している。コーヒー豆を挽く。それに熱い湯を注ぎかけるために。コーヒーミルの考案者を、名指しすることはぜったいできない。だって創造とは、時間の外に存在する、つまり永遠に存在するものを、思い出すことにほかならないから。人は無からはなにも創造できない。創造は神の業だ。

コーヒーミルの本体は白い磁器。その中は空洞で、仕事の成果を集めるための、木の抽斗がおさまっている。本体は、ちいさな木の把手のついた真鍮の帽子をかぶっている。帽子には、開閉式のちいさな穴があいている。コーヒー豆は、ざらざらとここに注ぎこまれる。

コーヒーミルはある工場で作られて、毎日昼前にコーヒーを挽く、ある家にやってきた。ある、温かくて生き生きした両手が、ミルを持っていた。両手は、キャラコかフランネルの下で心臓が脈うつ人間の胸に、ミルをぎゅっと抱きしめていた。そしてそれから戦争が、ミルをキッチンの安全な棚からべつの品物が入った箱の中へ、旅行鞄と袋の中へ、人びとが死の恐怖からパニックになって逃げこんだ汽車の車両へ、嵐のように運んでいった。コーヒーミルは、ほかのすべてのものとおなじく、世界の混乱を、からだいっぱいに吸いこんだ。銃撃された汽車のイメージ、粘液質の血の流れ、毎年その窓をちがった風が揺らしていく、うち棄てられた家。それからミルは、つめたくなっていく体温と、親しい人を失う絶望を吸いこんだ。ミルにだれかの手がふれた。手はどれも、測り知れない感情と思考をこめてミルをなで、ミルはそれらを受け取った。どんな物質にも、そういう能力がある。儚いものや束の間のものを、ずっととどめておく能力が。

ミハウは束の遠いところでミルを見つけて、リュックサックに、戦利品みたいにそれを隠した。そしてその晩、宿営で、箱のにおいをかいでみた。安全と、コーヒーと、家のにおいがした。

ミシャはコーヒーミルを家の前のベンチに持ちだし、ハンドルを廻してみた。コーヒーミルは、やすやすと動いた。まるで、ミシャと遊ぶみたいに。ミシャはベンチで、世界を見ていた。ミルは回転し、なにもない空間を挽いた。ところがある日ゲノヴェファが、ミルに黒い豆をひとつかみ入れると、それを挽くように命じた。そのときはもはやハンドルは、あんなに滑らかには動かなくなっていた。ミルはむせ、きしりながら、ゆっくりと、機械的に仕事を始めた。遊びは終わり。コーヒーミルは、もはやだれもそれを止められないほど、重要な仕事をしていた。コーヒーミルとは、挽くということそのものだった。それから、挽いたコーヒーの新鮮な香りが、ミルと、ミシャと、全世界とをひとつにした。

もしもあなたが、物を注意ぶかく観察するとき、外側をおおう見かけに騙されないために目を閉じるならば、もしもあなたが、疑りぶかい人間であろうとするならば、物の、本当の姿を見ることができる。それは一瞬のことかもしれないが。

物が浸されているのは、まったくべつの現実の中。そこには時間も動きもない。その見かけしか、目には見えない。でも、物体それぞれの意義と意味とを決めているのは、見えないところ、隠された部分。

コーヒーミルが、いい例だ。

コーヒーミルは、挽くというイデアを吹きこまれた物体の、ちいさな一部だ。

ミルは挽く、だから存在している。でも、ミルがそもそもなにを意味するかは、だれも知らない。もしかしたらコーヒーミルは、移ろいやすさに関係する、総体的で根本的ななんらかの法則の、ちいさな一部分なのかもしれない。それなしでは世界はありえない、あるいは、まったくべつの世界になるような、そんな法則。もしかしたらコーヒーミルは、現実の軸なのかもしれない。いっさいが、これを中心に回転し、展開する、世界にとっては人間よりも重要な軸。そしておそらくミシャのコーヒーミルとは、プラヴィエクと名づけられたものの、柱ということなのかもしれない。

教区司祭にとって晩春は、一年でもっともいやな季節だった。聖ヤンの日が近づくと、**黒い川**が、かれの牧草地をふてぶてしくもすっかり水浸しにしてしまうから。

司祭は生まれつき気が短くて、こと、じぶんの威厳に関しては口うるさかった。だから、あまり具体的でないものや、形のはっきりしないもの、これといった特徴や意味がないもの、とらえどころがないもの、臆病なものが、かれの牧草地を台無しにしているのを見ると、猛烈な怒りを感じるのだった。

洪水とともにすかさず、恥知らずなカエルたちがあらわれる。なにもまとわぬ忌まわしいカエルたちが、互いの体によじのぼりあって、うつろに交尾している。そしてそのとき、なんとも汚らわしい音をだす。あんな声をだせるのは、たぶん悪魔だけだ。甲高くて湿っぽい声、淫蕩な歓びにかすれた、抑えきれない欲望に震える声。司祭の牧草地には、カエルのほかに、ミズヘビも姿を見せる。くねくねとぶきみに這うので、教区司祭はすぐに気分が悪くなる。長くてぬめったやつらの体がじぶんの靴にかすりでもしたらと考えるだけで、ぞっとして怖気がはしり、胃がきりきりと痛むのだった。ヘビの姿は司祭の記憶に長くとどまり、かれの夢を荒ませた。水浸しの野には魚もきたが、こちらはまだましだった。魚は食べられる。つまりこれらは、神のよき創造物ということだ。

夏至の前後のもっとも短い三夜のあいだに、川は野原にあふれつづける。そして野原への侵略を終えると、静まりかえって、空を映す。そうやってひと月休むのだ。水の下でひと月のあいだ、青々と茂った草が腐っていく。もしも夏がひどく暑ければ、牧草地には、草の腐臭がたちこめる。

司祭は聖ヤンの日以来、毎日、**黒い川**の水が聖マウゴジャータの花や、聖ロフのツリガネソウや、聖クララの葉を浸すのを見にきた。青や白の罪なき花の頭が、首まで水に浸かりながら、ときにじぶんに助けを求めている気がした。司祭には草花のか細い声が聞こえた。それは、聖体奉挙のときに鳴らすハンドベルの音に似ていた。でも、それらのためになにもしてやれなかった。司祭の顔には血がのぼり、かれは力なく拳をにぎった。

司祭は祈った。聖ヤンから始めた。かれはあらゆる水の守護聖人だ。ところがこうした祈りのさなかに司祭がしばしば感じていたのは、聖ヤンがじぶんの祈りを聞いていないのではないかということで、この聖人の関心はもはや、昼と夜とをおなじ長さにすることや、若者たちの灯すかがり火や、ウォッカや、水に投げ入れられる花輪のゆくえや、茂みの中で夜ごと聞こえる物音にしかないのではないかと思われた。司祭は聖ヤンに不満を抱いていた。なにしろこの聖人は、毎年決まって**黒い川**の水が牧草地を浸すのをゆるしているのだから。聖ヤンに、いくらか立腹すらしていた。そういうわけで、司祭は神自身に祈ることにした。

いままででもっともひどい洪水があったその翌年、神が司祭にこう言った。「川と牧草地を隔てなさい。土をたくさん運んできて、川がはみだして流れないように土手を築きなさい」司祭は神に感謝して、土手造りに着手した。それから二週間のあいだ、司祭は、神の恵みを川が破壊していると説教壇から訴えた。そして、以下の要領で、自然の猛威に団結して立ちむかうよう呼びかけた。一週間に二日、一軒から男一人が出てきて土運びと土手造りを行うこと。プラヴィエクは木曜と金曜、イェシュコトレは月曜と火曜、コトゥシュフは水曜と土曜に。

プラヴィエクの男たちに割りあてられた最初の日、現場にあらわれたのはたった二人、農夫のマラクとヘルビンだった。怒った教区司祭はじぶんのバネ付き四輪馬車に乗りこむと、プラヴィエクのすべての百姓小屋を回った。セラフィンは指を骨折しており、若いフロリアンは徴兵され、フリパワの家では赤ん坊が生まれたばかりで、シヴャトシュはヘルニアを患っているということがわかった。

そういうわけで、司祭にはどうしようもなかった。かれは肩を落として、司祭館に帰った。

晩の祈りのとき、司祭はふたたび神に助言を仰いだ。神はこう答えた。「人びとに支払いなさい」この回答に、教区司祭はやや困惑した。とはいえ、司祭のところにあらわれる神は、ときに司祭にきわめて似ていた。神はすかさずこうつけくわえた。「一日の働きに対し、最大で十グロシュを与えなさい。それくらいやらねば、かれらにとっては働き損だ。牧草地の干し草ぜんぶあわせても、十五ズロチの価値もない」

そういうわけで教区司祭は、ふたたび四輪馬車に乗り、プラヴィエクに出かけていくと、土手を築くため、たくましい農民を数人雇った。息子が生まれたばかりのユゼク・フリパワも雇った。指を骨折したセラフィンも、ほかに小作人二人も。

荷馬車が一台しかなかったから、仕事の進みはごくゆっくりだった。春の天気がいっさいの計画を台無しにすることを司祭は案じた。かれは農夫たちをできる限りせかした。そして自身も、修道服の裾をまくった。でも、高級な皮製ブーツの安全を思って、じぶんは農民のあいだを走りまわったり、袋にさわったり、馬に鞭打ったりするだけにしておいた。

あくる日仕事に来たのは、指の折れたセラフィンだけだった。怒った司祭がふたたび馬車で村中を回ったが、男たちは家にいないか、病気で寝こんでいるかだった。

それは、教区司祭がプラヴィエクのあらゆる農夫を心の底から憎んだ日だった。怠惰で、薄情で、金に汚い農夫ども。司祭は、神に仕える者にふさわしくないこの感情について、神に猛烈に言い訳しはじめた。そしてふたたび神に助言を求めた。「賃金を値上げしなさい」神は答えた。「一日の報酬として、かれらに十五グロシュ与えなさい。そのせいで、今年の干し草の売り上げからおまえが何も受け取れなくとも、翌年にはそれは取りもどせるだろう」これはうまい考えだった。仕事はこうして動きはじめた。

まず、グルカから荷馬車で砂を運んでくる。つぎに、砂を麻袋に詰め、その袋を川に沿って置いていく。まるで、怪我した川に手当でもするかのように。そのあと、ようやくいっさいを土で隠すと、その上に草の種を播く。

教区司祭は、じぶんの仕事を喜ばしげに眺めた。川はいまでは牧草地からは完全に隔たっていた。川には牧草地が見えなかった。牧草地も川が見えなかった。

川はもうじぶんに定められた場所から、はみ出ていこうとはしなかった。川はじぶんの領域を、しずかに、もの思わしげに、人間の目では見透かせないものとして流れた。その岸で牧草の緑が繁り、タンポポの花が咲いた。

司祭の牧草地で、花々は絶えず祈っていた。聖マウゴジャータの花と聖ロフのツリガネソウがひとつ残らず祈っていたし、ありふれた黄色いタンポポも祈っていた。たくさんの祈りを捧げるうちに、タンポポはみるみる物質的でなくなっていき、みるみる黄色でなくなっていき、みるみる具体的でなくなっていき、六月になるころには、すっかりふわふわの綿毛になってしまった。すると神は、タンポポたちの信心ぶかさに心うたれて、暖かい風を送り、綿毛の形をしたタンポポたちの魂を空に呼びよせたのだった。

そのおなじ暖かい風が、聖ヤンの日に雨を降らせた。川の水面は一センチごとに高くなっていった。教区司祭は寝られなかったし、食べられなかった。かれは牧草地を守る土手まで駆けていき、それを見守った。棒で水嵩をしらべ、呪いと祈りの言葉をぶつぶつ呟いた。川はかれにはかまわなかった。その流れはひろく、ぐるぐると渦を巻き、いまにも崩れそうな岸を洗った。六月二十七日、教区司祭の牧草地は、水をぐんぐん吸いはじめた。司祭は棒を持って新しい土手に急いだ。そして、水がやすやすと割れ目に侵入し、水にしかわからない方法で水嵩をまし、土手に浸みこんでくるのを、絶望的な気持ちで眺めた。つぎの日の夜、**黒い川**の水は砂の障壁をうち壊し、いつもの年とおなじように、牧草地にあふれだした。

日曜日、教区司祭は説教している壇上で、川の氾濫を悪魔の仕業になぞらえた。いわく、悪魔は、来る日も来る日も、一時間ごと、水のように、人の心につけいろうとする。いわく、人は、そういうわけで、堤防を造ろうと絶えず努力しなくてはならない。いわく、毎日の神への勤めをほんのわずかでも怠れば、堤防の力は弱まるのであり、誘惑しつづける悪魔のしつこさといえば、水のしつこさにも匹敵する。いわく、罪は滲みだし、流れ、魂の翼にしたたり落ちて、巨大な悪が人びとにあふれつづける。かれらがその渦に巻きこまれ、水底に沈んでしまうまで。

　こうした説教をしてから、司祭は長いこと興奮して眠れなかった。**黒い川**への憎悪で眠れなかったのだ。川を憎むことはできないと、じぶんに言い聞かせた。あれは濁った水の流れであって、植物ですらないし、動物でもない、地理的諸相のひとつにすぎない。司祭であるじぶんが、どうしてこんな不条理をおぼえることができるだろう。川を憎むだなんて。

　それでもやはり、それは憎悪だった。かれにとって問題なのは、びしょびしょに湿った干し草ではなかった。問題なのは、**黒い川**の思慮のなさと、愚かしいまでの頑固さだった。その無神経とエゴイズム、きりを知らない鈍感さだった。司祭が川を思うとき、燃えるような血がこめかみに脈うち、からだじゅうを猛烈な勢いでめぐった。かれは居ても立ってもいられなくなった。それが夜の何時であろうと、ベッドから起きあがり服を着る。そして司祭館を出て、牧草地に向かった。つめたい風がかれを震えあがらせる。かれは微笑み、こう呟く。「どうして川を憎むなんてできるだろう。ただの地面のくぼみじゃないか。川は川だ、ただそれだけさ」ところが川の岸辺に立つと、いっさいのことがよみがえる。かれは憎悪と嫌悪と怒りにとらわれる。もしできることならば、心からよろこんで、水源から河口までを砂に埋めてしまいたかった。司祭は、だれかに見られていないか辺りの様子を窺いながら、ハンノキの枝を折ると、恥知らずな川の卵型をした図体を、ぴしゃりぴしゃりと鞭打った。

「消えて。あなたを見ると眠れない」ゲノヴェファはかれに言った。

「ぼくは、あなたに会えなければ生きていけない」

彼女はかれを、あかるい灰色の目で見た。かれはまたしても、彼女がそのまなざしで、じぶんの魂のもっともふかいところにふれているのを感じた。彼女はバケツを地面に置くと、ひたいの髪をはらった。

「バケツを持って、わたしといっしょに川に来て」

「ご主人はなんて言う?」

「あのひとは領主の屋敷に行ったわ」

「使用人たちは?」

「わたしのことをあなたが手伝ってるって」

エリはバケツを持つと、彼女のあとについて、石だらけの小道を歩きだした。

「あなた、大人になったわ」振り向きもせず、ゲノヴェファが言った。

「会えないとき、ぼくのことを考えてる?」

「あなたがわたしのことを考えてるとき、いつでもわたしは、あなたのことを考えてるわ。毎日。夢に見るの」

「ああ、いつまでこんなことつづけるの？」

エリはバケツを道に乱暴に置いた。「ぼくだか、ぼくの父親たちだかが、どんな罪を犯したっていうの？　なぜぼくがこんなに苦しまなくちゃならない？」

ゲノヴェファは立ちどまり、じぶんの足もとを見た。

「エリ、そんな畏れ多いことは言わないで」

お互いしばらく黙っていた。エリがバケツを持ちあげると、ふたりはふたたび歩きはじめた。道幅がひろくなったので、こんどは並んで歩いた。

「もう会わないことにしましょう、エリ。わたし妊娠したの。秋には生まれるわ」

「ぼくの子にちがいない」

「いっさいはあきらかになるし、なるようになるわ……」

「町に逃げよう、キェルツェに」

「……いっしょにはいられないわ、ちがいすぎるもの。あなたは若くて、わたしは年を取っている。あなたはユダヤ人で、わたしはポーランド人。あなたはイェシュコトレの人間、わたしはプラヴィエク。あなたにはだれもいない、わたしには夫がいる。あなたは自由、でもわたしは、この土地から、離れられないの」

木の橋脚まで来ると、ゲノヴェファはバケツから洗濯物をとりだし、つめたい水に浸けてすすぎはじめた。暗い水が石鹸の白い泡を洗い流した。

「ぼくをこんな気持ちにさせたのはあなただ」エリが言った。

「わかってるわ」

彼女は洗濯の手を止め、初めてかれの肩にじぶんの頭をもたせかけた。かれは彼女の髪の香りを感じた。

「ひと目見て好きになったの。最初から。こんな愛は、ぜったいに終わらない」

「それは愛なの?」

ゲノヴェファは答えなかった。

「ぼくの窓からは、水車が見えるよ」そうエリが言った。

フロレンティンカの時

人は狂気の原因を、ドラマティックな大事件とか、耐えられないような苦しみにあると考える。つまり、気がふれるには、それなりのわけがあるものと考える。恋人に棄てられるとか、親しい人の死とか、財産を失うとか、神の顔を見るとか。それに、こうも考える。つまり突然、いきなり、ふつうではない状況で、人は頭がおかしくなるものだ。狂気はまるで、獲物を捕らえる網みたいに、頭にばさりと落ちてきて、知性をがんじがらめにし、感覚を濁らせるものだと。

ところが、フロレンティンカの頭がおかしくなったのは、ふだんと変わらぬときだったから、なんの理由もないと言えるかもしれない。ずっと以前は彼女にも、気が狂うべき理由があった。酔った夫が**白い川**で溺死したとき、九人の子のうち七人を亡くしたとき、流産をくりかえしたとき、流産しなかった子をじぶんから堕ろしたとき、そのせいで二度ほど死にかけたとき、納屋が焼けてしまったとき、残った二人の子どもたちが、彼女を残してこの世のどこかに去ったとき。

いまや彼女は年老いていて、彼女の経験はいっさいが過去のものとなった。骨と皮ばかりで歯のない彼女は、丘の麓の、木でできたちいさな家に住んでいた。窓のひとつは森に、もうひとつは村に向いていた。フロレンティンカには、彼女と彼女の犬を養う二頭の牝牛が残された。家のちいさな庭には、虫のついたプラムの木がたくさん生えていた。夏には、家の前の大きなアジサイの茂みが花を咲かせた。

フロレンティンカは、だれにも知られぬまま、気がふれた。まず、頭痛がして夜眠れなくなった。月が彼女の眠りを妨げた。隣人たちに、彼女は言った。月がじぶんを監視している、抜かりない月のまなざしが壁や窓を突きぬける。月の光は彼女を捕らえる罠を仕掛ける。鏡の中にも、窓ガラスにも、水面に映る月影にも。

それからフロレンティンカは、夜ごと家の前に出て、月を待ちうけるようになった。牧草地の上に、形がちがっているとはいえ、いつもおなじ月がのぼってきた。彼女は月を拳で威嚇した。人びとは、空に振りあげられた彼女の拳を見てこう言った。フロレンティンカの頭がいかれてしまったと。

フロレンティンカの体はとてもちいさく、痩せていた。妊娠と出産をくりかえしたあと、丸いお腹が残された。いまとなっては、それがとても滑稽に見えた。スカートの下に丸パンを隠しているみたいだったから。妊娠と出産をくりかえしたあと、彼女には歯が一本も残らなかった。まるで諺にありそうだ。「ひとりの赤ん坊にひとつの歯」つまり、なにかを得れば、なにかを失う。フロレンティンカの胸は、たしかにむかしは女性の胸だったこともあるけれど、いまは真っ平らで、長く垂れていた。それは体に寄りそっていた。その皮膚は、クリスマスのあとで飾りをしまうときに包む薄紙に似ていた。皮膚を通して、繊細な青い血管が見えた。それはフロレンティンカがまだ生きているという印だった。

女性が男性より早く死に、母が父より早く死に、妻が夫より早く死ぬ時代だった。だって女性は、その乳房で人類を養っていたから。彼女たちから子どもたちが生まれた。まるで卵がかえるみたいに。割れた卵はあとでふたたび、みずから殻をくっつけなくてはならなかった。女性は、強ければ強いほど子どもをたくさん産んだから、結局は、より弱くなった。生を受けて四十五年目、永遠の出産サイクルから解放されたフロレンティンカの体は、独自の不妊のニルヴァーナに到達した。

フロレンティンカの気がふれて以来、彼女の家の敷地内に、犬やら猫やらがひんぱんに出入りするようになった。まもなく彼女を人びとは、じぶんたちの良心の救世主とみなし始めた。つまりかれらは、仔猫や仔犬を川に沈めるかわりに、アジサイの茂みの陰に置き去りにするようになったのだ。養い手である二頭の牛は、捨てられていた動物たちの群れのため、フロレンティンカの手でミルクを搾られた。フロレンティンカは動物たちに、人間に対するのとおなじく、いつも敬意をもって接した。朝は「おはよう」と言うし、ミルクの入ったボールを置くときも、「召しあがれ」を忘れなかった。それどころか、かれらのことを、「イヌ」とか「ネコ」とは呼ばなかった。だってそれでは、なんだか物みたいだ。彼女は「イヌさん」「ネコさん」と呼んだ。マラクさんとか、フリパワさんと呼ぶように。

フロレンティンカはじぶんのことを、異常だなんてぜんぜん思っていなかった。月は変わらず彼女のことを迫害していた。ほかの、いわゆるふつうの迫害者みたいに。ところがある晩、ふしぎなことが起こった。

いつもの満月の晩のように、フロレンティンカは犬たちを連れ、月を呪いに丘に出かけた。犬たちは傍で草に寝そべり、彼女は空に向かって叫んでいた。

「あたしの息子はどこ?　あの子にいったいなにをした?　この太った銀色のヒキガエルめ!　おまえ

は、あたしのあの人をだまくらかして、水に引きずりこんだだろう！　今日、おまえを井戸で見たよ、あたしはおまえを捕まえたよ、証拠もある、おまえはあたしたちの飲み水に毒を盛ったね……」

セラフィンの家の灯りがともり、男の声が闇のなかに響いた。

「静かにしろ、きちがい！　こっちは寝るところだ」

「どうぞおやすみ、死ぬまで寝てな。寝るしか能がないくせに、なんで生まれてきたのかね」

声は沈黙した。フロレンティンカは地面に座りこむと、じぶんの迫害者の銀色の顔を見つめた。ふかい皺がほりこまれ、宇宙的なあばた痕のあるその顔は、涙を流していた。犬たちは草に寝そべり、彼らの黒い目も月を映しこんでいた。みな、静かに座っていたが、やがて老女はその手を大きな巻き毛の雌犬の頭に置いた。そしてそのとき彼女は、じぶんの頭にあるのがじぶんの考えではないこと、それは考えですらなくて、考えのスケッチ、イメージ、印象であることに気がついた。それは、彼女の考えとは異質ななにかだ、というのも（と、彼女は感じたのだが）それが外から来たというばかりでなく、まったくべつのなにかだったたから。モノトーンで、明瞭で、ふかくて、感覚的で、香りを放つなにか。

空には月が、ふたつ浮かんでいた、ひとつが、ひとつの傍らに。川が流れていた、つめたく、楽しそうに。家々があった、魅惑的であると同時に、恐ろしい家が。森の輪郭は、奇妙な興奮にあふれた光景。草の上に転がっているのは棒きれと石、思い出とイメージにみたされた葉っぱ。その脇を、小道みたいにはしる、意味の帯。地面の下には、温かい、生きた廊下。なにもかもが、ちがっている。ただ、世界の外貌だけが、もとのままだった。そのとき、じぶんにそなわる人間の知性で、フロレンティンカは理解した。

人びとは正しく、じぶんの気が、ちがってしまったということを。

「あたし、あたしと話しているのかしら」彼女はじぶんの膝に頭をもたせている雌犬に尋ねた。

そうだとわかっていた。

彼女と犬たちは帰宅した。フロレンティンカは、晩のミルクの残りをボールにあけた。そしてじぶんも食卓についた。パンの欠片をミルクに浸し、歯のない歯茎でそれを噛んだ。食べながら、犬のうちの一匹を見つめ、目に見えるそのものにむかって、なにか言おうと試みた。考えを始動させ、なにか「想像する」たぐいのことをしてみた。「あたしはここにいる、食べている」犬が頭をもたげた。

そういうわけでその夜に、迫害する月のせいか、あるいはじぶんの狂気のせいかはわからないけれど、フロレンティンカはじぶんの犬や猫と会話する方法をおぼえた。会話とはすなわち、イメージを働かせるということだった。動物が想像することは、人間の会話ほどにはまとまっていないし、具体的でもない。そこには内省もない。あるのはただ、内側から見られた事物。そこからは疎外感も生まれないし、人間的な距離感もない。このせいで、かれらの世界は、より友好的なものになっている。

フロレンティンカにもっともたいせつだったのは、動物のイメージから生まれるふたつの月だった。おどろくべきことに、動物たちには月がふたつ見えるのに、人間にはひとつしか見えない。フロレンティンカにはそれが理解できなかった。それで結局、理解するのをやめてしまった。月と月とは互いに異なっていて、ある意味矛盾してさえいるが、それと同時に、おなじ月なのだ。ひとつはやわらかく、水気をふくんで、やさしい。もうひとつは、まるで銀のようにかたく、よろこばしげに鳴り響き、輝いている。そういうわけで、フロレンティンカの迫害者は、二面性を持っている。ということはつまり、彼女にとって、一層の脅威であるということだ。

ミシャの時

十歳のとき、ミシャはクラスでいちばんちいさかったので、最前列に座っていた。机のあいだを行ったり来たりする先生に、彼女はよく頭をなでられた。

学校からの帰り道、彼女は人形に必要な物を集めた。トチの実の殻はお皿にするため、ドングリの殻斗（かくと）はカップにするため、苔はクッションにするために。

ところが家に帰ってみると、なにをして遊ぶか決めかねた。あるときは、人形遊びに心惹かれた。人形に服を着せたり、(目には見えないけれど本当に存在するなにかを) 食べさせてみたりしたかった。赤ちゃん用のおくるみで動かない体を包んだり、ぬいぐるみたちの素朴なお話で寝かしつけたりしたかった。ところがじっさい人形たちを手にとると、ミシャはうんざりしてしまう。それらはもはや、カルミラでもユディタでもボバスカでもない。ミシャに見えるのは、薔薇色の顔に描かれた平たい目、赤く塗られた頬、どんな食べ物も受けつけない、永遠にひとつに結ばれたままの唇。ミシャは、かつてカルミラだった物の顔をこちらに向けると、ちいさな平手打ちをくらわせた。その手が、布に包まれたおが屑を叩いたことを感じた。人形は文句も言わず、抵抗もしなかった。それでミシャは、薔薇色の顔を窓にむけて座らせて、これ以上それに関わるのをやめた。そしてママの化粧台をかきまわしにいった。

両親の寝室にしのびこみ、二面鏡の前に座るのはすばらしかった。鏡はふだん見えないものさえ映しだす。部屋の隅の陰、じぶんの後頭部……。ミシャはビーズ飾りや指輪を身に着け、小箱を開け、口紅の秘密を延々と調査した。ある日、カルミラにとくにがっかりさせられたとき、ミシャは口紅をじぶんの唇までもっていき、赤々と塗ってみたことがある。口紅の赤は時間を一気に動かして、ミシャはいまにも死にそうな、数十年後のじぶんを見た。唇から乱暴に色を拭いさり、彼女は人形にふりむいた。おが屑の詰まったぽってりした両手をつかむと、その手といっしょに音を立てずに拍手した。

とはいえ、いつも彼女は母の鏡台に戻ってきた。つやつやのキャミソールを着てみたり、ハイヒールを履いたりしてみた。レースのついたペチコートは、床までとどくドレスになった。その姿を鏡で見ると、とつぜんじぶんが滑稽に思われた。「カルミラにパーティードレスを縫ってあげたらいいかしら」この思いつきにわくわくしながら、彼女は人形のもとに帰った。

ある日、鏡台と人形を行き来するあいだに、ミシャはキッチンテーブルの抽斗に気がついた。そのなかにはすべてが、つまり、全世界がしまってあった。

まずそこに入っていたのは、写真だった。そのうちの一枚には、ロシア帝国軍の軍服を着た父親が、だれかと並んで写っていた。腕を互いの体にまわして、まるで親友どうしみたい。父は耳から耳までぐるりと髭を生やしている。うしろで噴水がしぶきをあげている。べつの一枚は、パパとママの顔。ママは白いヴェールをかぶっている。パパの顔にはおなじ髭。ミシャのお気に入りは、髪の短いママが、額にリボンを結んでいる写真。そのママは、ほんものの貴婦人に見える。ミシャ自身の写真もあった。家の前のベンチに、コーヒーミルを膝にのせて座っている。頭の上でライラックが咲いている。

二つ目は、ミシャによると、家の中でいちばん高価なもの。彼女はそれを「月の石」と名づけた。パパがあるとき野原で見つけて、ふつうの石とはちがうと言った。ほぼ理想的な丸形で、表面にきらきら光るなにかの欠片が埋めこまれている。それは、クリスマスツリーの飾りに似ていた。ミシャは石をじぶんの耳にあて、なんらかの音、石からの合図を待ってみた。でも、空からきた石はなにも言わなかった。

三つ目は、古い体温計。中の水銀管が壊れていたので、水銀は、体温とはまるで関係なしに、いかなる目盛りにも邪魔されず、自由にあちこち動くことができた。細い流れになったり、怯えた動物みたいにいきなり球状に固まったり。黒く見えたかと思うと、つぎの瞬間にはいっぺんに、黒にも銀にも白にも見えた。ミシャは、水銀を閉じこめた体温計で遊ぶのが好きだった。水銀を生き物だと考えた。それで、きらめきを意味するイスクラと名づけた。抽斗を開け、いつもちいさく呼びかけた。

「こんにちは、イスクラ」

四つ目。壊れて古ぼけた流行遅れのアクセサリーが、抽斗の奥に投げこまれたまま。こういう無駄な買い物に、だれも抵抗できない。ちぎれた鎖の金メッキがはがれて、灰色の金属がのぞいている。水牛の角でできた繊細な透かし彫りのブローチ。灰の中から豆を拾いあつめるシンデレラを鳥が手伝っている図案だ。紙切れのあいだで輝いているのは、骨董市から持ち帰ったあとで忘れられた指輪のガラス玉、イヤリングのクリップ、さまざまな形のガラスのビーズ。ミシャはこれらの、単純で無益な美に目をみはった。指輪にはまった緑の瞳で窓の外を眺めてみた。世界はまるでちがって見えた。きれい。どの色の世界に住みたいか、ひとつに決めるなんてとてもできない。緑か、ルビーか、紺碧か、それとも黄色か。

五つ目。ここにしまってあるもののうち、もっとも子どもから隠したい物は、飛び出しナイフ。ミシャはこのナイフを恐れていた。どう使うか、ときどき想像はするけれど。たとえばパパを守るため。だれかがパパに危害を加えようとしたときに。ナイフは無害なように見えた。柄は赤黒いエボナイト製で、そこに刃が狡猾に隠されていた。いつだったか、パパが指一本で刃を出すのを見たことがある。そのひと押しの音すら攻撃的で、ミシャは震えあがった。だから、偶然であっても、ナイフにふれないよう気をつけた。

六つ目。ミシャはナイフをしかるべき場所、奥ふかく、抽斗の右側、聖像画の下にしまっていた。数年かけて集められたちいさな聖像画が、ナイフの上にかぶせてある。クリスマスのあと、教区をまわって司祭が子どもに配るようなやつだ。描かれているのはほぼすべて、イエシュコトレの聖母か、ちいさなイエス。つんつるてんのシャツを着て、子羊に餌をやっている。ぷくぷくに太ったイエスの金髪は巻き毛で、ミシャはこんなイエスさまが好きだ。髭を生やした父なる神が、青い王座に寝そべる一枚もあった。神はその手に、折れたステッキを持っていて、それがなにか、ミシャにはずっとわからなかった。あとでわかったのは、神が雷を手にしているということで、それ以来ミシャは神を恐れるようになった。

聖像画のあいだにころがっているのは、ちいさなメダル。ふつうのメダルではない。それはコペイカ銅貨でできていた。おもては聖母像が鋳(い)られ、裏では鷲が翼をひろげている。

七つ目。抽斗の中で、形の揃ったちいさなブタの骨が、からから音をたてている。それを投げて遊んだものだ。ミシャはママが豚足でゼリー寄せをつくるとき、骨を捨てないのをよくよく見ていた。形の揃った骨を注意ぶかく洗い、オーブンに入れて乾燥させなくてはならない。ミシャはそうした骨を手にするのが好きだった。骨は軽くて、それぞれちがうブタのものにもかかわらず、どれもおなじ形をしていた。ミシャは思った。クリスマスや復活祭に殺されるすべてのブタ、世界中のすべてのブタが、ゲームのために、みなおなじ骨を持っているの？　ときどきは、生きたブタを思って気の毒になった。だが、かれらの死には少なくとも、ひとつあかるい面がある。その骨はのちに、ゲームのサイコロになるということだ。

八つ目。古い、使用済みのボルタ電池がしまってある。最初、ミシャは、飛び出しナイフとおなじく、それらにぜんぜんさわらなかった。まだエネルギーが蓄えられているかもしれないとパパが言ったから。でも、平たくちいさな容器に閉じこめられたエネルギーという概念は、ものすごく魅力的だった。それは、体温計に囚われた水銀を思わせた。でも、水銀は見えても、エネルギーは見えない。どんな見かけかしら。ミシャは電池を取りだし、数秒のあいだ手のひらにのせてみた。エネルギーは重たかった。こんなちいさな容器のなかに、エネルギーがたくさん入っているにちがいない。おそらくは、酢漬けにするキャベツみたいに詰めこんで、指でぎゅうぎゅう押したのだ。それからミシャは、舌先で黄色い針金をなめてみた。かすかにぴりりと刺激を感じた。目には見えない電気エネルギーの残りが、電池から送られてきたのだった。

九つ目。ミシャは抽斗にいろいろな薬を見つけた。そしてそれらをぜったい口に運んではいけないことはわかった。ママの錠剤と、パパの軟膏。でもとりわけ、紙袋入りのママの白い粉薬には敬意をはらった。ママがそれを飲む前はいつも、怒って、いらついて、頭が痛いと言っていた。ところがひとたびそれを飲むと、やさしくなって、トランプ占いを始める。

そう、十個目がまさに、占いやポーカーをするためのトランプ。片面は、どれもおなじに見える緑の植物模様。だが、ミシャがそれらを裏返すと、一連の肖像画があらわれた。キングとクィーンの顔を見ながら、ミシャは数時間を過ごした。かれらの関係を想像してみた。そしてこの抽斗を閉めたとたんに、かれらが長いおしゃべりに興じはじめるのではないか、じぶんたちの王国について口論してはいまいかと疑った。いちばんのお気に入りはスペードのクィーン。それはもっともきれいで、もっとも憂鬱そうに見えた。クィーンには、意地の悪い夫がいた。クィーンには友だちがいなかった。ものすごく孤独だった。ミシャはいつもママが並べるペイシエンスの列に、彼女の姿をさがした。ママが占いをするときも、さがした。でもママは、並べたカードをじっと見るのにいつも時間をかけすぎる。テーブルでなにも起こらないから、ミシャは退屈になってしまう。そういうときは彼女はいつも、世界が入った抽斗に戻る。

クウォスカの時

ヴィディマチュにあるクウォスカの小屋には、ヘビとフクロウとトビが棲んでいた。生き物たちは互いの場所を決して侵害しなかった。ヘビは台所の炉の近くに棲んでいて、そこにクウォスカはミルクのボールを置いてやる。フクロウは屋根裏の、窓をつぶした壁龕（へきがん）に棲んでいる。まるでちいさな彫像みたいだ。トビは天井の梁、家のもっとも高い場所にいる。本当の住処は空だったけれど。

クウォスカがもっとも長く世話していたのはヘビだ。毎日ミルクのボールを置き、ボールの置き場所は、家にどんどん近づいた。ある日、クウォスカの足にヘビが這いのぼった。クウォスカがヘビを手に取ると、おそらくは草とミルクのにおいのする彼女の温かい皮膚のせいで、ヘビは意識をうしなった。彼女の肩にヘビはぐるぐる巻きついて、金色の瞳がクウォスカのあかるい色の目をじっと見た。クウォスカはヘビに、金を意味するズウォティスと名づけた。

ズウォティスはクウォスカに恋をした。彼女の温かい皮膚が、ヘビのつめたい体とつめたい心臓を温めた。ヘビは彼女のにおいや、この地上のなにものにも比べられないその皮膚のベルベットみたいな手ざわりを欲しがった。クウォスカがズウォティスを手にとると、ヘビには、ただの爬虫類であるじぶんが、とくべつななにか、すごく重要ななにものかになったような気がした。ヘビは彼女に贈り物として、捕獲したネズミや、乳白色をしたうつくしい川の石や、樹皮のかけらを持ちかえった。あるときヘビは女にリンゴを贈り、女は笑いながらそれを顔に近づけた。彼女の笑いは、ふんだんな芳香をふりまいた。

「あんたったら、誘惑してるのね」彼女はヘビにやさしく言った。

ときどきクウォスカはズウォティスに、じぶんの衣服を投げてよこすことがあり、そういうとき、ヘビは衣服に這いのぼり、彼女の残り香をたのしんだ。彼女が通るあらゆる道でヘビは彼女を待ちうけて、彼女の動きのひとつひとつを追っていた。彼女はヘビに、昼のあいだはじぶんの寝床にいることをゆるした。彼女はヘビを、銀の鎖みたいに首に巻き、腰回りに締め、腕輪がわりにした。夜、クウォスカが眠っているとき、ヘビは彼女の夢を盗み見て、彼女の耳をひそかに舐めた。

女が**悪人**と愛しあうとき、ズウォティスは苦しんだ。**悪人**のことを、人にとっても動物にとっても異質なものだと感じていた。そのときヘビは、葉陰に身をひそめるか、太陽の光を直視した。太陽には、ズウォティスの守護天使が住んでいた。ヘビの守護天使はドラゴンだ。

あるとき、ヘビを首に巻いたクウォスカが、薬草を摘みに川沿いの草原を歩いていた。そこで彼女は教区司祭に出くわした。司祭はかれらを見ると、おののき、後ずさった。

「この魔女めが！」杖を振りまわして司祭は叫んだ。「プラヴィエクとイェシュコトレと、わたしの教区から出ていけ！　おまえは首に悪魔を巻いて歩いているのか？　聖書がなんと述べているか、おまえは聞かなかったか？　神がヘビになんと言われたかを？　〝わたしは恨みをおく、おまえと女とのあいだに、おまえのすえと女のすえとのあいだに。彼はおまえのかしらを砕き、おまえは彼のかかとを砕くであろう〟」

クウォスカはけらけら笑うと、スカートをまくりあげ、司祭になにも履かない下腹を見せた。

「失せろ！　失せろ、悪魔め！」教区司祭は叫ぶと、数回じぶんに十字を切った。

一九二七年の夏、クウォスカの小屋の前で、アンゼリカがすっかり大きくなった。クウォスカは、油っぽくて太くてがっしりしたアンゼリカの若芽が地面からのぞいた瞬間からじっと観察していた。それがゆっくり大きな葉をひろげるさまを見ていた。植物はひと夏かけて毎日毎時間成長し、いまにも小屋の屋根を追い越して、その上に豊かな天蓋をひろげんばかりになった。

「さあ、あんた、つぎはどうする？」クウォスカは、草にむかって皮肉っぽく言った。「あんたはずいぶんがんばって、空にむかって伸びたわけだけど、そんなんじゃ、地面じゃなくって、ひさしに種を播いちゃいそうよ」

アンゼリカは二メートルにも達し、葉はあまりにも雄々しかったから、周囲の植物から陽の光をみんな奪った。そして夏の終わりには、周りに一本の植物も生えることができなくなっていた。そして、聖ミハウの日に花を咲かせたが、あたりに漂う苦くて甘い花の香りのため、クウォスカは暑い幾晩かを眠れずに過ごした。強くて油っぽい植物の、体のするどい輪郭が、銀色の月夜の空に浮かびあがった。ときどき、そよ風が樹木の天蓋を揺らし、咲き終わった花を散らした。この衣擦れのような音を聞いて、クウォスカは肘をついて起きあがり、植物が生きる様子に耳をかたむけた。小屋いっぱいに、誘うようなにおいがたちこめていた。

あるとき、クウォスカがついに寝入ったとき、目の前に金髪の青年があらわれた。背が高く、がっしりした体つきをしていた。肩や胴は、まるで磨いた木でできているようだった。月の光がかれを照らしていた。

「窓からきみを見ていたんだ」と、かれは言った。

「知ってるわ。あんたのにおいのせいで、感覚がくるってるの」

青年は部屋の中に入ると、クウォスカのほうに両手をのばした。クウォスカはその腕のあいだにもぐりこみ、力づよくてかたい胸に、じぶんの顔をおしあてた。互いの唇が見つけあうことができるよう、かれは彼女をかるがると抱きあげた。クウォスカは、半ば閉じたまぶたの下から青年の顔を見た。それはざらざらして、まるで植物の茎のようだった。

「夏中ずっと、あんたが欲しかったの」彼女はかれの口に言った。お菓子やキャンディや砂糖漬けのフルーツや、雨が降ったあとの大地の味がする口に。

「ぼくもだ」

ふたりは床によこたわり、互いの体を草のようにこすりあわせた。それから、アンゼリカはクウォスカを、じぶんの尻に植え、彼女の中にじぶんの根をおろしたのだった。アンゼリカはリズミカルに、ふかくふかく、彼女の体いっぱいにひろがり、すみずみまで貫いて、彼女から水を吸いあげた。かれは朝まで、空が白み、鳥が囀(さえず)りはじめるまで、彼女からずっと飲んでいた。それからアンゼリカは寒さに震え、かたい体は、まるで樹木のように、しんと冷えかたまった。天蓋が風にざわめき、クウォスカの満ちたりた裸の体の上に、乾いた、棘のある種がぱらぱらとふりおちた。やがて、金髪の青年は家の前のじぶんの場所へ帰り、クウォスカは、じぶんの髪から芳香のする粒を一日中つまみとっていた。

ミシャはいつだってかわいかった。家の前で砂遊びする彼女を初めて見かけたときからずっと。ミハウはいっぺんで好きになった。かれは彼女にコーヒーミルを贈った。ミシャはミハウの魂にあいた、ちいさな場所にぴったりとはまりこんだのだった。かれは彼女にコーヒーミルを贈った。それは東から持ち帰った戦利品だった。そしていっさいを、あたらしくやりなおすために、ミルといっしょにじぶん自身も、ちいさな女の子の手にゆだねた。

かれは彼女が成長するのを見守った。彼女の最初の歯が抜けて、おなじところにあたらしい歯、そのちいさな口には大きすぎる白い歯が生えるのを見守った。夜ごと彼女がおさげをほどき、眠たげにゆっくりとかすのを、やさしい喜びを感じながら見守った。ミシャの髪は、最初は栗色、それから濃い茶色に変わったが、いつも赤々と、血か炎みたいに輝いていた。ミハウはミシャに髪を切らせようとしなかった。病気のミシャの髪が、もつれて枕にはりついたときですら。それは、イェシュコトレの医者がミシャは助からないかもしれないと言ったときだ。ミハウは意識をうしなった。イスから滑り落ち、床に倒れこんだ。倒れることでミハウの体がなにを言ったかはあきらかだ。ミシャが死ねば、かれも死ぬ。つまり、文字通りそういうことで、疑う余地はぜんぜんなかった。

ミハウには、じぶんが感じていることをどう表せばよいのかわからなかった。かれにはこう思われた。

つまり、愛する者はいつも与える。かれがいつも、彼女に思いがけないプレゼントを贈ってきたのはそのためだ。彼女のために川で輝く石をさがしたり、ヤナギの木からちいさな笛を彫りだしたり、卵に絵を描いたり、紙で鳥を折ったり、キェルツェでおもちゃを買ってきたり。要するに、ちいさな女の子が気に入りそうなことならなんでもした。でも、なによりミハウの頭にあったのは、もっと大きなもののことだった。永続的でありながらうつくしいもの、人というより、むしろ時間とのつきあいを意味するもの。そういうものなら永遠に、時間を止めて、かれの愛をとどめておいてくれるだろうから。そしてミシャをも時間のなかに、いつまでもとどめておける。そういうものがもしあれば、かれらの愛は永遠になるだろう。

もしもミハウが全能の統治者だったら、ミシャのため、小山の頂に大きな家を建てるだろう。うつくしくて、壊れない家を。でもミハウはただの粉ひき職人だったから、ミシャに服やおもちゃを買い、紙の鳥を作っている。

ミシャは近所の子どものなかでも、もっともたくさんの服を持っていた。彼女はお屋敷のお嬢さまみたいにかわいらしく見えた。キェルツェで買った本物の人形を持っていた。まばたきするし、仰向けにすれば赤ちゃんの泣き声みたいな音を出す人形だ。人形用の木製の乳母車さえ持っていた。しかも二台。一台は小屋を取り壊したときの廃材から作った。二階建ての人形の家も、クマのぬいぐるみも数匹持っていた。どこへ行こうといつもミハウはミシャを想い、いつも彼女を恋しがった。彼女にむかって声を荒げたこともなかった。

「せめてほんの一度でも、お尻を叩いてくれたらね」ゲノヴェファはうらめしそうに言った。

父を信頼しきったこのちいさな体を、じぶんが叩くなんてことがありうると考えただけで、ミハウはすっかり弱ってしまい、いつだかはついに失神した。だからミシャは、怒るママからパパにしょっちゅう救いを求めた。粉で白くなったミハウのジャケットの背に、小動物みたいに身を隠した。そんなときミハウは、いつもなにものにも損なわれない彼女からの信頼に胸打たれながら、じっと動きを止めていた。

ミシャが学校に通うようになると、毎日ミハウは水車小屋で短い休憩時間をつくり、彼女が帰るのを橋まで見にいった。ポプラの陰からちいさな姿が見えてくる。この眺めは、朝、ミシャが出かけたときにうしなわれたいっさいを、ミハウに還してくれる。それからかれは彼女のノートを見て、宿題を手伝ってやる。ロシア語とドイツ語も教える。ちいさな手をとり、いっしょにすべての文字を書いてみる。鉛筆も削ってやる。

やがてなにかが変わりはじめた。一九二九年のことだ。すでにイズィドルが生まれていて、生活のリズムに変化が訪れた。ある日ミハウは、ミシャとゲノヴェファが洗濯物を干すのを見かけた。ふたりともおなじ背丈で、頭に白いスカーフをかぶっていた。洗濯紐にはスリップとブラジャーとペチコート、それぞれの片方がもう片方よりほんのすこしちいさい、女物の下着が掛かっていた。一瞬、かれは考えた。ちいさい方はどっちのだろう。そしてわかったときには、少年のようにうろたえた。それまでは、ミシャの衣服のちいささは、ミハウにやさしい気持ちを呼びおこしてきた。いま、下着の掛かったロープを見ているかれの心を捉えたのは、時間が早く過ぎることへの怒りだった。あんな下着は、見たくなかった。

それとおなじころ、あるいはしばらくのちのある晩、ベッドのゲノヴェファが眠そうな声で、ミシャに初潮があったと告げた。それから妻はかれに身を寄せ、眠りについた。夢のなかで、老婆みたいにふかぶかと息を吐きながら。ミハウは眠れなかった。よこたわったまま、じぶんの前の闇を見ていた。そしてついに寝入ると、切れ切れの奇怪な夢を見た。

夢でかれは畦道を歩いていた。両側にはなにかの穀物か、背の高い黄色い草が生えていた。畦道をクウォスカが行くのが見えた。鎌を持っていて、その鎌で草の穂を刈っていた。

「見て」と、クウォスカが言った。「草が血を流してる」

かれが身体を傾げてみると、切られた茎から本当に血が滴っているのが見えた。これはとても不自然で、恐ろしいように思われた。かれは怖くなった。ここからもう立ち去りたいと思い、くるりとふりかえると、草のなかにミシャがいるのが見えた。学校の制服を着て、目を閉じてよこたわっていた。かれは彼女がチフスで死んだとわかっていた。

「彼女は生きてるわよ」クウォスカが言った。「でも、まず死ぬときは、いつもああいうふうになるの」

彼女はミシャの方にかがむと、なにか言った。ミシャが目覚めた。

「おいで。うちに帰ろう」ミハウは娘の手をとると、じぶんの方へ引っぱった。

でもミシャはちがった。まるで、まだ意識が戻っていないようだった。彼女はかれを見なかった。

「いいえ、パパ、することがたくさんあるの。行かないわ」

そのときクウォスカがミシャの唇を指さした。

「見てよ、あの子ったら、話すときに唇を動かさないわ」

ミハウは夢のなかで理解した。ミシャはある種の死に達したと。ある不完全な死、でも本当の死とおなじくらい人を無力にする、ある死に。

イズィドルの時

一九二八年の十一月は、雨ばかりで風もつよかった。ゲノヴェファが二番目の子どもを産んだのも、まさにそんな日だった。

産婆のクツメルカが駆けつけるやいなや、ミハウはミシャをセラフィンのうちに送っていった。セラフィンはテーブルにウォッカの瓶を置き、すぐにべつの隣人たちもやってきた。みながミハウ・ニェビェスキの跡継ぎのために、飲みたがっていた。

ちょうどこのときクツメルカは、お湯を沸かしてシーツの準備をしていた。ゲノヴェファは単調なうめき声をあげながら、台所の壁に沿ってゆっくり行ったり来たりしていた。

ちょうどこのとき、十一月の天空で、まるで大きな氷山みたいな土星は射手座に位置していた。あらゆる境界を越えていくのをたすける惑星、強力な冥王星は、蠍座に居座っていた。その夜、蠍座はじぶんの腕に、火星とやさしい月を抱きよせた。八つの空がハーモニーを奏でるなかで、天使たちの敏(さと)い耳が、カップが落ちて砕け散るような、鳴り響く音を聞きわけた。

ちょうどこのときクウォスカは、小屋を掃除し、隅に積んだ去年の干し草ひと山の上に、腰をおろしたところだった。彼女は子どもを産みはじめた。これには数分がかかった。そして、大きくてかわいらしい赤ん坊を産んだ。小屋にアンゲリカの香りが立ちこめた。

ちょうどこのときニェビェスキ家では、ちいさな頭があらわれて、ゲノヴェファの出産はむずかしい事態になった。彼女は気をうしなった。おどろいたクツメルカは窓を開けると、暗闇に叫んだ。

「ミハウ！　ミハウ！　みんな！」

でも強風が彼女の声をかき消してしまい、クツメルカはひとりでなんとかしなければならないと悟った。

「弱虫ね、そんなの女じゃないわよ！」じぶんを奮い立たせようと、産婆は気絶している女にむかって言った。「ダンスするみたいにね、子どもを産んでるんじゃなくてさ……これじゃあ子どもが苦しいよ……」

彼女はゲノヴェファの顔をぺちんと叩いた。

「ああなんてこった、いきんで、いきんで！」

「女の子？　男の子？」ゲノヴェファは譫言みたいにくりかえしたが、痛みのために意識をとりもどすと、いきみはじめた。

「男でも女でも、どっちでもいいでしょ？　ほら、もっといきんで、もっと……」

赤ん坊がクツメルカの手に湿った音を立てて滑り出たかと思うと、ゲノヴェファはふたたび気をうしなった。クツメルカが子どもを取りあげた。子どもは弱弱しく泣きはじめた。

「女の子？」気がついたゲノヴェファが尋ねた。

「女の子？　女の子？」産婆がゲノヴェファの真似をした。「あんたったらほんとに意気地がないね、女じゃないわ」

　女性たちが息を切らして部屋に入ってきた。

「行って、ミハウに息子が生まれたって伝えて」クツメルカが命じた。

　子どもはイズィドルと名づけられた。ゲノヴェファの産後の肥立ちはよくなかった。熱が出て、赤ん坊にお乳をやることもできなかった。彼女は譫言を叫んだ。子どもが取りかえられたというのだった。意識が戻ると、彼女はすぐにこう言った。

「娘を抱かせて」

「男の子が生まれたんだよ」ミハウが答えた。

　ゲノヴェファは、長いこと赤ん坊を見つめていた。それは男の子だった。大きくて、青白かった。薄いまぶたに、水色の血管が透けて見えた。その頭は、大きすぎるし重すぎた。赤ん坊はものすごく落ち着きがなくて、ほんのちいさな物音にも、泣いて身をよじらせた。あまりにも大きな声で泣き叫ぶので、静かにさせるのは至難の業だった。床が軋んでも、時計が鳴っても目を覚ました。

「牛乳を飲んでるせいよ」クツメルカが言った。「あんたがお乳をあげなくちゃ」

「母乳が出ないのよ。出ないの」絶望してゲノヴェファがうめいた。「だれか代わりにお乳をあげてくれるひとをさがさなきゃ」

「クウォスカが子どもを産んだわ」

「クウォスカはいや」ゲノヴェファが言った。

乳母はイェシュコトレで見つかった。ユダヤ人で、産んだ双子のひとりを亡くしていた。ミハウは彼女を一日二回、製粉所まで馬車で送り迎えした。

人間の母乳を与えられても、なおイズィドルは泣きつづけた。夜ごとゲノヴェファは赤ん坊を抱き、台所やら居間やら、あちこちを行き来した。泣くのにかまわず、彼女は寝ようともした。でもそうすると、ミハウが起きて、ミシャの眠りを妨げぬよう、こっそり子どもを毛布にくるむと、星空の下に連れていく。かれは息子を丘や森につづく街道に連れだした。揺すられるのと松の木の香りのせいで、子どもはしんとおとなしくなる。でも、ミハウと帰りの途につき、家の敷居をまたいだ瞬間、ふたたび泣きだすのだった。

ときどきミハウは寝たふりをして、半ばひらいたまぶたから、妻をこっそり盗み見た。妻は揺り籠の前に立ち、子どもをじっと見すえていた。彼女は子どもを、なんの感情もないような、つめたいまなざしで眺めていた。人間ではなくなにかの物、物体を見ているようだった。そしてそのまなざしを感じるかのように、赤ん坊はもっと大きく、もっと哀れっぽく泣くのだった。母と子どもが頭でなにを考えていたのか、ミハウにはぜんぜんわからない。でもある夜、ゲノヴェファが彼にひそひそ声でこう告げた。

「これはわたしたちの赤ちゃんじゃないわ。クウォスカの子よ。クツメルカはわたしに〝娘〟って言ったもの、それはおぼえているの。それからなにかがあったんだわ。クウォスカがクツメルカをだましたのね。だって、目が覚めたら、男の子がいたんだから」

ミハウはベッドに腰かけると、灯りをつけた。涙で濡れた妻の顔が見えた。
「ねえ、そんなふうに考えちゃいけないよ、ゲノヴェファ。あれはイズィドルだ、ぼくたちの息子だよ。ぼくに似ている。ぼくたちは息子を欲しがってたじゃないか」

この夜の短い会話のなにかが、ニェビェスキの家にとどまった。そしてこんどは、ふたりでじっくり子どもを見た。ミハウはじぶんと似ているところをさがした。ゲノヴェファは、息子の指をたしかめたり、背中の皮膚を観察したり、耳の形をしらべたりした。そして月日が経つほどに、この子はふたりの子ではないという、妻の言い分の証拠がたくさん見つかった。

初めての誕生日、イズィドルにはまだ一本も歯が生えていなかった。やっとおすわりができたけれど、かれ自身はほとんど育っていなかった。どうやらかれの成長は、頭の中で進行しているらしかった。顔はちいさいままなのに、イズィドルの頭は、眉から上が横にも縦にも大きくなった。

一九三〇年の春、夫婦は子どもをタシュフの医者のところに連れていった。
「これはもしかして、水頭症かもしれません。これにかかると、子どもはほぼ亡くなります。手の施しようがないんです」

医師の言葉は呪文になって、疑惑によって凍りついたゲノヴェファの愛情を溶かした。

ゲノヴェファはイズィドルを愛するようになった。まるで犬か、足をひきずるかわいそうな小動物を愛するみたいに。それは、人間の抱くもっとも純粋な同情だった。

領主ポピェルスキは、金儲けの時機を迎えていた。かれは毎年、魚の池を買い足した。このあたりの池の鯉は、でっぷりしていて脂がのっていた。しかるべき時が来ると、鯉がみずから網に集まってきた。領主は土手を散歩し、土手に沿ってぐるりと歩き、水を見て、それから空を見ることを愛した。魚の数の夥（おびただ）しさは領主の神経を穏やかにし、池はかれにあらゆることへの意味を見いださせてくれた。池の数だけ意味もある。池のことで忙しい領主ポピェルスキの頭脳には、やるべき仕事がたくさんあった。計画し、分析し、計算し、創造し、策を練らなくてはならなかった。いつも池のことばかり考えていられた。そういうときには領主の頭脳は、沼地に引きずりこまれるがごとくに暗くてつめたい領域に迷いこむこともなかった。

晩は家族に時間を捧げた。かれの妻は痩せていて、葦みたいに繊細だった。かれにむかって、ちっぽけでぜんぜん重要でない（と、かれには思われる）問題を、雨あられのように浴びせかけた。使用人のこと、パーティーのこと、学校のこと、子どものこと、自動車のこと、お金のこと、孤児院のこと。妻は夜ごと夫とならんで居間に腰かけ、ラジオから流れてくる音楽を、じぶんの声で淡々とかき消した。かつて、妻が肩をもんでくれれば、領主も幸せを感じたものだった。いまや彼女の細い指は、すでに一年かけて読んでいる本のページを、一時間に一度めくるきりだ。子どもたちは成長し、かれらについて領主が知っていることはますます少なくなる一方だった。人を見くだすように唇を尖らせた、いちばん上の娘といると、領主は居心地が悪かった。まるで他人か、敵でさえあるみたいだ。息子は無口で臆病になった。もう父の膝には座らないし、口髭もひっぱらない。末の息子はかわいがられ、甘やかされていた。わがままで、癇癪を起こすこともあった。

一九三一年、ポピェルスキ夫妻は子どもたちを連れてイタリアを訪れた。休暇から帰ってきたとき、すでに領主ポピェルスキには、じぶんの情熱のむかう先がわかっていた。芸術である。かれは絵画のアルバムを収集しはじめた。そしてクラクフにたびたび赴き、そこで絵画を購入した。そればかりか、じぶんの屋敷に芸術家を招き、かれらと議論し、酒を酌みかわした。夜が明けると、じぶんの池までお客たちを連れて行き、巨大な鯉のオリーヴ色の腹を披露した。

翌年、領主ポピェルスキは、マリア・シェールに熱烈な恋をした。クラクフ出身の若い画家、未来派の旗手だった。思いがけない恋にはよくあることだが、かれの人生のなかに、意味のある偶然の一致や、たまさかの共通の知人や、突然の出立の必要があらわれはじめた。マリア・シェールのおかげで、領主ポピェルスキは現代美術が好きになった。恋人自身が、未来派だった。ある問題においてはきわめて醒めているのに、エネルギーにみちあふれ、熱狂的だ。彼女の身体は彫像のようだった。つまり、滑らかで硬かった。巨大なキャンバスに取りくむとき、ブロンドの巻き毛が額にぺったりはりついた。彼女は妻とは正反対。彼女の前では、妻は十八世紀の古典主義絵画のようだった。細かいディテールに覆われて、調和をたもち、哀しげに静止したままだ。

人生の三十八年目、領主ポピェルスキはセックスを発見したと感じた。それは野性的で熱狂的なセックスで、現代美術のようであり、マリア・シェールのようでもあった。彼女のアトリエのベッドのわきに大きな鏡が立ててあり、マリア・シェールと領主ポピェルスキが女と男に変貌するのを、端から端まで映していた。乱れたシーツと羊の毛皮、絵の具のなすりつけられた裸体、顔の仮面、なぐり描きの口紅のリボンをまとった裸の胸、腹、背中が映っていた。

新車に乗ってクラクフからじぶんの屋敷に帰る道すがら、領主ポピェルスキは、マリアを伴い、ブラジルやアフリカへの逃避行を計画した。でも、ひとたび家の敷居を跨げば、いっさいがしかるべき場所にあり、不変で安全で確実であることを、喜ばしく思うのだった。

熱狂的な六か月のあと、マリア・シェールはポピェルスキに、アメリカに発つとうちあけた。彼女によれば、そこではなにもかもがあたらしく、気迫とエネルギーにみちており、そこでならば、まるで未来派が絵を描くみたいに、ほんとうの生活を創造できるということだった。彼女が去ってしまったあとで、ポピェルスキは不思議な病気を患った。さまざまな兆候があらわれたが、便宜上、関節炎と診断された。かれはひと月寝こんで、そこで静かに苦しみに身をゆだねることができた。

領主がひと月寝こんでいたのは、痛みや衰えのせいというよりも、最近忘れようとしていたいっさいが、頭によみがえってきたからだった。世界は終わりに近づいており、現実は腐った木のように倒壊する。物体だって、内部からカビに浸食される。こうしたことはぜんぜん意味なく起こるわけだし、起こることはなにも意味しない。領主の身体も降伏する。つまり、身体もやっぱり倒壊する。かれの意志にもおなじことが起こる。決定してから行動を起こすまでの時間は、膨らみつづけて果てしなくなる。領主ポピェルスキの喉は腫れあがり、さるぐつわでも嚙まされたようだった。これらすべてが意味するのは、かれはまだ生きているということ、その身体でまだなんらかのプロセスが進行中で、血が流れ、心臓が打っているということだった。「ついにわたしの番か」領主は思った。そしてベッドによこたわったまま、視線でなにかをとらえようとしたけれど、かれの視線はべたついた。室内の備品をふらふらさまよい、それらの表面に、蠅みたいに、とまった。ぺた！　領主が部屋に持ちこませたにもかかわらず、まだ読んでいない本の山に。ぺた！　薬の入った瓶に。ぺた！　壁についたなにかのシミに。ぺた！　窓の外の空の眺めに。人の顔を見るのは苦痛だった。それらは、動きがあって、変化する。じっと見るためには、はっきり目覚めている必要があった。でも領主ポピェルスキには、もう覚めているだけの力がなかった。それでかれは目を閉じた。

領主ポピェルスキには、どうにも抑えがたく、恐ろしい感覚があった。世界も、世界にある善いものも悪いものも、いっさいが、じぶんのわきをすり抜けていくという感覚。愛、セックス、金銭、興奮、遠方への旅、うつくしい絵画、知的な本、すばらしい人びと。これらはみな、どこかに過ぎ去る。領主の時は、終わりかけている。それからかれは、突然の絶望にさいなまれながら、自由になってどこかに走っていきたい衝動に駆られた。でも、どこに、なんのために？　かれは枕に倒れこむと、流れる涙に息をつまらせた。

そしてふたたび、春が救済へのいくばくかの希望を運んできた。歩けるようになると、とはいえ杖をついてはいたが、領主はお気に入りの池のほとりにたたずみ、一番の問題をじぶんに問うた。わたしはどこから来たのだ？　そして心配そうに身ぶるいした。わたしはどこから来て、わたしの始まりはどこにある？　屋敷に戻ると、かれは一生懸命読んでみた。古代や先史時代について、遺跡やクレタ文明について。文化人類学や紋章学について。ところが、これらの知識のいっさいは、かれをどこにも導いてくれなかった。それでかれは、二番目の問いをじぶんに投げた。そもそもなにを知ることができる？　そうやって得た知識に、どんな効用がある？　それにだ、なにかを完全に知ることなんてできるだろうか。かれは考えに考えて、土曜日にはこのテーマで、ブリッジをしに訪れるペウスキ氏と議論もした。でも、これらの議論や思索から、なんの結論も生まれなかった。しばらくすると、領主は口を開きたくなくなった。ペウスキ氏がなんと言い、じぶんがなんと応えるか、かれにはわかっていたからだ。じぶんたちがいつもおなじ話をして、おなじ問いをくりかえしているように思われた。まるでなにかの役を演じているみたいに。まるで灯りに集まる蛾たちが、その身を焼きつくされまいとして、明白さから飛びのくみたいに。それで領主は、三つ目の問いを立てた。人間はなにを果たすべきか、どう生きるべきか、なにをすべきで、なにをすべきでないか。かれはマキャベッリの『君主論』を、ソローを、クロポトキンを、コタルビンスキを読んだ。夏中、たくさんの本を読んでいたので、自室からほとんど出なかった。こうしたことのいっさいを案じたポピェルスカ夫人は、ある晩、夫の書き物机に近づき、こう言った。

「イェシュコトレのラビが病を癒すと聞きましたの。わたくし訪ねていって、うちに来てくれるようにたのみました。かれは承知しましたわ」

領主は、妻の無邪気さに心がやわらぎ、ほほえんだ。

ところが、面会はかれが思うようなものではなかった。ラビといっしょに若いユダヤ人もやってきた。ラビがポーランド語を話せなかったからだ。ポピェルスキは、この奇妙な二人組にじぶんの苦しみをうちあけたいなどと思わなかった。それで、老人にじぶんの三つの質問をしてみた。じっさいは返事など期待していなかったが。両耳のわきにユダヤ教徒の毛房を垂らした若者が、明瞭ではっきりしたポーランド語の文を、回りくどくて、しわがれた、ラビの言葉に翻訳した。それから、ラビは領主をおどろかせた。

「あなたは問いを集めている。すばらしいことです。わたしはあなたのコレクションに、もうひとつ、最後の問いを加えてみましょう。わたしたちはどこに行くのか。時間の目的はなにか」

ラビは立ちあがった。別れの挨拶に、きわめて洗練されたしぐさで領主に手をさしだした。そしてその数秒後、扉の前で、ふたたびなにかをつぶやくと、若者がそれを訳した。

「ある種族にとっての時間は、すでに終わりかけている。だからわたしは、あなたにあるものをさずけよう。それはこんどは、あなたの財になるだろう」

ユダヤ人のこの秘密めいた声の調子と威厳に、領主はすっかり気分がよくなった。数か月ぶりにおいしく夕食を食べ、妻に冗談を言った。

「きみはわたしの関節炎を治そうと、あらゆる奇跡を見つけてきてくれた。どうやら、関節炎のもっとも良い薬とは、質問に質問で答えるユダヤの老人らしいな」

夕食は、鯉のゼリー寄せだった。

翌日、毛房を垂らした若者が、大きな木箱を持って訪れた。興味を惹かれた領主は、それを開けてみた。中はいくつかの仕切りでわけられていた。そのひとつに古い本が入っていた。ラテン語で『Ignis fatuus, あるいはプレイヤーのためのインストラクション・ゲーム』とタイトルがある。

ビロードで隔てられたそのとなりの仕切りには、白樺の樹皮でできた八面のサイコロが入っていた。サイコロの面のそれぞれに、一から八までの目がしるされている。領主ポピェルスキは、こんなサイコロを初めて見た。残りの仕切りには、人間や動物や物をかたどった、真鍮製の模型が入っていた。その下に、何度か折りたたまれ、角のすり切れた布も見つけた。このふしぎなプレゼントにますますおどろきながら、領主は布を、書き物机と本棚の間のスペースの床、ほぼいっぱいにひろげてみた。それはなんらかのゲーム、大きな円い迷路の形をした、卓上で行うある種のゲームだった。

水霊カワガラスの時

「水霊」は、カワガラスと呼ばれたある農夫の魂だ。カワガラスは池で、ある八月に溺れた。飲んだウォッカが、かれの血液を薄めすぎたときだった。荷馬車でヴォラから帰る途中、月の影におどろいた馬が、いきなり馬車をひっくり返した。農夫は浅い池に振り落とされ、恥じいった馬は走り去った。池の岸辺の水は、八月の熱気に温められていたから、水霊はそこに気持ちよく浸かっていた。死ぬなんて、思ってもみなかった。ぬるい水が水霊の肺に入りこんできたとき、うめきはしたけれど、酔いが醒めることはなかった。

酔った肉体に囚われた素面（しらふ）の魂、免罪されていない魂は、はるかかなたの神に通じる地図もなく、水草のあいだで石のようにどんどん硬くなる身体の傍に、犬のようにとどまるしかなかった。

そういう魂は、目が見えず、無力だ。どうしても身体に還ろうとする。これよりほかに、存在の仕方を知らないから。しかし魂は、かつてそこで過ごし、そこから物質世界に追われた、じぶんの生まれた国に惹かれる。だからそこをおぼえているし、思い出す。嘆き悲しむし、さびしがる。でも、どうすれば還れるのかわからない。魂を絶望の炎が包む。そうなったときに魂は、すでに滅びつつある肉体を去り、じぶんで道を探すようになる。分かれ道や街道をさまよい、大通りで馬車をつかまえようと試みる。魂はいろいろな形をとる。物にも動物にも入りこむし、ときにはほとんど意識のない人のなかに入ることもあるが、ひとつの場所を温めつづけることはない。魂は物質世界ののけ者だし、精神世界でも、受けいれてはもらえない。精神世界に入るには、地図が必要なのだ。

こうした望みのない放浪のあと、魂は肉体、もしくは、じぶんが肉体を離れた場所へと帰る。ところが、魂にとってのつめたく死んだ肉体は、生きた人間にとってのわが家とおなじだ。死んだ心臓や、死んでびくともしないまぶたを、魂は動かしてみようとする。でも魂には、力、あるいは、決意がない。神の創った秩序に従い、死んだ身体は言うだろう。いやだ、と。人の身体は、そういうわけで、嫌悪にみちた家になる。肉体の死に場所は、嫌悪にみちた魂の牢獄。水霊の魂は、葦のあいだでさらさらそよぎ、影のふりをし、ときには霧を借りてきて、なにかの形になることもある。そうすることで、人と接触しようとする。でもなぜ人がじぶんを避けるのか、なぜじぶんを見てそんなにおどろくのかが、魂にはわからない。

そういうわけで、カワガラスの魂も、困惑したままじぶんのことを、あいかわらずのカワガラスだと考えた。

そうこうするうちカワガラスの魂に、人間的なあらゆるものへの落胆や嫌悪が生まれた。残された古い思考（人間のものばかりか、動物のものすらあった）や、なんらかの記憶やイメージが、魂のなかでこんがらがっていた。それで魂はあの事故の瞬間、カワガラス、もしくはべつの誰かの死の瞬間が、もう一度起こる、そしてその瞬間こそ、じぶんを自由にしてくれるものと信じた。そういうわけで魂は、どこかの馬がびっくりして逃げだすこと、どこかの馬車がひっくり返り、どこかのだれかが溺れることを、熱烈に希望した。こうしてカワガラスの魂から、水霊が生まれたのだった。

水霊は、ちいさな橋のかかった土手つきの森の沼地や、ヴォデニツァと呼ばれる森全体、あるいは、パピェルニからヴィディマチュまでつづくとりわけ霧の濃い草原を、じぶんの住処とさだめた。かれはじぶんの領分を、なにも考えず、うつろにさまよった。たまに人間や動物に遭遇するときだけ、意地悪な気持ちが頭をもたげた。そういうときには、かれの存在は意味を持つ。かれは相手がだれであろうとも、なんとしても、そのものにとっての悪になろうと奮闘した。大きかろうがちいさかろうが、悪でさえあればかまわなかった。

水霊は毎回、じぶんのあたらしい可能性を発見した。はじめはじぶんのことを、弱く無防備だと考えていた。揺れる空気か、かろやかな雲か、水たまりのようなものだと考えていた。ところがあとからわかったのは、ふつう想像されるより、じぶんが素早く動けるということ、思考そのもののようだということだった。どんな場所でも、考えたとたん、かれはそこに移動できた。文字通り、瞬く間に。それに、霧がじぶんに従順で、かれが望めば、霧を意のまま動かせることも発見した。霧から力や形を奪ったり、霧でできた雲をまるごと揺らしたり、霧で太陽を隠したり、水平線を滲ませたり、夜を長く延ばしたりできた。水霊は理解した。じぶんは霧の王なのだ。それでこのとき以来、じぶんを霧の王と考えるようになった。

霧の王にもっとも心地よい場所は、水の中だった。かれは何年間も、水面下の、泥と腐葉のベッドによこたわっていた。水の下から、季節の移り変わりや、太陽と月の巡回を見ていた。水の下から、雨や、秋の落ち葉や、夏のトンボのダンスや、泳ぐ人びとや、ノガモたちのオレンジ色の水かきを見ていた。ときどきなにかが、かれを夢ともいえない夢から起こすことがあり、起こさないこともあった。でもかれが、そのことを気にしたことはない。ただ、そうしているだけだった。

ボスキ老人の時

ボスキ老人は生涯を、屋敷の屋根の上で過ごした。屋敷は大きく、だから屋根も巨大だった。大量の傾斜と勾配と辺。屋敷の屋根は、一面、すばらしい屋根板に覆われていた。もしも屋敷の屋根をまっすぐ切りひらき地面にひろげてみたら、それはボスキが所有する野原ぜんぶを覆い尽くしてしまうだろう。

この土地の耕作を、ボスキは妻と子らに託した。かれには三人の娘と、パヴェウというハンサムでよくできた息子がいた。老人自身は毎朝屋根に登って、腐ったり傷んだりした屋根板を取り替えた。かれの仕事には終わりがなかった。それに、始まりもなかった。というのも、なんらかの具体的な場所から始めるわけでも、とくべつな方向に動くわけでもなかったから。両膝をつき、木の屋根をメートルごとに測りながら、あっちこっちに動くのだった。

正午になると、妻が、ふたつの容器に入ったお昼ご飯をとどける。片方に入っているのはジュレク、もう片方にはジャガイモ、もしくは、焼いた豚の脂身とサワークリームを添えたソバの実のお粥、あるいはキャベツと、やはりジャガイモだった。ボスキ老人が食事のために降りていくことはない。食器は、ふだん屋根板をあげるのに使うロープをくくりつけたバケツで運ばれる。

ボスキは食べた。そして、咀嚼しながらあたりの世界を見わたした。屋敷の屋根の上からは、草原と、

黒い川と、プラヴィエクのたくさんの屋根と人びとの姿が見えた。それらはあまりにちいさくてもろく、ボスキ老人は息を吹きかけて、埃みたいにこの世界から飛ばしてしまいたくなる。そんなことを考えながら、老人はつぎのひと口をほおばり、陽に焼けた顔には微笑のような表情が浮かぶ。想像のなかで人びとをあちこちに吹き飛ばす、ボスキは毎日のこの瞬間を愛した。ときどき、すこしちがう想像もした。じぶんの吐息が疾風になって、家々から屋根をはぎとり、木に襲いかかり、果樹園をなぎ倒す。野には水が溢れだし、人びとはじぶんの身や財産を守るため、慌てて舟をつくりはじめる。大地に穴があき、そこから本物の火が噴く。水と火の戦いで生じた蒸気が空を熱する。いっさいは、その根幹が揺さぶられ、ついには、古い家の屋根のごとくに崩れ落ちる。人びとは意味をもつのをやめる。ボスキが全世界を破壊するのだ。

かれはかたまりを呑みこみ、ため息をついた。景色は霧のように消え去った。じぶんのためにタバコを巻き、より注意して、目の焦点を合わせた。屋敷の中庭、公園と堀、白鳥と池。近づいてくる馬車と、そのあとを追ってきた車を見た。屋根からは、貴婦人たちの帽子と紳士たちの禿頭が見えた。遠乗りから帰ってきた馬上の領主と、いつもちょこちょこ歩く領主夫人が見えた。華奢で繊細なお嬢さまと、村中を鳴き声でびっくりさせる、お嬢さまの犬も見えた。たくさんの人びとの、永遠の運動が見えた。挨拶と別れのしぐさ、顔の表情、入ってくる人びとと出ていく人びと、お互いになにか話している人びと、それを聴いている人びと。

でもそれが、かれにとってなんだというのか。かれは巻きタバコを吸うのをやめた。そしてじぶんのまなざしを、木の屋根板に、執拗に戻す。そのまなざしを、イシガイみたいに屋根に棲まわせ、おなかいっぱい食べさせて、飼育しているとでもいうように。やがて、屋根板の表面や切り口について考えはじめると、かれのお昼の休憩は終わる。

妻は容器ふたつをロープで降ろし、草原を越えて、プラヴィエクに帰っていくのだった。

パヴェウ・ボスキの時

ボスキ老人の息子のパヴェウは、「重要な」人間になりたかった。早く行動しなければ、「重要でない」人間になってしまうのではないかと、かれは恐れた。屋根を屋根板で永遠に覆いつづける、じぶんの父親のように。そういうわけで、十六歳になったとき、醜い姉たちが支配している家を出て、イェシュコトレに住むユダヤ人のところに職を得た。ユダヤ人の名はアバ・コジェニツキといい、木材を商っていた。はじめパヴェウは、ふつうの木こり、ふつうの荷運びとして働いていた。でも、アバがかれを気に入ったにちがいなかった。まもなくパヴェウは、木の幹に等級ごとに印をつけて選別する、責任ある仕事を任されるようになったからだ。

木を選別しているときですら、パヴェウ・ボスキは未来を見ていた。かれは過去には興味がなかった。未来はつくれる、これから起こることに影響を与えられる、そういう考えそのものが、かれを興奮させた。ときどきかれはいっさいが、どう起こっているのかを考えた。たとえば、もしポピェルスキ氏みたいに屋敷の息子に生まれていたら、じぶんはいったい、いまのじぶんとおなじだろうか。おなじことを考えただろうか。やっぱりミシャ・ニェビェスカを好きだろうか。そしてやっぱり、看護士になりたかっただろうか。それとももしかして、もっと上のなにかを目指していただろうか。医者とか、大学教授とか。

若いボスキが信じること、それは知識だった。知識と教育は、だれにだってひらかれている。もちろんかれとはちがう人びと、たとえばポピェルスキみたいな人びとがそれらを手にするのはずっと容易い。これは不公平だ。でもその一方で、かれだって学べる。すごくたいへんかもしれないけれど。だってじぶんは食べていかなくてはならないし、両親だって助けなくてはいけない。

そういうわけで仕事のあとで、かれは地区図書館に通って本を借りた。蔵書はかなり貧弱だった。百科事典や辞書もなかった。本棚は、『王の娘たち』とか『持参金なしで』とかいった、女性向けの本でいっぱいだった。本を借りて家に帰ると、姉たちに見つからないようにベッドに隠した。かれはじぶんの物を触られるのをいやがった。

三人の姉妹は全員、背が高くて、がっしりしていて、ごつかった。そのかわり、頭はちいさく見えた。額がひろくて、あかるい色のふさふさの髪が、麦わらみたいだった。三人のうち、いちばんかわいらしいのがスタシャだった。笑うと、日焼けした顔に白い歯が輝いた。カモみたいによちよち歩く足が、若干容姿を損ねていた。つぎがトシャで、コトゥシュフの農夫とすでに婚約していた。ゾシャは大柄で力づよい娘で、そろそろキェルツェに奉公に出されるころだった。パヴェウは姉妹が家を離れることをよろこんだ。じぶんの姉妹を愛さないように、じぶんの家も愛していなかったとはいえ。

かれは汚れを憎んだ。それは古い木のあばら家の裂け目や、床板や、爪のあいだに入りこんでいた。かれは牛糞の悪臭を憎んだ。それは牛舎に入ると服に沁みついてとれなかった。かれはジャガイモのふかしたにおいを憎んだ。それは豚の餌にするためで、においは家の隅々まで、あらゆる物と髪と皮膚とに沁みわたっていた。かれはがさつな方言を憎んだ。両親がそんなふうに話していて、ときにはかれ自身の舌にものぼった。かれは麻布や、生木や、木のスプーンや、ざら紙の安っぽい聖像画や、姉妹の太い脚を憎んだ。ときどきかれはこうした憎悪を、じぶんの顎のどこかに集めて、そういうときはじぶんのなかに、すごい力を感じられた。かれにはわかっていた。欲しいものは、なんだって手に入れられる。じぶんは前に進みつづけて、だれにもそれを止めることなどできないのだと。

布に描かれた八つの円からなる迷路を、世界と呼ぶ。中心に近ければ近いほど、迷路は複雑なように見え、行き止まりの横道や、どこにも通じていない裏道の数は増える。そしてその反対に、中心から遠く離れた領域は、よりあかるく、よりひろびろとした印象を与える。そこでは迷路をつくる小道は、もっとゆったりして、もっと簡単なように見える。まるでわたしたちを散策に誘いだそうとしているみたいに。迷路の中心をつくる円、もっとも暗くてもっとも複雑なその場所は、第一世界と呼ばれている。だれかの不器用な手が、この世界に鉛筆で矢印をひっぱって、「プラヴィエク」と描きこんだ。どうして「プラヴィエク」？　領主ポピェルスキはおどろいた。どうして、コトゥショフや、イェシュコトレや、キェルツェや、クラクフや、パリやロンドンではないのか。ちいさな道、交差点、分かれ道や野原からなる複雑なシステムが、つぎの同心円につづく唯一の道へと、うねりながら通じている。その円は、第二世界と呼ばれている。中心の複雑さに比べれば、こちらの方はゆとりがある。ふたつの出口が第三世界に通じているる。領主ポピェルスキはすぐ理解した。世界にはそれぞれ、それに先立つ世界の出口の、倍の数だけ出口がある。万年筆の先で、迷路の最後の外円までに存在する、出口を正確に数えてみる。ぜんぶで百二十八あった。

『Ignis fatuus, あるいはプレイヤーのためのインストラクション・ゲーム』と題するちいさな本は、ゲームのための単なる手引きで、ラテン語とポーランド語で書かれている。領主はページをぱらぱらめくったが、いっさいはきわめて難しいように思われた。この手引きには、サイコロを投げて生じうる結果のそれぞれ、動きのそれぞれ、ヒト型のコマのそれぞれ、八つの世界のそれぞれについて書いてある。説明は支離滅裂で、脱線ばかりに見えたので、領主はじぶんの目の前にあるその本が、狂人の筆によるものと結論した。

ゲームは一種の旅である。そこではたえず、なんらかの選択があらわれる。

と、冒頭は、こんな言葉で始まる。

選択はごく自然になされる。しかしときにプレイヤーは、意識的に選択している気分になる。このことにかれらは怖れを抱くかもしれない。というのも、そうであるなら、じぶんたちがどこに行き、なにと出会うかということについて、かれら自身が責任を感じるようになるからだ。
プレイヤーたちはじぶんの旅を、氷に入るひびのように感じる。それは、目もくらむ速さで割れたり、くねったり、方向を変えたりする線。あるいは、予測不可能なやり方で空中に道をさがす、天の稲妻。神を信じるプレイヤーは、こんなふうに言うだろう。「天の裁き」、「神の指」。それは、全知全能の創造者の武器だ。

でももしかれが、神を信じていなければ、「偶然」、「たまさか」と言うだろう。ときにかれらは、「わたしの意志による選択」という語をつかうかもしれない。でもそんなときにはちいさな声で、自信がなさそうにそう言うのだ。

ゲームは逃亡のための地図だ。それは迷路の中心で始まる。その目的は、すべての円を通り抜け、第八世界の束縛から自由になることである。

領主ポピェルスキは、コマについての複雑な説明とゲームの序盤の戦略をぱらぱらとめくってすっとばし、第一世界の描写までできた。領主は読んだ。

はじめ、いかなる神もいなかった。時間も空間もなかった。ただ光と闇のみがあった。そしてそれで完璧だった。

どこかで聞いた言葉だと思った。

光は自身の内に入りこみ、閃光を放った。光の柱が闇を裂き、そこには、いにしえより不動の物体があった。光の柱が、あらん限りの力でそれを打つと、その物は割れて、なかで神が目を覚ました。神にはまだ意識がなく、まだおのれが何者かも知らず、あたりを見まわした。そこには、じぶんのほかにはだれもおらず、それでかれはじぶんが神であることを知った。神はじぶんを名づけておらず、じぶんがいかなるものかも知らず、それでじぶん自身を知りたく思った。初めてじぶんを近くで見たとき、言葉が降りてきた。そして神には、知ることとは名づけることだと思われた。

言葉は神の口からころがり出て、千の欠片に砕け散り、それらが世界の種になった。このとき以来、世界は育ち、神はそれらの欠片のなかに、まるで鏡に映るみたいに、映るようになった。神は世界にじぶんの反映を確かめれば確かめるほど、じぶんのことを多く知るようになり、よく知るようになり、これらの知識は神を富ませ、そして世界を富ませるようになった。

神は自身を、ときの流れのなかで知る。というのも、とらえがたく、変わりやすいものこそ、もっとも神に似ているからだ。神は、海のなかからあらわれいでる熱い岩を通して、自身を知る。太陽に愛された植物を通して、動物たちの世代を通して、自身を知る。ひとがこの世にあらわれたとき、神はひらめき、初めて自身を、夜と昼のあいだのもろい線、そこから光が闇になり始め、闇が光になり始める、かすかな境界と呼んだのだった。そのとき以来、神は自身をひとの目で見るようになった。神は自身の千の顔を見て、仮面のようにそれをつけてみた。そうやって、まるで俳優みたいに、しばらく仮面の人格になった。ひとの口を借り、じぶん自身に祈りを捧げながら、神は自身に矛盾をみつけた。鏡のなかの反映が、現実に存在しうる一方で、現実は反映になり代わる。

「わたしはだれだ」と、神は尋ねた。神かひとか、あるいは、同時に両者か、それとも、どちらでもないのか。わたしがひとを創ったのか、ひとがわたしを創ったのか。

ひとが神を誘惑し、それで神は恋人の寝床にしのびこみ、そこでかれは、愛をみつけた。老人の寝床にしのびこみ、そこでかれは、儚さをみつけた。死にゆくひとの寝床にしのびこみ、そこでかれは、死をみつけた。

「試さない手はないな」と、領主ポピェルスキは考えた。そして本の冒頭に戻ると、じぶんの前に、真鍮の人形を並べた。

ミシャはいつも教会で、ボスキ家の背の高い金髪の少年が、じぶんを見ていることに気がついた。ミサが終わって建物を出ると、かれはおもてに立っていて、ふたたび彼女のことを見る。そして、ずっと、見ているのだった。ミシャはかれのまなざしを、じぶんの肌の上に感じた。それはまるで着心地のわるい服みたいで、彼女が自由に動いたり、思いきり息を吸ったりするのをむずかしくさせた。彼女は落ち着かなくなった。

これは冬のあいだ、つまり、クリスマス・イヴから復活祭までのことだった。暖かくなりはじめると、ミシャは毎週、もっと薄着で教会に通い、それで、パヴェウ・ボスキのまなざしを、もっとつよく感じるようになった。聖体祭にはこのまなざしは、髪をあげたうなじと、むきだしの腕にふれた。ミシャにはそれが、とてもやさしく心地よいものに感じられた。まるで猫の愛撫、まるで羽根、まるでノゲシの綿毛みたいに。

その日曜日、パヴェウ・ボスキはミシャに話しかけ、家まで送らせてくれないかと尋ねた。ミシャは承知した。

かれは途中、ずっと話しっぱなしで、話したことは彼女をおどろかせた。かれは彼女が、まるでスイスの高級腕時計みたいに繊細だ、と言った。ミシャはじぶんが繊細などと思ったことはいちどもなかった。それから、彼女の髪がもっとも高価な種類の金の色をしている、とも言った。ミシャはいつもじぶんの髪は栗色だと思っていた。そして彼女の肌からは、ヴァニラの香りがするとも言った。ケーキを焼いたばかりだと、ミシャは敢えて言わないことにした。

パヴェウ・ボスキの言葉のすべてが、ミシャをあらたに発見した。家に帰っても、彼女は仕事が手につかなくなった。とはいえ、考えていたのはパヴェウではなくてじぶんのことだ。「わたしはかわいい女の子。中国人みたいにちいさな足をしている。髪もきれい。すごく女らしく笑う。ヴァニラのいい香りがする。わたしに会いたくてたまらない、というひとがいる。わたしは、女だ」

夏休みの前、ミシャは父にこう言った。もうタシュフの学校には通わない。じぶんには計算も習字も才能がない。ミシャはいまでもラヘラ・シェンベルトと友だちだったが、会話は以前とはちがっていた。ふたりは街道沿いを、森までいっしょに歩いた。ラヘラはミシャに、学校をやめるべきではないと説得した。数学を手伝うとも約束した。それでミシャは、ラヘルにパヴェウ・ボスキのことを話した。ラヘラは親友として話を聞いたが、ミシャとは意見がべつだった。

「わたしだったら、医者かなにかと結婚する。子どもは二人まで。体型が崩れるのはいやよ」

「わたしは一人娘がいいな」

「ミシャ、卒業まで待ちなさいよ」

「結婚したいの」

おなじ道を、ミシャはパヴェウとも散歩した。森の近くで、手をつないだ。パヴェウの手は、大きくて熱っぽかった。ミシャの手は、ちいさくて、つめたかった。街道から森の小道に折れたとき、パヴェウは立ちどまり、その大きくて熱っぽい手のひらで、ミシャをじぶんにひき寄せた。

パヴェウは太陽と石鹸のにおいがした。このときミシャは、弱くて従順でたよりないなにかになった。白い糊のきいたシャツを着た男性は、巨大に思えた。彼女はかれの胸にまでしかとどかない。彼女は考えるのをやめた。それは危険なことだった。気づいたときには、じぶんの胸はすでにはだけて、パヴェウの唇が腹を這っていた。

「いや」と彼女は言った。

「ぼくと結婚するはずだ」

「わかってるわ」

「プロポーズするつもりだ」

「いいわ」

「いつなら?」

「すぐ」

「賛成してくれるかな? つまり、お父さんはいいって言うかな?」

「賛成なんて必要ないわ。わたしが結婚したければ、それでいいのよ」

「でも……」

「愛してるわ」

ミシャが髪を直すと、ふたりはふたたび街道を歩きはじめた。まるでその道から、一度もそれたことはなかったみたいに。

ミハウはパヴェウが気に入らなかった。たしかに見た目はよいかもしれない、でもそれだけだ。ひろい肩や、乗馬ズボンを履いた力づよい脚や、ぴかぴかのブーツを見ると、ミハウはいつでも、じぶんが痛々しいほどに年老いていて、干したリンゴみたいに皺だらけのような気がした。

パヴェウはいまや、頻繁に家を訪ねてきた。テーブルにつくと、脚を組む。尻尾をまるめた雌犬のラルカは、犬の毛皮でつくられた、よく磨かれた、かれのブーツのにおいをかいでいる。パヴェウは、コジェニツキといっしょにやっている材木取引の仕事や、じぶんが通っている看護師学校や、将来の壮大な計画について話した。そしてゲノヴェファを見つめ、ずっと、にっこり微笑んでいる。そのきれいに並んだ白い歯の、細かなところまで観察できるほど。ゲノヴェファは喜んでいた。パヴェウは彼女に、ちょっとしたプレゼントを持ってきた。頰を赤らめながら花瓶に花を活け、セロファンをかさかさいわせながらお菓子の箱を開ける。

「女っていうのは、なんて単純なんだ」と、ミハウは思った。

ミハウが抱いた印象はこうだ。パヴェウ・ボスキの野望にみちた人生計画のリストのなかに、じぶんのミシャはひとつの項目として、すでに書きこまれている。すべて計算されているということだ。たとえば彼女は一人娘で、しかも実質、一人っ子ということとか。なにしろイズィドルは勘定に入っていないから。持参金は、かなりの額になるだろうとか。なんといっても、金持ちの家の出だ。だって彼女は、こんなにも特別で、優雅で、うつくしく着飾っていて、繊細だ。

ミハウは妻と娘の前で、あたかもついでのように、ボスキ老人について口にした。生涯を通じて百語、もしくは二百語ばかりの言葉を発したほかは、ずっと屋敷の屋根の上で過ごした男だ。それに、不格好で醜い、パヴェウの姉たちのことも。

「ボスキさんは、きちんとしたひとだわ」ゲノヴェファは言った。

「だけどかれは、だれの責任もとらないの」ミシャはこうつけ加えると、意味ありげにイズィドルのほうを見た。「どの家族にも、こまった人ってひとりはいるわ」

日曜の午後、着飾った娘がパヴェウと踊りに行こうというとき、ミハウは新聞を読むふりをしている。彼女は、まる一時間は鏡の前でめかしこんでいる。ミハウは見ていた。母親の濃い鉛筆で眉をひき、注意ぶかくこっそりと口紅をさす。鏡の前になнавめに立ってブラジャーの効果を確認し、彼女にとっての初めての香水、十七歳の誕生日プレゼントのスミレの香水を耳のうしろにつける。ゲノヴェファとイズィドルが窓越しに彼女を見ているときも、ミハウはなにも言わなかった。

「パヴェウがわたしに結婚のことを言ってきたの。かれは早くプロポーズしたがっているわ」ある日曜日、ゲノヴェファがこう言った。

ミハウはそれを、しまいまで聞くことさえ嫌がった。

「だめだ。まだ若すぎる。ミシャをキェルツェにやろう。タシュフよりいい学校に行かせるんだ」

「あの子はぜんぜん勉強したがっていないわ。結婚したがっているのよ。それがわからない？」

ミハウは首を振った。

「だめだ、だめと言ったらだめだ。まだ早すぎる。なんで夫や子どもが必要なものか、人生これからというときに……だいたい、どこに住む？　パヴェウはどこで働く？　かれだって学生じゃないか。だめだ、もうすこし待つべきだ」

「なにを待つの？　ふたりが慌てて、緊急に結婚しなくちゃならなくなるまで？」

そのときミハウは、家について考えていた。娘のために、大きくて快適な家を、すばらしい土地に建てることを。家のために果樹を植え、貯蔵庫や菜園をつくることを。立派な家だ。ミシャが出ていくべきではない。みな、ここでいっしょに暮らせばいいだろう。全員のため、部屋はじゅうぶんある。そして部屋には、世界の四方に開かれた窓がある。そして、この家は、基礎は砂岩で、壁は本物の煉瓦でできている。それらの煉瓦を、最良の木材が、外側から保温する。家には、一階、二階、中二階、地下の貯蔵庫と、ガラス張りのテラス、それにミシャのためのバルコニー、彼女がそこから、聖体の祝日に、野原へ向かう行進を眺めることができるように。この家で、ミシャはたくさん子を持つだろう。それに、女中の部屋も必要だ。なぜならミシャには手伝いが必要だから。

翌日、かれはいつもより早く昼食をすますと、家のための土地をさがして、プラヴィエクを歩きまわった。小山のことを考えた。**白い川**のほとりの草原のことを考えた。そして道すがらずっと計算していた。

こんなに大きな家を建てるには、少なくとも三年はかかるだろう。そのときまで、ミシャの結婚は延期になるのだ。

聖土曜日にフロレンティンカは、じぶんの犬の一匹を連れて、祭壇に食べ物を供えに教会に出かけた。彼女はバスケットに牛乳を一瓶入れたが、それを犬にもわけてやった。というのも、家にそれしかなかったからだ。それから、新鮮な西洋ワサビと日日草の葉で、瓶に蓋をした。

イェシュコトレでは、供物をつめたバスケットは、イェシュコトレの聖母の祭壇の両脇に置かれる。食べ物を扱うのはいつも女性だ。準備するのも、捧げるのも女性。男性の神の頭のなかには、もっと大事なことがある。戦争、災害、征服、彼方への遠征……だから、食べ物を担当するのは女性ということになる。

そういうわけで、人びとは、イェシュコトレの聖母の祭壇の両脇にバスケットを持ち寄り、ベンチに座ると、司祭があらわれ聖水を撒くのを待っていた。人びとは互いに間をあけ、なにも言わずに腰かけている。聖土曜日の教会は、暗くて静かで洞窟のよう、コンクリートの防空壕のよう。

フロレンティンカは祭壇の脇に、ヤギという名のじぶんの犬を連れて近づいた。そしてじぶんのバスケットを、ほかのバスケットの間に置いた。他人のバスケットのなかには、ソーセージや、焼き菓子や、西洋ワサビ入りのスメタナや、彩色された卵や、見事な白パンが入っていた。ああ、フロレンティンカはなんと空腹だったことか。彼女の犬も、なんと空腹だったことか。

フロレンティンカはイェシュコトレの聖母の聖像画を眺め、なめらかなその顔に笑みが浮かんでいることに気がついた。ヤギはだれかのバスケットのにおいを嗅ぐと、そこからソーセージの欠片を引っぱりだした。

「壁に掛かって、笑っておいでの聖母様、犬があなたの贈りものを食べますよ」と、フロレンティンカは小声で言った。「人間はときに犬を理解できない。でも、おやさしい聖母様は、たぶん、動物も人もひとしくわかっていらっしゃる。たぶん、月の考えすらおわかりね……」

フロレンティンカはため息をついた。

「おたくのご主人にお祈りに行きますよ。ちょっとわたしの犬を見ていてくださいな」

彼女は犬を、かぎ針編みのナプキンで上部を覆われたバスケットに囲まれた、奇跡の聖像画の前の柵につないだ。

「すぐ戻りますよ」

彼女は、着飾ったイェシュコトレのご婦人たちの間の、最前列に場所を見つけた。みな、彼女からすこし距離を取り、互いに目配せをしあった。

そのとき、イェシュコトレの聖母の祭壇のそばに、教会の秩序をたもつ聖具保管係が近づいた。かれはまず、なにかが動いているのに気づいたが、じぶんの目がなにを見ているのか、しばらく判断がつかなかった。そして、疥癬を患った、いやらしい大きな犬が、ついさっきまで供物の入ったバスケットをあさっていたことを理解すると、その顔にぱっと血がのぼった。この冒瀆に衝撃を受け、かれはこの恥知らずな動物を追い払おうと突進した。縄をひっつかむと、憤怒のためにわなわなと震える指で、結んだ輪をゆるめた。するとそのとき、聖像画から、静かな女性の声がかれの耳にとどいた。

「その犬に手を出さないで！　プラヴィエクのフロレンティンカにたのまれて、わたしが面倒を見ているのです」

家の時

家の基礎は、完璧な四角に掘られていた。その側面は、世界の四方に合致している。ミハウ、パヴェウ・ボスキ、それに職人たちが、最初に壁を石で積みあげた。これは家の土台。それから、木の梁を揚げた。

地階が閉じられると、この場所は「家」と呼ばれはじめた。でも、屋根をつくり、それを上部にかぶせて初めて、これは本当の意味での家になった。壁が空間の一部を閉じこめて、そのときようやく家は存在しはじめた。この閉じられた空間こそが、家の魂だからだ。

家の建設は二年におよんだ。一九三六年の夏、屋根にお祝いの花輪を掲げた。家の前で写真を撮った。

地階にも部屋があった。一つ目の部屋には二つの窓がついていて、ちょっとした居間にもなるし、夏の時期には台所にもなる。となりの部屋には窓が一つ。こちらは物置と洗濯室と、ジャガイモの貯蔵室として使う。三つ目には、窓がそもそもついていない。これは万が一に備えての物置だ。この部屋の下に、ミハウはもう一つ、四つ目の、ちいさくて涼しい貯蔵室を掘るように命じた。氷のためと、まだわからないが、なにかのために。

石の土台に建てられた一階は、高さがあった。ここへは、木の手すりのついた階段で昇る。出入り口は二つ。一つは道に面していて、ポーチを通ってまっすぐ大きな玄関につながり、さらにそこから部屋に入れる。もう一つは、玄関間を通って台所に通じている。台所には大きな窓、その反対側の壁には、空色のタイルを貼ったオーブン。タイルはミシャがタシュフで選んできたものだ。オーブンの被せとフックは真鍮でできている。台所にあるドアは三つ。それぞれが一番大きな部屋、地階への階段、ちいさい部屋へとつづく。一階の部屋は円環状に並んでいた。ドアをすべて開け放てば、ぐるりとひとつづきに歩くことができる。

玄関間から階段で二階へ上がると、そこに最後の四部屋が並んでいる。

これらすべてのほかに階がもう一つ、つまり屋根裏があった。そこへは、狭い木の階段で昇る。ちいさなイズィドルは屋根裏に夢中になった。なぜなら、そこの窓から世界の四方が見わたせたから。

家の外壁に貼られた板は、魚の鱗のように並べられていた。これは老ボスキのアイデアだ。老ボスキは屋根も葺いた。屋敷の屋根とおなじように、うつくしい屋根を。家の前にはライラックが生えていた。それは、家がなかったころからそこに生えていた。いま、その姿は窓ガラスに映っている。ライラックの木陰にはベンチが置かれていた。プラヴィエクの人びとは、そこに立ち寄り、家を讃えた。こんなすてきな家が建てられたことは、このあたりではいまだかつてなかった。馬に乗った領主ポピェルスキも駆けつけて、パヴェウ・ボスキの肩をぽんぽん叩いた。パヴェウは領主を婚礼に招いた。

日曜日、ミハウは家を祝福してもらうため、教区司祭のところへ出かけた。司祭は敷居に立つと、称賛の目で家を見まわした。

「お嬢さんに、すばらしい家を建てましたなあ」と、司祭は言った。

ミハウは肩をすくめた。

とうとう家具の搬入が始まった。ほとんど老ボスキの作ったものだが、荷馬車でキェルツェから運ばれてきたものもあった。たとえば大きな柱時計や、居間の食器棚、脚に模様が彫られたオーク製の円いテーブルも。

家の周囲を眺めたとき、ミシャの目が哀しみで曇った。平たい灰色の大地を、休耕地に生えるような乾いた草が覆っていた。それでミハウはミシャのために、何本も木を買った。そして一日のうちに、いずれ果樹園になるものをつくった。リンゴ、梨、プラム、胡桃も。そしてその果樹園の真ん中に、レネット種のリンゴを植えた。これはエヴァを誘惑した実をつける木だ。

パプガ夫人の時

スタシャ・ボスカは母親の死後、父のもとにひとり残された。姉たちは嫁に行き、パヴェウはミシャと結婚した。

老ボスキと暮らすのは容易でなかった。父はいつも、不機嫌でいらいらしていた。娘が夕食に遅れると、なにか重たいものでぶつこともあった。そういうとき、スタシャはスグリの茂みに行き、低木の陰にしゃがみこんで泣いた。父をいっそう怒らせまいと、スタシャは努めてこっそり泣いた。

ミハウ・ニェビェスキが娘のために家を建てる土地を買ったと、息子の口から聞いたとき、ボスキは眠れなかった。数日後、貯えのいっさいをかき集めて、ボスキも土地を買った。ミハウの買った土地のすぐとなりに。

かれはそこに、スタシャのために家を建てようと決心した。屋敷の屋根に腰かけて、長いことこれについて考えた。「なぜニェビェスキが娘に家を建てられるのに、俺が、ボスキが、建てられない？」こう考えた。「なぜ、俺が家を建てないなんてことがある？」

こうしてボスキは家を建てはじめた。

地面に棒で長方形を描き、翌日から基礎を掘りはじめた。領主はかれに休暇を与えた。これはボスキの人生で初めての休暇だった。ボスキは近所から、大きい石やちいさい石や白い石灰岩の塊を集めてくると、掘った穴に均等に並べた。これがひと月もつづいた。老ボスキのもとにパヴェウがやって来て、掘られた穴に愚痴をこぼした。

「父さん、いったいなにしているのさ。この金はどこから？　いい笑いものだ。うちの鼻先に鶏小屋なんかを建てるのはやめてくれ」

「おまえこそ、頭がいかれたか。わしはおまえの姉の家を建てているんだ」

パヴェウは父を説得する術などひとつもないことを知っていた。それで結局、父のために荷馬車で板を運んできた。

いまや両家は、ほとんど同時に育っていた。ひとつは大きくて均整のとれた、巨大な窓とひろい部屋を備えた家。もうひとつは、ちいさくて、地面に押しつけられていて、腰が曲がったように見える、ささやかな窓のついた家。一方はひらけた土地に建ち、背後に森と川がひかえていた。もう一方が建っているのは、街道とヴォラの道の間で、家はスグリの茂みと野生のライラックに隠されていた。

ボスキが家を建てるのに忙しいあいだ、スタシャはいつもよりはおだやかでいられた。彼女は午前のうちに家畜に餌をやらなくてはならず、それから夕食の支度にとりかかる。まず畑に行き、砂っぽい土からジャガイモを掘る。こういうとき、彼女は、茂みに宝を見つけることを夢想した。布にくるまれた宝石とか、ドル札のつまった缶とか。小粒のジャガイモの皮を剝くときは、じぶんは医者で、イモは彼女のもとに集まってきた患者であると空想した。彼女は患者の病を癒し、その身からあらゆるいやらしいものを取り除いてやる。それから彼女は、皮を剝いたジャガイモを熱湯に放りこむと、じぶんが煮ているのは美の媚薬で、ひとたび飲めば、じぶんの人生が永遠に変わると想像した。キェルツェから来た医者か弁護士が、街道で彼女を見初め、彼女の頭上に贈り物の雨を降らせて、プリンセスのように愛してくれると。

そういうわけで、夕食の支度は、ひどく時間がかかった。

そもそも、空想というのは創造的な営みだ。それは、精神と物質をつなぐ橋である。とくにそれが、頻繁かつ集中的に行われるときは。そんなときにはイメージは、物質の雫になって、生の流れに加わる。ときどき、そこにべつのなにかも加わり、変化が起こる。だからじゅうぶんにつよく思っていれば、ひとの願いはすべてかなう。ただし、いつも期待した通りとは限らないけれど。

ある日、スタシャが汚水を捨てようと表に出ると、見知らぬ男が目に入った。それは彼女が夢で見た通りの人だった。かれは彼女に近づくと、キェルツェまでの道を尋ね、そして彼女も答えた。数時間後、かれの帰り道に、ふたたびでくわした。このときスタシャは両肩に天秤棒を担いでいたが、かれはそれを持つのを手伝ってくれて、ふたりはもっと長くおしゃべりをした。実際、男は弁護士でなければ医者でもなく、郵便局の職員で、キェルツェからタシュフまでの電話線の敷設に携わっていた。スタシャにはかれが、陽気で自信に満ちているように見えた。かれは彼女と水曜日ごとに散歩をし、土曜日ごとに遊びに出かけることにした。そしておどろいたことに、老ボスキがかれを気に入った。この新参者の名は、パプガといった。

その日から、スタシャの人生はちがうふうに流れはじめた。スタシャは、花が咲いたように元気になった。イェシュコトレに行き、シェンベルトの店で買い物をした。パプガが彼女を二輪馬車で送っていくのをみなが見た。一九三七年の秋にスタシャは身ごもり、二人はクリスマスに結婚した。スタシャはパプガ夫人になった。ささやかな結婚式が、完成したばかりの家の、一つしかない部屋で執り行われた。翌日、老ボスキは部屋の中に木の壁を立て、こうして家は半分に仕切られた。

夏、スタシャは男の子を産んだ。このころすでに電話線は、プラヴィエクの境界の、はるか先まで延びていた。パプガは日曜日にしか帰ってこない。かれはいつも疲れていて、いつもわがままだった。夫は妻のやさしさにいらだち、食事を長く待たされて怒った。それから、かれが帰ってくるのは二週に一度の日曜日になり、万霊節にもまったく姿を見せなかった。両親の墓参りをするのだと言い、スタシャもそれを信じた。

クリスマスの晩餐に夫を待ちながら、スタシャは窓ガラスに映ったじぶんを見た。夜はガラスを鏡に変え、そして彼女は、夫が永遠に去ったと知った。

ミシャの天使の時

ミシャが初めての子を産んだとき、天使は彼女にエルサレムを見せた。

ミシャは寝室で、白いシーツにくるまれて、灰汁(あく)で磨かれた床のにおいの中、ユリ模様のグログランのカーテンに日差しをさえぎられながら、ベッドによこたわっていた。そこには、イェシュコトレから来た医者と看護婦、ゲノヴェファ、ずっと器具を殺菌消毒しているパヴェゥ、それに、だれも見ることができない天使がいた。

ミシャは頭が混乱していた。くたくただった。痛みは突然襲いかかり、それをどうすることもできなかった。彼女は眠りに落ちていった。まどろみの中、幻覚の中に。彼女はまるでコーヒー豆のようにちいさな自分が、宮殿みたいに巨大なコーヒーミルの漏斗(ろうと)の中に落ちていくような気がした。真っ黒い口の中に飛びこむと、そこは機械が豆を挽く只中。痛い。体は塵になっていく。

天使にはミシャの考えが見えたし、なぜ痛むのか理解できなくとも、彼女の体を感じられはした。それでミシャの魂を、ほんの一瞬、まるでべつの場所に連れだした。そのとき天使は、彼女にエルサレムを見せたのだ。

ミシャは薄黄色の砂漠の中、波におおわれ、あたかも動いているような、巨大な一隅を見た。その砂の海の中、ゆるやかに傾斜した低地に、町がひろがっていた。町はまるかった。壁に囲まれ、四つの門がついていた。一つめは乳の門、二つめは蜂蜜の門、三つめは葡萄酒、四つめはオリーヴの門だった。すべての門が町の中心に通じていた。一つめの門から雄牛が追いこまれ、二つめの門からは獅子が、三つめからは鷹が入れられ、四つめの門から人びとが入ってきた。ミシャは町の中心にいた。石畳の広場の真ん中に、救世主の家がある。ミシャはその扉の前に立っていた。

だれかが内側から扉をノックし、おどろいたミシャが尋ねた。「だれ？」「わたしだ」声が答えた。「出てきて」とミシャが言った。すると、彼女にむかって主イエスが歩き出て、彼女をその胸に抱きよせた。ミシャは主がまとう衣の匂いを感じた。麻のシャツに身を寄せながら、彼女は自分が、とても愛されているのを感じた。イエスは彼女と全世界を愛しておられる。

でもそこで、じっとすべての成り行きを見守っていた天使がイエスの腕から彼女を取りあげ、いま産まんとしている体に返した。ミシャは大きく息をつき、男の子を産んだ。

クウォスカの時

秋の最初の満月のころ、クウォスカは薬草の根を掘りおこす。サボンソウ、コンフリー、コリアンダー、チコリ、ビロードタチアオイ。それらの多くは、プラヴィエクの沼の畔に生えている。それでクウォスカは娘を連れて、夜の森や村を歩いていった。

あるとき、コガネムシの丘を通り過ぎながら、ふたりは犬に囲まれた猫背の女を見かけた。銀色の月光が、かれらの頭を白く照らしていた。

クウォスカはルタの手を引き、女に近づいた。老女だった。犬たちが不安そうに吠え始めた。

「フロレンティンカ」、クウォスカがそっと呼びかけた。

女がくるりとふりかえった。その眼は、色が薄くて、まるで洗ったようだった。顔はしなびたリンゴを思わせた。痩せた両肩に、灰色の細いおさげ髪が垂れていた。

ふたりは老女のそばに腰をおろした。そして彼女がしているように、大きくて丸くて満ちたりた、月の顔を眺め始めた。

「あいつはあたしの子どもを奪った、あいつのせいで夫は狂った、そしてこんどは、あたしまでおかしくなったよ」フロレンティンカがこぼした。

クウォスカは重重しいため息をつくと、月の顔を見た。

犬が一匹、ふいに吠え始めた。

「夢を見たわ」クウォスカが言った。「月がうちの窓をノックしてこう言うの。『あんたに母親はいない、あんたの娘におばあさんはいない、そうだね?』『そうよ』ってあたしは答えた。すると月が言ったの。『村に、善良で孤独な女がいる。かつてわたしは、彼女にひどいことをしてしまった、ところが、いまとなっては、なぜそんなことをしたのかわからないのだ。女には子も孫もいない。彼女のところへ行き、わたしを赦せと言ってくれ。わたしはすでに老いていて、よくものを考えることもできないから』って。それから、こうも言ったわ。『彼女は丘にいるだろう。そこで女はわたしを罵っている。ひと月にいちど、わたしの完全な姿が世界に示されるときに』って。それで、あたしは訊いたの。『どうして彼女に赦してほしいの? なんのために、人間ごときの赦しが要るのよ?』それに答えて、『なぜならば、人間の苦悩がわたしの顔に黒い痕を刻むからだ。いつか、わたしは人間の痛みによって消されてしまうだろう』月はこう言ったの。だから、来たわ」

フロレンティンカは食い入るようにクウォスカの眼を見た。

「それ、ほんとう?」

「ほんとうよ。ほんとにほんと」

「月があたしに赦してほしいと?」

「ええ」

「そして、あんたがあたしの娘になって、この娘が……孫に？」

「そう言われたわ」

フロレンティンカが空を仰ぐと、色の薄い彼女の眼にきらりとなにかが光った。

「おばあちゃん、このおおきい犬はなんてなまえ？」ちいさなルタが尋ねた。

フロレンティンカがぼそりと答えた。

「ヤギ」

「ヤギ？」

「そう。撫でてごらん」

ルタはおそるおそる伸ばした手を、犬の頭の上に置いた。

「これはあたしの身内。すごく賢いの」フロレンティンカがそう言ったとき、クウォスカは、彼女のしなびた頬に涙が伝うのを見た。

「月は太陽が仮面をかぶっているだけ。夜、世界を見張るために、仮面をつけてあらわれるの。月の記憶はすごく短くて、ひと月前になにがあったか覚えていない。勘ちがいばかり。ねえ、フロレンティンカ、赦してあげて」

フロレンティンカはふかいため息をついた。

「赦すよ。月も、それにあたしも年寄りだ、なにをいまさら喧嘩するかね」しんみり言った。「赦してやるよ、この老いぼれが！」フロレンティンカが空に向かって叫んだ。

クウォスカは笑いだした。笑い声はしだいに大きくなり、目覚めた犬たちが足元に駆け寄ってきた。フロレンティンカも笑いだした。そうして立ちあがると、両手をひろげて、空に掲げた。

「月よ、おまえを赦すよ。あんたがあたしにした意地悪を、ぜんぶ赦すよ！」

フロレンティンカは、力づよい、よく通る声で叫んだ。

突然、どこからともなく、あるいは**黒い川**の向こうからか、疾風が巻き起こり、老女の灰色のおさげを吹きあげた。家のひとつに明かりがともり、男の声が叫んだ。

「おい、静かにしろ！　こっちは寝たいんだ」

「寝なよ、死ぬまで寝てな！」ふりかえって、クウォスカが答えた。「寝るしか能がないくせに、なんで生まれてきたのかね」

「村に行ってはだめ。面倒なことになるからね」クウォスカは娘にこう言った。「ときどき、あいつら、みな酔ってるんじゃないかと思うよ。だれもかれも、だるそうで、のろくって。なにか悪いことが起きたときだけ元気になってさ」

でもルタは、プラヴィエクに惹かれていた。あそこには粉を挽く水車があり、粉ひき職人とその妻がいて、貧しい農夫たちがいて、釘抜きで歯を抜いたヘルビンがいた。じぶんと似たような、少なくとも似たように見える、子どもたちが駆け回っていた。緑の窓の家々があって、庭囲いには白い敷布を干している。それが、ルタの世界でもっとも白いものだった。

母親と村を歩いているとき、ルタはみながふたりを見るのを感じた。女たちは日差しを手で遮りながら、男たちはこっそり唾を吐きながら。母は注意を払わなかった。でも、ルタはその視線を恐れた。できるだけ母にぴったり寄り添って、母の大きな手をしっかり握って歩いた。

夏の晩、悪いやつらがすでに帰宅し、じぶんの用事でそれぞれ忙しくしているときに、ルタは村のはずれまで行くと、灰色の小屋の群れや、煙突から立ちのぼる薄い煙を眺めるのが好きだった。それから、もう少し大きくなると、大胆にも、そっと家の窓まで近づいて、中を覗いてみたりした。セラフィンの家にはいつも赤ん坊たちがいて、木の床を這いまわっていた。ルタは赤ん坊たちを、かれらが床に転がる木片を見つけてハイハイをやめ、じぶんの舌で木を味わい、ぷっくりした小さな手でそれをこねくりまわすのを、何時間でも眺めていられた。いろいろな物を口まで運び、まるで砂糖のようにそれらを吸うのを、テーブルの下にもぐりこんで、何時間でも不思議そうに木製の空を眺めているのを、ルタはじっと見ていた。

ついに大人が子どもをベッドに寝かせると、ルタはかれらが時間をかけて集めた物を眺めた。皿、鍋、ナイフとフォーク、カーテン、聖像画、時計、タペストリー、植木鉢の花、写真立ての写真、食卓に敷く模様の入ったオイルクロス、ベッドカバー、バスケット、人びとの家を唯一無二にする、あらゆるちいさな物。ルタは村のすべての物を知っていたし、何がだれの物かも知っていた。白いレースのカーテンを持っているのは、フロレンティンカだけだった。マラク一家はニッケルのディナーセットを持っていた。ヘルビン家の若い娘は、かぎ編み針でうつくしいクッションをつくった。セラフィンの家には、舟の上で説教するキリストの大きな絵が掛かっていた。バラ模様のついた緑のベッドカバーを持つのはボスキの家だけで、森のすぐ傍のかれらの家には、それがいよいよ完成するとき、本物の宝物が運ばれ始めたのだった。

ルタはこの家が気に入った。もっとも大きく、もっともうつくしかった。避雷針のついた傾斜した屋根、その屋根にはあかりとりの窓、本物のバルコニーとガラス張りのテラス、それに、玄関とはべつに、キッチンに通じる入り口も備わっていた。ルタはライラックの大きな茂みの中を定位置に、そこから毎晩、ボスキの家を観察した。あたらしくて、ふかふかの絨毯が、もっともひろい部屋に敷かれるのを見た。絨毯はすばらしくて、床はまるで秋の森のようだった。大きな柱時計が運びこまれるときにも、ルタはライラックの茂みの中にいた。その心臓は、右に左にかちこちと揺れながら時を刻んでいた。時計はかつて、生きていたにちがいない。だって、じぶんのリズムで動いているから。ちいさな坊やのおもちゃも見た。坊やはミシャの最初の息子だ。それから、次の子どものために買った揺りかごも見た。

そして、ボスキのあたらしい家にあるあらゆる物、もっともちいさい物までいっさいを、すべて知り尽くしたとき、ようやくルタは、じぶんと同じくらいの年の少年に注意を払うようになった。ライラックがあまりに低すぎて、ルタはその少年が、屋根裏にあるじぶんの部屋でなにをしているのか見ることはできなかった。ルタは、その子がイズィドルで、ほかの子どもとはちがうことを知っていた。でも、ちがうことがいいのか悪いのかは、わからなかった。イズィドルの頭は大きくて、ぽかんと開けた口から顎によだれが垂れていた。そして、池の葦みたいにひょろりと背が高くて、痩せていた。

ある晩のこと、茂みに座るルタの足をイズィドルが捕まえた。ルタは、それを振りほどいて逃げ去った。ところが、数日後にまた来ると、かれはルタを待っていた。ルタは枝の間のじぶんのとなりに、かれの席をつくってやった。ふたりは一晩中そこに座り、ひと言も発しなかった。イズィドルは、じぶんのあたらしい家が生きているさまをじっと見ていた。かれは唇をぱくぱく動かす人びとを見ていた。話しているが、聞こえない。イズィドルは、家の住人があっちこっちへせわしなく、部屋から部屋へ、キッチンへ、貯蔵室へ移動するのを見ていた。幼いアンテクが無音で泣くのを見ていた。

ルタとイズィドルは、木陰に無言でいっしょに座っているのが気に入った。

それからかれらは、毎日会うようになった。人びとの視界からふたりは消えた。フェンスの穴からマレクの畑に入り、ヴォラの道を森のほうへ歩いた。ルタは道端の植物を摘んで歩いた。キャロブ、アカザ、オレガノ、ソレル。そして、イズィドルが草のにおいを嗅げるように、かれの鼻の下に差しだした。

「これは食べられる。これも食べられる。これもだいじょうぶ」

ふたりは道から**黒い川**を眺めた。緑の谷底を流れる、裂け目のような輝きを。それからアカハツタケ、黒くて芳しいキノコの林を抜けて、森に入った。

「あまり遠くに行くのはやめよう」最初のうち、イズィドルはこう反対したが、やがてルタにいっさい従うようになった。

森の中は、いつもあたたかくてやわらかく、まるでビロードを敷きつめた、ミハウがメダルをしまう箱の中のようだった。針葉が散りひろがった森の床は、どこに寝ころんでもやさしくたわみ、体にぴったりあわせてしずみこむ。頭上には、枝の先端がくみあう空。よい香り。

ルタはいろいろなアイデアを持っていた。かくれんぼをしたり鬼ごっこをしたり、じぶんたちが樹木になりきってみたり、木の枝を並べていろいろな、ときに手のひらくらいちいさい、ときに森の一角を占めるほど大きい、物の形をつくったり。夏、ふたりは森に野原を見つけた。アンズタケで一面が黄色かった。そこでふたりは、不動のキノコの家族たちをじっくり観察した。

ルタは、植物よりも動物よりも、キノコを愛した。ほんとうのキノコの王国は、陽の光がけっしてとどかぬ地面の下に隠れていると、彼女は言った。そして死刑、もしくは王国からの追放を宣告されたキノコだけが、地表にあらわれるのだとも。そこで、キノコたちは死ぬ。太陽のせいで、あるいは、ひとに摘まれるか、動物に踏みつけられるかして。ほんとうの地下のキノコ類は不滅だ。

秋、ルタの目は鳥の目のように、黄色く、するどくなった。ルタはキノコ狩りに出かけた。彼女はキノコが例年よりもすくないと言い、イズィドルには彼女がそこにいないような気がした。ルタはキノコが地表のどんな場所に生え、世界のどこに触手を伸ばすか知っていた。ヤマドリタケか、ヤマイグチを見つけると、彼女はかたわらの地面に寝ころび、長いことそれを観察してから、ようやく採った。でも、ルタはなによりテングタケを愛した。それらが好む、すべての野原を知っていた。テングタケが一番たくさん生えているのは、街道の反対側にある、白樺林の中だった。その年はとくに、プラヴィエクのいたるところで神の存在をはっきり感じたものだが、テングタケはすでに七月初めにあらわれて、白樺林はその赤い帽子ですっかり覆われた。ルタはその野を、キノコを踏まないように注意しながらスキップした。そしてキノコの間に寝そべると、その赤いドレスを、下からのぞきこんだ。

「気をつけて、毒だよ」イズィドルが注意しても、ルタは笑った。

ルタはイズィドルにいろいろなテングタケを見せた。赤いのだけじゃなく、白いのや緑がかったもの、それにべつのキノコに似ている、たとえばマッシュルームみたいなやつも。

「ママは食べるわ」

「そんなの嘘だ。毒で死ぬよ」イズィドルが憤慨した。

「ママにはその毒が効かないの。あたしだって、いつか食べるわ」

「はいはい、わかったよ。白いのには気をつけな、あれが一番すごいんだ」

ルタの勇気はイズィドルに、畏敬の念を起こさせた。でも、キノコは見ているだけでは足りない。キノコについて、もっとなにかを知りたかった。ミシャの料理の本の中には、すべてキノコに捧げられた一章があった。片方のページに食用キノコの図、もう片方に、食べられない、毒キノコの図。次に会ったとき、イズィドルは、本をセーターに隠して森まで運び、ルタにキノコの絵を見せた。ルタは信じなかった。

「ここに書いてあることを読んでみてよ」テングタケの絵の下に書かれた説明書きを指さし、イズィドルが言った。

「アマニタ・ムスカリア。ベニテングタケ、ってところをさ」

「それがここに書いてあるって、どうしてわかるの」

「文字を読んだんだよ」

「どんな文字?」

「A」

「ア?　あとは?　アだけ?」

「これはm」

「エム」

「この、エムの半分みたいなのが、n」

「読み方を教えて、イゼク」

そういうわけで、イズィドルはルタに読み方を教えた。まずはミシャの料理の本を使い、それから古いカレンダーを持ってきた。ルタはすぐにおぼえたが、飽きるのも早かった。秋までにはイズィドルはルタに、かれの知るほとんどすべてを教えてしまった。

あるとき、アカハツタケの茂みでルタを待ちながらカレンダーをめくっていると、白いページに大きな影が落ちた。イズィドルは顔をあげておどろいた。ルタの後ろに、その母親が立っていた。彼女は裸足で、大きかった。

「こわがらないで。あたしはあんたをよく知ってるの」母親は言った。

イズィドルは応えなかった。

「あんたは利口な子だね」少年のすぐそばに膝をつくと、彼女はかれの頭にふれた。「それにやさしい心を持っている。あんたはこれから遠い旅に出るよ」

彼女は少年をたしかな手つきでじぶんに引きよせ、その胸に抱きしめた。感覚が麻痺したのか、それとも恐れからか、イズィドルは凍りついた。そして、まるで眠りに落ちたみたいに、考えることをやめてしまった。

それから、ルタの母は立ち去った。ルタは棒で地面をほじくり返していた。「ママはあんたが好きなの。いつもあんたのことを尋ねるもの」

「ぼくのことを?」

「あんたには、ママがどんなに強いかわからないわ。すごく大きい石を持ちあげられるのよ」

「男より強い女はいないよ」もうすっかり目を覚ましたイズィドルが言った。

「ママはあらゆるひみつを知ってるの」

「もしきみの言うことがほんとなら、いまごろきみたちは森の中のぼろ小屋じゃなくて、イェシュコトレの町の真ん中に暮らしているはずさ。靴を履いて、きれいな服を着て、帽子だって指輪だって持ってるさ。それだったら、きみのママはすごい重要人物だ」

ルタはうなだれた。

「あんたに見せたいものがあるわ、でもないしょよ」

ふたりは、ヴィドマチュを越えて歩いていった。若いオークの森を過ぎ、白樺の林に入った。イズィドルはここに来たことがなかった。家からはとても遠いにちがいなかった。

突然、ルタが立ち止まった。

「ここよ」

イズィドルはおどろいてあたりを見まわした。一帯に、白樺が生い茂っていた。ほっそりした葉を、風が揺らしていた。

「ここはプラヴィエクの境界なの」ルタはそう言うと、前に両手を伸ばした。

イズィドルにはなんのことかわからなかった。

「ここでプラヴィエクは終わるのよ、ここから先はなにもないわ」

「なにもない？　だって、ヴォラとかタシュフとか、それにキェルツェは？　この近くにキェルツェに通じる道があるはずだよ」

「キェルツェなんてないわ、ヴォラもタシュフも、プラヴィエクのうちよ。ぜんぶここで終わりなの」

イズィドルは吹きだし、かかとでくるりと一回転した。

「なにを馬鹿なこと言ってるのさ。だって現に、キェルツェに行く人がいるじゃないか。ぼくのパパがキェルツェに行く。ミシャの家具はキェルツェから運ばれてきた。パヴェウはキェルツェに行った。パパはロシアに行ったこともある」

「みんな、そんな気がするだけよ。ひとは旅に出て、この境界に行きついて、そしてここで、ぜんぜん動かなくなるの。たぶん、夢を見ているのよ、この先に行く夢とか、キェルツェやロシアがあるって夢をね。むかしママが、そういう、石みたいにこちこちになった人たちを見せてくれたわ。みんな、キェルツェまで行く途中でかたまってた。ぜんぜん動かないのよ、目を見ひらいてて、怖かったわ。死んでるみたいだった。それからしばらくすると、目を覚まして帰っていくの、自分の夢をお土産にして。これこそが、じっさいに起きていることなのよ」

「こんどはぼくが見せてやる！」イズィドルが叫んだ。

少年は数歩あとずさると、ルタが境界だと言った、その場所を目がけて走り出した。そして、突然、立ち止まった。なぜなのか、自分でもわからなかった。なにかがちがった。そして前方に両腕を伸ばすと、かれの指先は消えて見えなくなった。

イズィドルには、じぶん自身がじぶんの中で、べつのふたりの少年に分かれてしまったような気がした。そのうちの一人はじぶんと一緒にそこに立ち、両腕を前に伸ばしていて、そこにはたしかに指先がない。二人目はそばにいる、でもかれは一人目を見ることはできないし、なによりかれには、指先がないことがわからない。イズィドルは、同時にふたりの少年だった。

「イズィドル」ルタが言った。「帰りましょう」

少年は我にかえると、両手をポケットに収めた。分身はしだいに消えていった。ふたりは家に向かって歩き出した。

「境界線は、タシュフのすぐ向こうをはしっているの。ヴォラのうしろ、コトゥシュフの検問所のすぐうしろね。でも正確にはだれも知らない。あの境界は、いまいるだれかとはべつのだれかをつくれるの。でもわたしたちにはそういう人が、べつのどこかから来るように見える。わたしがなによりこわいと思うのは、ここからぜったい出られないってことだわ。まるで鍋の中にいるみたいにね」

帰り道、イズィドルは一言も発しなかった。街道まで来て、ようやく口をひらいた。

「リュックサックに荷物をつめられるかな、食べ物をすこし。境界線沿いをしらべに行こう。たぶん、どこかに抜け穴があるはずだ」

ルタは蟻塚を飛び越えると、ふたたび森に向かって歩きだした。

「心配しないで、イズィドル。わたしたちには、この世界しかないんだから」

イズィドルは、ルタの服が木々のあいだで瞬くのを見た。そして少女は、消えてしまった。

ふしぎなことだ。神は時間を超えているのに、時間と、その変化のなかに顕現するなんて。もしもあなたが、神が「どこに」いるのかわからないと言うならば（ときどきこういうことを尋ねるひとがいる）、変化し、動く、あらゆるものを見るべきだ。形をとらないもの、波うつもの、消えてしまうもののすべてを。海面を、太陽コロナのダンスを、地震を、大陸移動を、溶けゆく雪や氷河の道を、海に流れこむ川を、種の発芽を、山を削る風を、母親のお腹のなかの胎児の成長を、目尻の皺を、埋葬された遺体の腐敗を、ワインの熟すのを、雨のあと生えるキノコを。

神はあらゆるプロセスに宿る。神は変化のなかに脈うつ。あるとき神は存在し、あるとき神はちいさくなり、ときどき神はまったく存在しない。でも、存在しないということのなかに、神は存在しているのだ。

人びとは、かれら自身がプロセスのなかにあるけれど、恒常的でないもの、いつも変化しているものを恐れる。だからこそ、不変などという、そもそも存在しないものを考えついた。そして、永続的で変わらないものこそが、すばらしいと思っている。だからひとは、不変を神に帰してきたし、神を理解する能力を、こんなふうにして失った。

一九三九年の夏、神はあらゆるもののなかにいた。そういうわけで、滅多にない、異常なことが起きた。

時間の初めに、神はあらゆる可能なことを創った。でも、神御自身は不可能なことの神、ぜんぜん起こらない、もしくは、滅多に起こらないことの神だ。

神は、クウォスカの家の軒先で、陽の光に熟した、プラムほどの大きさのブルーベリーのなかに宿った。クウォスカは、もっとも熟した実を摘み、紺色の皮をハンカチで拭き、その表面に、ちがう世界が映るのを見た。そこでは空は暗く、ほとんど黒色で、太陽はぼんやりと遠く、森は大地に埋めこまれた枝葉のない棒のかたまりみたい、そして大地は酔っぱらって震えていて、穴に苦しんでいた。人びとは、その穴から黒い淵へとすべりこむ。クウォスカが、その不吉なブルーベリーを食べると、酸味が彼女の舌を刺した。冬のために、いつもよりもっとたくさん貯蔵しておかなくては、と彼女は思った。

最近のクウォスカは、毎朝ルタをベッドから夜明けとともにひっぱりだす。そしていっしょに森へ行き、あらゆる宝を家に持ち帰る。バスケットいっぱいのキノコ、苺とブルーベリーを入れた牛乳缶、まだ若いヘーゼルナッツ、ビルベリー、エゾノウワズミザクラ、コケモモ、セイヨウサンシュユ、セイヨウニワトコ、サンザシ、それにシーバックソーンも。ふたりはそれらを、日なたと日陰で何日もかけて乾かした。そして、太陽が以前みたいにきちんと照っているか心配しながら、じっと見ていた。

神はクウォスカを、肉体的にも不安にさせた。神は彼女の胸にいて、いきなり、奇跡のように、それらを乳で満たした。そのことが人びとに知れたとき、かれらはこっそりクウォスカのもとを訪れて、その乳首の下に、みずからの体の病んだところを差し出したので、彼女はそこに、白い流れをほとばしらせた。乳は若いクラスヌィの眼病も、フラネク・セラフィンの手のイボも、フロレンティンカの潰瘍も、イェシュコトレから来たユダヤ人の子どもの湿疹も癒してしまった。

癒された者はみな、戦争中に死んでしまった。神が顕現するとは、こういうことだ。

領主ポピェルスキの時

神は領主ポピェルスキの前に、ラビのくれたちいさなゲームを通して顕現した。領主は何度もゲームを始めようと試みたが、奇妙なインストラクションを、すべて理解するのはむずかしかった。領主はちいさな本を引っぱりだしてくると、そのインストラクションを、ほとんど暗記するまで読んだ。ところが、ゲームを始めるにはサイコロで一の目を出さなくてはならないのに、投げるたび八の目が出る。これは、あらゆる蓋然性の原則と矛盾する。それで領主は、じぶんがだまされたのだと考えた。奇妙な八面のサイコロは、目が偏って出るように細工されているのかもしれない。ところがゲームを誠実に行おうとするならば、翌日まで待ち、あらためて、サイコロを投げなくてはならない。そういうルールになっていた。そしてやっぱり、うまくいかない。春はずっとこんなふうだった。領主の楽しみは、いらだちに変わった。そして一九三九年の不安な夏、ついに頑固な一の目があらわれ、領主は大きく息をついた。ゲームが始まった。

こんどは、たくさんの暇な時間と平安が必要になった。ゲームは領主を夢中にさせた。一日中、ゲームをしていないときでさえ、集中を要した。晩になると図書室にこもり、ゲーム盤を広げて、長いこと、手のひらで八面のサイコロを転がしていた。あるいは、ゲームの指令を実行した。長い時間を無駄にすることにいらだちがつのったが、やめられなかった。

「戦争になるわ」妻が言った。

「文明社会に戦争なんてないよ」領主が答えた。

「たしかに文明社会にはないかもしれないわ。でも、ここにはあるのよ。ペルスキさんたちはアメリカに行くんですって」

「アメリカ」の一語を聞いて、領主ポピェルスキは落ち着きなく体を揺すった。でも、以前とおなじ意味を持つものなんて、もうなにもなかった。つまり、ゲーム以前と。

八月、領主は徴兵されたが、健康状態を理由に免除された。九月、ドイツ語で放送が開始されるまでは、ラジオを聞いた。領主夫人は、銀製品を庭園に埋めた。領主は一晩中、ゲームをしていた。

「戦いさえしなかった。みんな帰ってきたわ。パヴェウ・ボスキは、武器を取りさえしなかった」夫人は泣いた。「フェリクス、わたしたち、負けたのよ」

領主は、物思わしげにうなずいた。

「フェリクス、戦争に負けたのよ！」

「じゃましないでくれ」そう言うと、かれは図書室に入っていった。

ゲームは毎日、あたらしいなにか、知らなかったなにか、感じたことのないなにかを見せてくれた。こんなことが、どうしてありえるのだろう？

最初の指令のひとつは、夢を見ることだった。次のステージに進むには、領主はじぶんが犬であるという夢を見なくてはならなかった。

「いかにも変だな」領主は不満をおぼえた。それでもベッドに入ると、犬のことと、じぶんが犬かもしれないということを考えた。そして、眠りに落ちる直前に、じぶんは犬である、水鳥を追って共有地を駆けまわるブラックハウンドである、と思い描いた。ところが夜、夢は夢のしたいことをした。かれが人間でいるのをやめることはむずかしかった。そして、ある進歩が認められたのは、池についての夢の中でだ。領主ポピェルスキは、じぶんがオリーヴ色の鯉になった夢を見た。鯉は緑の水の中を泳いでいて、そこでは太陽はぼんやりした光に過ぎなかった。かれには妻もなく、屋敷もなく、かれに属するものは何もなく、かれに関わるものも何もなかった。それはすばらしい夢だった。

その日、ドイツ人たちがかれの屋敷にあらわれたとき、領主はついに、明け方、犬になった夢を見た。イェシュコトレの市場を何かを探して駆けまわっていたが、何を探しているのかは、かれ自身にもわからなかった。シェンベルトの店先で、何かの食べ残しを掘りかえし、よろこんで食べた。茂みから漂う馬糞と、人間の排泄物の臭いにそそられた。生肉の血が、アンブロシアのような芳香を放った。

領主はおどろいて目を覚ました。「なんという不条理だ、馬鹿げている」こう思いはしたが、これでゲームを先に進められるとよろこんだ。

ドイツ人たちはきわめて礼儀正しかった。陸軍大佐グロピウスと、もう一名。領主は家の前まで出迎えた。かれらから離れて立つように努めた。

「お察しします」領主の渋い顔を見て、グロピウス大佐は言った。「残念ながら、我々は、御宅の前に侵略者、占領者として立っております。ですが、我々は文明化された人間です」
かれらは大量の木材を買いたがった。領主ポピェルスキは、じぶんが木材の供給を世話するとは言ったものの、本心ではゲームを中断する気はなかった。占領者と被占領者の会話のひと通りが終わった。領主はゲームに戻った。かれはじぶんがすでに犬になったこと、これで次のステージに進めることがうれしかった。
翌晩、領主はインストラクションを読んでいる夢を見た。眠りつつあるかれの目の前を、言葉が飛び跳ねていた。というのも、領主自身が部分的に夢に見られているために、字をたどたどしく読むことしかできなかったからである。

第二世界は、若い神によって創られた。神はまだ経験がなかったため、この世界ではいっさいが色あせ、かすみ、事物はまたたく間に崩れて塵となる。戦争は永遠につづく。人びとは生まれ、絶望的に愛し、遍在する突然の死によって死ぬ。しかし、苦しめば苦しむほど、生きたいとより強く願うようになる。

プラヴィエクは存在しない。それは存在したことすらなかった、なぜなら大地の、プラヴィエクが建てられたかもしれない場所はどこでも、餓死した兵士が累々と、西から東へひっきりなしに、引きずられつづけているからである。いかなるものにも名前はない。大地は爆弾で穴だらけ、二つの川も病み、傷を負い、濁った水を運んでいて、どちらがどちらか区別もつかない。飢えた子どもらの指のあいだで石が砕け散る。

この世界の野で、カインはアベルに出会って言った。「法も審理もない！　ここより外に世界はない、公正に対する報いはない、悪行に対する罰もない。この世界は慈しみのうちに創られてはいない、共感が律するものでもない。だから、おまえの供物は受けいれられ、わたしの供物は拒否されたのか？　死んだ子羊について、神はなんと言ったか」アベルが答えた。「わたしの供物が受けいれられたのは、わたしが神を愛しているからだ。あなたのものが拒否されたのは、あなたが神を憎んでいるからだ。あなたのような人間は、そもそも存在すべきではない」そしてアベルは、カインを殺した。

クルトはプラヴィエクを、ドイツ国防軍の兵士を移送するトラックの上から見た。クルトにとってプラヴィエクは、外国のほかの村、敵国のほかの村と、何も変わりはなかった。休暇で訪れた村とも、ほとんど変わらなかった。そういう村にはいつも決まって、狭い通りや、みすぼらしい家や、奇妙にひしゃげた木の垣根や、白塗りの壁があった。クルトは村というものをよく知らない。かれは都会の出で、街を恋しく思った。街に妻と娘を置いてきた。

かれらは宿営地を農家に設置しなかった。ヘルビンの果樹園を接収して、自分たちで木のバラックを建て始めた。そのひとつは、クルトが取り仕切る炊事場になるはずだった。グロピウス大佐はクルトを軍用車で、イェシュコトレや地主の屋敷、コトゥシュフとその周辺の村に連れていった。そして、木材や牛や卵を、じぶんたちの言い値で買った。つまり、ものすごく安く、もしくは、まったく金を払わずに。打ち負かした敵国を、クルトが間近に、顔と顔をつきあわせるようにして見たのは、このときだ。小屋から運ばれる卵のバスケットも見た。クリーム色の殻に、鶏の糞の痕がついていた。農民の敵意のこもった陰気な眼差しも見た。不恰好でひ弱な牛を見て、いかにかれらが大事に世話されているかにおどろいた。糞の山を掘りかえす鶏や、屋根裏に干されたリンゴや、月に一度焼かれる丸型パンや、青い目の裸足の子どもたちを見た。子どもたちの甲高い声は、クルトに娘を思い出させた。でも、いっさいはかれの敵だった。ここで話されている原始的で耳障りな言葉のせいかもしれないし、妙な顔のつくりのせいかもしれない。ときに、グロピウス大佐がため息をつきながら、この国はまるごと土地から造り直して新しい秩序を建設すべきだと言うとき、クルトには大佐が正しいように思われた。そうしたほうが清潔だし、うつくしくもなるだろう。その一方で、耐えがたい考えが頭に浮かぶこともあった。つまり、じぶんは故郷に帰り、この土地の砂っぽい一部分や、住人や、牛や、卵の入ったバスケットを、静かに放っておいてやるべきではないかという考えだ。夜、かれは、なめらかで白い妻の体を夢に見た。夢ですべては、よく知っていて安全な、ここととはまるでちがうにおいがした。

「見ろ、クルト」次の補給地に向かう道すがら、グロピウス大佐が言った。「見ろ、なんと大きな労働力だ、この空間も、土地も。それに見ろ、なんと肥沃な河だ。あんな原始的な水車の代わりに、水力発電所を建てればいい。電線を引いて、工場を建てて、一気に動かす。かれらを見ろ、クルト。あいつらはそう悪くないぞ。私はスラヴ人のことが気に入ってさえいるよ。知っているかね、この民族の名は、奴隷を意味するラテン語の sclavus に由来するんだ。すでに、血の中に奴隷根性が流れているのさ」

クルトはぼんやり聞いていた。家が恋しかった。

かれらは、手にしたものはなんでも奪った。小屋に入るとクルトはときどき、部屋の隅に食糧が、たったいま隠されたばかりであるような印象を受けた。そういうときにグロピウス大佐は、ピストルを抜いて怒声をあげた。

「国防軍の軍需品として没収！」

そんな瞬間、クルトはじぶんが泥棒になったような気がした。

夜毎、祈った。「これ以上、東に行きませんように。ここにとどまりますように。そしてここから、もと来た道を家に帰れますように。戦争が終わりますように」

クルトは、ゆっくり、この異国の地に慣れていった。どんな農家がどこに住んでいるのか、多少なりとも知るようになったし、かれらの風変わりな名前にすら、この土地の鯉に抱くような好感を覚えた。かれは動物が好きだったので、調理場の残り物をすべて、隣人の家の軒先に置くように命じた。隣人とは、年配の痩せた女性で、痩せこけた犬を十数匹も飼っていた。そして、ついにはその老女から、挨拶のしるしに歯のない無言の笑みを向けられるまでになった。森の傍の、あたらしい家の子どもたちも訪ねてきた。少年が少女よりもすこし年長だった。ふたりの髪の色は、かれの娘のそれみたいに、ほとんど白いくらいに薄かった。女の子がふっくらした手を挙げて、よく舌の回らない口で言った。

「ハイルヒトラー！」

クルトは彼女にキャンディーをあげた。見張りに立つ兵士たちは微笑んだ。

一九四三年の初め、グロピウス大佐は、東部戦線に送られた。大佐は毎晩祈っていなかったにちがいない。クルトは昇進したが、ぜんぜんうれしくなかった。昇進は、いまは危険だ。家から遠ざけられてしまう。補給物資を得ることは、ますます困難になっていた。クルトは毎日、部隊を率いて周辺の村を遍歴した。グロピウス大佐の声でクルトは言った。

「国防軍の軍需品として没収！」そして、取れるものは何でも取った。

クルトの仲間が、親衛隊がイェシュコトレのユダヤ人を制圧するのを手伝った。クルトはかれらがトラックに積み込まれるのをこっそり見ていた。そしてかれらが気の毒になった。かれらにとってはまだましな場所に行くのだと、知ってはいたけれど。ユダヤ人逃亡者を地下室や屋根裏に探さなくてはならないときは、気分が悪かった。恐怖で狂った女を草地に追い回し、その手から子どもをひきはがすように命じなくてはならないときとか。撃てと命令することもあった。それに、かれ自身もその場で発砲した。ほかにしようがなかったから。ユダヤ人たちはトラックに乗りたがらず、逃げたり叫んだりした。あれこれ考えたくない。だって戦争じゃないか。かれは夜毎、祈った。「ここより東へ行きませんように。終戦まで、ここにとどまれますように。神よ、どうか東部戦線に行かせないでください」そして神は、かれの祈りをききとどけた。

一九四四年の春、クルトはすべてをコトゥシュフに移送せよとの命令を受けた。それは西方向にひとつ先の村で、だからじぶんの家から村ひとつぶん近い。ボリシェヴィキが来ると噂されたが、クルトは信じていなかった。それから、いっさいがトラックに積み込まれたとき、クルトはロシアの爆撃の犠牲にならずにすんだ。爆撃されたのは、タシュフのドイツ軍駐屯部隊だった。数発が池に落ちた。一発は、犬を飼う老婆の納屋にも。狂った犬たちが丘に駈けのぼった。クルトの部下たちが撃ち始めた。クルトは部下を止めようとはしなかった。なぜなら、あれはあいつらが撃ったんじゃない。異国での恐怖と、家への恋しさが撃ったんだ。死を前にした、あいつらの恐怖が撃ったんだ。恐れに激昂した犬たちが、荷の積まれたトラックに突進し、ゴムタイヤに嚙みついた。兵士たちは、犬の眉間をまっすぐ狙った。銃弾の力が犬の体を吹き飛ばし、犬たちはまるでトンボ返りしたように見えた。犬たちはゆっくり宙返りしながら、黒い血をあたりにはね散らした。クルトは、あの見知った老女が家から走り出てくるのを見た。生きている犬をその場から引きはなし、怪我した犬を腕に抱えて、彼女は果樹園まで連れて行こうとしていた。彼女のグレーのエプロンが、瞬く間に赤く染まった。彼女は何かクルトには理解できないことを叫んでいた。司令官として、この馬鹿げた銃撃を終わらせなくてはならなかった。ところが突然、かれは、じぶんが世界の終わりを目撃していて、世界の汚れと罪を浄化しなくてはならない天使の一員であるような考えにとらわれた。あたらしい何かを始めるためには、何かを終わらせなくてはならない。それは恐ろしい、でも、そうしなくては。ここから後戻りはできない、この世界は、死を宣告されているのだ。

それからクルトは老女を撃った。いつも挨拶のしるしに、歯のない無言の笑みを向けてきた彼女を。

周辺地域の軍がコトゥシュフに集結した。軍は監視地点に設営されて、空襲を逃れたあらゆる建物を占拠した。こんどのクルトの任務は、プラヴィエクの監視だった。そのため、軍が移転したというのに、かれは村にとどまらなくてはならなかった。

いまやクルトはプラヴィエクを、ある距離をおいて見ることになった。かれは森と川の線を見下ろした。プラヴィエクとは、家の散らばった集落だった。髪の色の薄い子どもたちの住む、森の傍のまだじゅうぶんあたらしい家も見た。

夏の終わり、クルトは望遠鏡でボリシェヴィキを見つけた。豆粒ほどのかれらの車が、完全な静寂をたもちつつ、不吉に走っていた。クルトにはそれは、ちいさな、しかし死をもたらすほどに危険な虫たちの侵略のように思われた。かれは、ぶるっと身震いした。

八月から翌年の一月まで、毎日、かれは何度もプラヴィエクを見た。そうすることで、あらゆる木、あらゆる道、あらゆる家を見わけられるようになった。かれには街道のシナノキや、コガネムシの丘や、草原や森や木立が見えた。荷馬車に乗った人びとが、村を捨て、森の壁の向こうに消えていくのが見えた。一人ずつ活動する夜盗たちが見えた。遠くからだと、かれらは狼人間に見えた。来る日も来る日も、ひっきりなしに、ボリシェヴィキが、ますます多くの兵士や道具を集めているのを見た。ときどきかれらは、互いに向けて発砲した。本気ではない、まだそのときではなかったから、でも、じぶんの存在を思い出させるためにそうしていたのだった。

日が暮れると地図を描き、プラヴィエクを紙に写し取った。これは楽しい作業だった。というのも、おどろいたことに、かれはプラヴィエクを懐かしく思い始めていたのだ。世界がこのばかげた混乱から浄化されたら、妻と娘を連れてここに移住し、鯉を飼育し、水車小屋でも営もうかと、そんなことすら考えた。

神はクルトの考えをまるで地図のように読めたし、クルトの願いを叶えることにも慣れていたから、クルトがプラヴィエクに永遠にとどまることをゆるされた。かれには一発の流れ弾が用意されていた。つまり、神に用意されたという意味だ。

一月蜂起によって残された遺体を埋葬しようとプラヴィエクの人びとが決める前に、春が訪れたので、腐りかけたドイツ兵がクルトだとは、だれにもわからなかった。かれは司祭の牧草地の傍らの、ハンノキの林に埋葬されて、いまもそこに眠っている。

ゲノヴェファの時

ゲノヴェファが、白いシーツを**黒い川**で洗っていた。寒さで手がかじかんだ。両手を太陽に向けて掲げてみた。指の間にイェシュコトレがあった。軍用トラックが四台、聖ロフ教会を通り過ぎて、中央広場に入るのが見えた。トラックは、教会のわきの栗の木陰に消えた。ふたたび彼女が両手を水に浸したとき、銃声が聞こえた。水流が彼女の手からシーツをはぎとった。ばらばらの銃声は、しだいに束になり、ゲノヴェファの鼓動が早くなった。彼女は岸辺を、力なく流れていく白いシーツを追って、それが水の渦の向こうに消えるまで走った。

イェシュコトレの上空に、煙の雲があらわれた。ゲノヴェファは途方に暮れて立ちつくした。そこからは、家に行くにも、シーツの入ったバケツにも、燃え盛るイェシュコトレに行くにも、おなじくらいの距離だった。彼女はミシャと子どもたちのことを考えた。バケツを取りに走っているとき、口はからからに乾いた。

「イェシュコトレの聖母さま、イェシュコトレの聖母さま……」くりかえし呼びながら、向こう岸にある教会を、絶望的な気持ちで眺めた。教会は前とおなじようにそこにあった。

トラックは共有地に乗り入れた。そのうちの一台から兵士たちが降り立ち、二列に並んだ。それから、防水帆布をはためかせながら、車がつぎつぎに入ってきた。栗の陰から、人の柱があらわれた。かれらは走り、転び、起きあがった。トランクをひきずり、荷馬車を押していた。兵士たちは人びとを車に押しこみはじめた。これらすべてがあまりに素早く起きたので、ゲノヴェファは、じぶんが目撃している出来事の意味をのみこめなかった。彼女は片手を目にかざした。沈む夕日が眩しかったから。そしてそのとき初めて、ガウンの前をはだけたシュロモ老人や、ゲルツェ家やキンデル家の金髪の子どもたちや、空色のワンピースを着たシェンベルト夫人や、赤ん坊を抱いた彼女の娘や、両脇を抱えられた幼いラビが見えた。それに、エリも見えた。間違いようもなく、はっきりと。かれは、じぶんの息子の手を握っていた。それから、ちょっとした小競りあいがあり、人びとのかたまりは、兵士の隊列によって崩された。みな、四方八方に逃げ、すでにトラックに乗っていた者たちは、車から飛び降りた。ゲノヴェファの目の端に、銃口から放たれた炎が映ったかと思うと、連射された機関銃の轟音が耳をつんざいた。そしてあの男性の姿から、彼女は目を離せなかった。それは、ぐらりとよろめき、どすんと倒れた。ほかのだれかとおなじように。ほかの多くのだれかとおなじように。ゲノヴェファは手をバケツから離すと、川に入った。水流がスカートを引っ張り、彼女は足をすくわれた。機関銃の音が、くたびれたとでもいうように、しんと静まった。

ゲノヴェファが川の対岸に立ったときには、荷を乗せたトラックの一台は、すでに道路に向かって走っていた。人びとは、静かにべつの車に乗りこんでいた。かれらが互いに手を貸しあっているのが見えた。兵士の一人が、そこによこたわる人びとに、一発ずつとどめを刺していた。つぎのトラックが出発した。

地面から人影が跳ね起き、川の方角に走り出そうとした。ゲノヴェファはそのとき、それがミシャとおない年の、シェンベルト家のラヘラだとわかった。赤ん坊を抱いていた。兵士の一人がひざまずき、ごく落ち着いて、娘に狙いをさだめた。彼女は不器用に身をかわそうとした。兵士は発射し、ラヘラは止まった。ほんの一瞬よろめくと、どさりと倒れた。ゲノヴェファは、兵士が彼女に近づいて、足をつかんで仰向けにひっくり返すのを見ていた。兵士は、白いおくるみにも発射すると、トラックに引き返した。

ゲノヴェファは腰が抜けて、ひざまずかなくてはならなかった。

トラックが走り去ると、やっとのことで立ちあがり、共有地を突っ切って歩いた。足はまるで石のように重く、彼女の思い通りには動かなかった。濡れたスカートが、彼女の身体を地面に引っ張った。

エリは草の上に、押しつけられたように、よこたわっていた。ひさしぶりにゲノヴェファは、かれの顔をこんなに近くで見た。彼女はかれの傍らにどさりと腰をおろし、じぶんの足で立ちあがることは、もはやできなかった。

あくる日の夜、ミハウはパヴェウを起こすと、ふたりしてどこかに出ていった。ミシャはそれから寝られなかった。遠い、だれかの、悪い敵の、銃声を耳にしたように思われた。彼女の母は目を開けたまま、じっとベッドによこたわっていた。ミシャは、母が息をしているかたしかめた。

明け方、男たちが数人を連れて帰ってきた。そして地下室に案内し、鍵を閉めた。

「わたしたちみなを殺すつもりよ」パヴェウがベッドに戻ると、ミシャはこうささやいた。「わたしたちを壁に向かって立たせて、家は焼き払うわ」

「あれはシェンベルト家の婿とその妹、それに妹の子どもたちだ。ほかはだれも助からなかった」

朝、ミシャは食料を地下室に運んだ。扉を開けて、こう言った。「こんにちは」そして全員の顔を見た。太った女性、十代前半の少年、小さな女の子。知らない顔だった。でも、シェンベルト家の婿、つまり、ラヘラの夫は知っていた。かれはミシャに背を向けて、壁に頭をもたれてじっと立っていた。

「わたしたち、どうなるのかしら」女性が尋ねた。

「わからないわ」ミシャが答えた。

かれらは、四番目の部屋、もっとも暗い地下室に、復活祭まで暮らしていた。一度だけ、女性とその娘が入浴するために階上にあがってきた。ミシャは、女性が長い黒髪を梳(と)かすのを手伝った。ミハウは毎晩、食事と地図をかれらに運んだ。祭日の二日目、夜の闇に乗じて、ミハウはかれらをタシュフまで送っていった。

数日後、ミハウは隣人のクラスヌィと塀の傍に立っていた。かれらはルースキー(ロシア人)のことを話していた。どうやらかれらは近くまで来ているらしかった。ミハウは、パルチザンになったというクラスヌィ家の息子のことは訊かなかった。だれもその話はしなかった。別れ際、クラスヌィがふりかえって言った。

「ニュースといえば、タシュフに向かう道端に、ユダヤ人たちが殺されていたよ」

ミハウの時

一九四四年の夏、タシュフからロシア人たちがやってきた。まる一日、街道を走ってきたのだ。あらゆるものが埃だらけだった。トラックも、戦車も、大砲も、幌付きの荷馬車も、ライフル銃も、制服も、髪も、顔も。かれらはまるで、地面から出てきたみたいだった。まるで、遠い東の領主の国で眠らされていたおとぎ話の軍隊が、眠りから醒めたみたいだった。

人びとは沿道に並んで、頭の列にあいさつをした。兵士たちの顔は反応しなかった。そのまなざしは、出迎えの人びとの顔のうえを淡々と滑っていった。兵士たちはおかしな制服を着ていた。裾がぼろぼろの外套下から、時折、射るような色がきらめいた。濃いピンク色のズボン、タキシードのチョッキの黒、戦利品として奪った時計の金色。

ミハウは車輪付きの安楽椅子にゲノヴェファを載せて、ポーチに運び出した。

「子どもたちはどこ？　ミハウ、子どもたちを連れてきて」ゲノヴェファが、はっきりしない口調でくりかえした。

ミハウは塀を越えて出ていき、アンテクとアデルカの手をぎゅっとつかんだ。鼓動は早鐘のようだった。

かれが見ていたのは、この戦争ではない。かれは、あの戦争を見ていた。ふたたび、眼前に、かつて歩いた広大な国土がひろがった。これは夢にちがいなかった。なぜなら夢だけが、リフレインのようにすべてをくりかえすことができるから。かれはおなじ夢を見ていた。広大で、静かで、まるで軍隊みたいにおそろしい夢、まるで痛みのせいでぼんやりとしか聞こえない、爆発みたいな夢を見ていた。

「おじいちゃん、ポーランド軍はいつ来るの？」アデルカはこう尋ねると、小枝とぼろきれで作った小旗を掲げた。

ミハウは孫から小旗を取りあげると、ライラックの茂みに投げ捨てた。そして子どもたちを家に入れた。キッチンの窓辺に腰かけて、コトゥシュフとパピェルニャの方角を見つめた。ドイツ軍が常駐している場所だ。ヴォラの道こそが現在の前線なのだと腑に落ちた。寸分たがわず。

キッチンにイズィドルが入ってきた。

「パパ、来て！　将校たちが来てるよ、パパと話がしたいって！　早く！」

ミハウの身体がこわばった。イズィドルを先にして、表の階段を降りた。外には、ミシャと、ゲノヴェファと、となりのクラスヌィ一家と、村中の子どもたちがいた。その中央に、ドアを開けたまま、軍の車が停まっていた。男が二人乗っていた。三人目は、パヴェウと話をしていた。パヴェウは、いつものように、いっさいわかっているように見えた。そして舅（しゅうと）を見ると、元気づいた。

「これがうちの父です。あなたたちの言葉もわかります。あなたたちの軍隊で戦っていましたから」

「我々の軍で？」ルースキーがおどろいて言った。

その顔を見るなり、ミハウの全身は燃えあがった。心臓が喉から飛び出そうだ。いますぐなにか言わなくてはならないことはわかっていたが、舌が凍りついていた。熱いジャガイモでもほおばっているかのようで、ミハウは舌を泳がせた。なにか言葉を、どんな簡単なことでもいいから発しようとしたが、できなかった。忘れてしまった。

若い将校は興味ぶかげにミハウを見ていた。軍服の外套の下から、燕尾服の黒い裾がのぞいていた。吊りあがった目に、愉快そうな光が浮かんだ。

「おいオヤジさん、どうした？　どうかしたかね？」かれはロシア語で言った。

ミハウにはこんな気がした。つまりこれらのすべては、目の吊りあがった将校も、この道も、土埃をかぶった軍人の列も、つまりこれらのすべては、すでにかつて起こったことで、この、どうしたかね、さえも、すでにかつて起こったことだという気がしたのだ。時間がミルを挽いているように思われた。そして恐怖にとらわれた。

「ワタクシノナマエハ、ミハイル・ユゼフォヴィチ・ニェビェスキー、デス」声を震わせ、ロシア語で、ミハウは言った。

イズィドルの時

吊り目の若い将校は、イワン・ムクタといった。目の充血した陰気な陸軍中尉につきそう副官だった。「あなたの家は中尉のお気に召した。我々はここを住居とする」副官はロシア語で陽気に言うと、中尉の持ち物を家にどんどん運びこんだ。そしておどけた顔で子どもたちを笑わせたが、イズィドルだけはべつだった。

イズィドルはかれを注意ぶかく見ていた。そしていまじぶんは本当の他人を見ているのだと、考えていた。ドイツ人たちは、たとえ悪い奴らであっても、プラヴィエクの人びとに似ていた。制服を着ていなければ、区別なんかつかない。イェシュコトレのユダヤ人もそうだ。かれらの方がすこしだけ日に焼けて、瞳の色が黒いくらい。でも、イワン・ムクタはちがう。かれはだれにも似ていない。かれの顔は、丸くて頬がふっくらしている。そしてふしぎな色をしている。晴れた日に見る、**黒い川**の流れみたいな色。イワンの髪はときどき紺色に見えたし、唇は桑の実を思わせた。そしてなによりふしぎなのはその瞳で、裂け目のように細くて、長いまぶたの下に隠されていて、黒くて、するどい。それがなにを語っているのか、たぶんだれにもわからない。イズィドルには、その目を見るのがむずかしかった。

イワン・ムクタは自分の中尉の住まいを、一階の、もっとも大きく、もっともうつくしい、柱時計のある部屋に決めた。

イズィドルはロシア人たちを観察する方法を見つけた。ライラックによじのぼって、そこから部屋を覗きこむ。陰気な中尉は、机にひろげた地図を見ているか、皿に覆いかぶさるように座っていた。

ところが、イワン・ムクタはどこにでもいた。中尉に朝食を出し、中尉の靴を磨き、キッチンでミシャを手伝う。薪を割り、鶏に餌を与え、コンポートにするスグリを集め、アデルカと遊び、井戸から水を汲んでくる。

「ご親切は本当にありがたいんですけどね、イワンさん、わたし、ひとりでできますわ……」初めこそミシャはこう言っていたが、どうやら彼女も、しだいにこのやり方が気に入ったようだった。

最初の数週間で、イワン・ムクタはポーランド語が話せるようになった。

イズィドルのもっとも重要な任務は、イワン・ムクタから目を離さないことだった。一日中かれを観察し、ちょっとでも目を離したすきにこのロシア人が死ぬほど危険な存在になることを恐れた。それに、イワンがミシャに近づくことにも気を揉んだ。姉の命は脅かされている、だから、イズィドルはなんとかキッチンにいる理由を探した。ときどきイワン・ムクタはイズィドルに話かけようとしたけれど、少年のほうはあまりにもこの考えでいっぱいで、ただ涎を垂らして、いつもの倍の労力を使ってなにか口ごもるだけだった。

「あの子は生まれつき、ああなの」ミシャがため息をついた。

イワン・ムクタはよく食卓で、大量のお茶を飲んでいた。かれは砂糖を持参した。粉砂糖なり、べとべとの角砂糖なりを、口に含んでお茶を飲む。そしてそういうとき、かれはもっともおもしろい話をする。イズィドルは精一杯、平静を装う。たとえ傍らのロシア人がものすごくおもしろいことを話していようとも……。イズィドルは、キッチンに重大な用事があるふりをしなくてはならなかった。でも、まる一時間もただ水を飲んだり薪をくべたりするのはつらい。そこで、きわめて勘のするどいミシャは、ジャガイモの入ったボールを弟に差し出し、その手にナイフを握らせるのだった。あるとき、イズィドルは肺いっぱいに空気を吸うと、不意に声高くぶちまけた。

「ロシア人たちが、神はいないって言ってる」

イワン・ムクタはコップを置くと、見透かすことのできない目で、じっとイズィドルを見つめた。

「神がいるかいないかは問題じゃない。ぜんぜんちがうよ。信じるか、信じないかってことだ」

「ぼくは、いるって信じてる」イズィドルは言い、勇ましく顎を突き出した。「もしいるなら、それはぼくが信じるに値するってことだ。もしいないなら、ぼくには信じるに値するものなんてなにもない」

「おもしろい考えだ」イワン・ムクタは賛辞をおくった。「だけど、信仰がなんの価値もないっていうのはちがうな」

ミシャは咳払いして、木のスプーンでスープを乱暴にかき混ぜはじめた。

「じゃああなたは？　あなたはどう思うの？　神はいる、それともいない？」

「つまり、こういうことだ」そう言って、イワンは四本の指を顔の高さにひろげた。イズィドルにはかれがウィンクしたように見えた。イワンが指を一本折った。

「神はいるし、いた。あるいは」二本目を折った。「神はいないし、いなかった。あるいは」三本目。「神はいた、でももういない。そして最後」そう言って、イズィドルに四本目を折ってみせた。「神はまだいない、それで、これからあらわれる」

「イゼク、薪を取ってきて」男たちが卑猥な冗談を言うときとまるでおなじ声の調子で、ミシャが言った。

イズィドルは出かけた。そしてずっと、イワン・ムクタのことを考えていた。イワン・ムクタは言うべきことがもっとたくさんあるはずだ。

数日後、ようやくひとりきりでいるイワンをつかまえた。かれは家の前に腰かけて、ライフル銃の手入れをしていた。

「あなたが住んでいるのは、どんなところなの」イズィドルが大胆に尋ねた。

「ここともったくおんなじさ。森はないけどね。すごく大きな川がある、えらく遠くまで流れてるよ」

イズィドルはこのテーマにはそれ以上執着しなかった。

「あなたは年を取っているの、それとも若いの？　ぼくらにはあなたが何歳なのか、ぜんぜんわからない」

「もういい歳さ」

「じゃあもしかして、たとえば七十歳とか？」

イワンは笑いだし、銃を置いた。そしてなにも答えなかった。

「ねえイワン、どう思う、神がいない可能性なんてあるかな。だとしたら、いっさいはどうやって始まったんだろう」

　イワンは煙草を巻いた。煙を大きく吸いこむと、顔をしかめた。

「まわりを見てみろよ。なにが見える？」

「道が見えるよ。その向こうに畑とスモモの木、そのあいだに草……」イズィドルはいぶかしげにロシア人を見やった。「その先に、森。そこにはたぶんキノコが生えてるけど、ここからじゃあ見えない……あとは空。下は青いけど、上のほうは、白くて渦を巻いてる」

「で、その神はどこだい？」

「神は見えないよ。神は内側にいるんだ。すべてをあやつり、すべてを支配している。すべてがうまくいくように、法則をつくってる……」

「オーケー、イズィドル。おまえが賢いことはわかっているよ。おまえはそんなそぶりは見せないがね。たぶん想像力があるんだな」そこでイワンは声をひそめると、ひどくゆっくりと話し始めた。「じゃあこんどは、神なんかいないと想像してみろよ。おまえが言ったような、内側にもいないって。だれも、いかなる秩序も守りはしない。全世界が大きな一個のばか騒ぎ、それか、もっとむちゃくちゃな、一個の機械、たとえば、はずみをつけてやったらやっと動きだすような、壊れた刈り取り機みたいなものだってさ」

　イズィドルはあらためて、イワンに言われたように世界を眺めてみた。じぶんの全思考に集中し、涙が出るほど、大きく目を見ひらいた。すると、ほんの一瞬、すべてはまるでちがって見えた。いたるところに空間が、空虚と無限が、ひろがっていた。この静かな空間にあるすべてのものは、生きていて、救いはなくて、孤独だった。物事は偶然に起きていて、その偶然がなかったとき、機械的な法則があらわれる。つまり、自然の律動的な機械性。歴史のピストン運動と歯車。内から腐り、塵になっていく法則性。いたるところで支配するのは寒さと哀しみ。創造物のおのおのは、なにかに寄りそおうとする。物に、互いに、ぴったりくっつこうとする。けれど得られるのは、ただ苦しみと絶望だけ。

イズィドルが見たのは、時間の性質。彩り豊かな表層の下で、いっさいが、崩れ、腐り、朽ちていくのが見えた。

イワン・ムクタの時

イワン・ムクタはイズィドルに、たいせつなものをぜんぶ見せた。

まず手始めに、神のいない世界を見せた。

そしてイズィドルを森に連れだし、ドイツ人に撃たれたパルチザンが埋められているのを見せた。ほとんどは、イズィドルの知りあいだった。そのあとイズィドルは高熱を出し、姉のベッドのつめたいシーツに横たわっていた。ミシャは、イワン・ムクタが弟に会うのをいやがった。

「弟にああいうおかしなものを見せて、さぞおもしろいでしょう。ですが、あの子はまだ子どもなんです」

それでもしまいに、イワンは病人の枕元に腰かけるのをゆるされた。かれは、傍らに銃を置いた。

「イワン、死について話してよ。死んだらどうなるの。ぜったい死なない、不死の魂は、ぼくにもあるの」イズィドルが尋ねた。

「おまえのなかに、ぜったい消えない、ちいさな炎があるよ。俺にだって、そういう炎がある」

「みんな持ってるの？　ドイツ人も？」

「みんなさ。もう寝ろ。元気になったら、森の、仲間のところに連れていってやるよ」

「そろそろ行ってくださいな」ミシャがキッチンから顔を出して言った。

イズィドルが元気になると、イワンは約束を果たした。イズィドルを、森の中のロシア陣営に連れていった。双眼鏡でコトゥシュフのドイツ人たちを見せてもくれた。イズィドルがおどろいたのは、双眼鏡を通してみると、ドイツ人とロシア人とは、なにも変わりがないということだった。似たような色の軍服を着て、似たような塹壕で、似たようなヘルメットをかぶっていた。だから、どうしてイワンが発砲されたか、まるで理解できなかった。イワンはそのとき、革のショルダーバッグに、あの陰気な中尉の指令を入れて運んでいた。いっしょにいたイズィドルも標的になった。このことはいっさい口外しないと、イズィドルは約束させられた。父に知られたら、さぞこっぴどくお仕置きされるだろう。

イワン・ムクタはイズィドルに、ほかにも、口にできないものをいくつか見せてくれた。口にできないのはイワンに禁止されたからではなくて、その思い出がイズィドルに、不安と恥ずかしさを呼びおこすからだった。それについてなにか言うには、不安と恥ずかしさは大きすぎたけれど、それについて考えるには、不安と恥ずかしさが大きすぎることはなかった。

「ぜんぶ、つながっている。いつだってそうさ。なにかを結びつけるとき、必要ってやつはなにより強い。それを知るには、まわりをよくよく見るだけでいい」

かれは、歩いていた小道の端に腰をおろすと、腹部で結合する二匹の昆虫を指さした。

「こうしているのは本能だ、つまり、制御できないものさ」

そうしてふいにズボンのボタンをはずすと、自分の性器を出してみせた。

「これが結合の道具さ。これは、女の足の間にあく穴に、ぴったりはまるようにできている。なんでかって、世界には秩序があるからさ。すべてのものは、べつのなにかに、ぴったりはまるようにできている」

イズィドルは、ビーツのように赤くなった。なんと言ってよいのかわからなかった。そして視線を道におとした。ふたりは、ドイツ人の弾がとどかない、山の向こうの野原に出た。うち棄てられた建物のそばで、ヤギが草を食んでいた。

「いまみたいに女の数が少なければ、道具にあうのは自分の手だ。あとは、べつの兵士のケツの穴か、地面に穴を掘るか、いろいろな動物の穴だな。ちょっと待て、見てろ」早口で言うと、イワンはイズィドルに帽子と地図を手渡した。ヤギに近づき、銃を抜くと、ズボンをおろした。

イズィドルは、イワンがヤギの背後に体を押し付け、自分の腰をリズミカルに動かすのを見ていた。イワンの動きがはやまるほど、イズィドルはその場から動けなくなった。

イワンが帽子と地図を取りに戻ってきたとき、イズィドルは泣いていた。

「なぜ泣く？　ヤギがかわいそうか？」

「帰りたいよ」

「そりゃそうだ。行けよ！　みな家に帰りたいさ」

少年は踵(きびす)を返すと、森に向かって走りだした。イワン・ムクタは額の汗をぬぐって帽子をかぶり、悲しい調べの口笛を吹きながら、その先へと歩きだした。

クウォスカは森に来た人びとを恐れていた。かれらが外国語の意味不明のおしゃべりで森の静けさを破るのを、こっそり観察した。かれらはぶ厚い服を着ていて、暑い日すらそれを脱ごうとしない。そして、武器を身に着けている。ヴィディマチュにはまだ到達しないが、遅かれ早かれ来ると思われた。クウォスカは、かれらが互いを殺そうとして見張りあっていることも知っていた。それで、じぶんとルタがどうやってかれらから逃げおおせるか考えた。母子はしばしばフロレンティンカの家で夜を過ごしたが、村の中にいても、クウォスカは気が気ではなかった。夜になると夢を見た。空が鉛に覆われて、だれもいっこうに立ちあがれない。

クウォスカは長いことプラヴィエクにいなかったから、ヴォラの道がロシアとドイツの境界になっていることを知らなかった。クルトがフロレンティンカを撃ったことも、軍用車の車輪と兵士の銃が彼女の犬を殺したことも知らなかった。クウォスカは家の前に穴を掘ることにした。軍服を着た男たちが来たら、娘とふたりしてそこに隠れよう。クウォスカは穴掘りに夢中になった。すっかり我を忘れてしまった。ルタがひとりで村に行くのに、ぜんぜん気がつかなかったのだ。ルタはバスケットに黒スグリと、畑で盗んだジャガイモをつめていた。ルタが出発してからようやく、クウォスカはじぶんがとんでもない間違いを犯したことに気がついた。

ルタはヴィディマチュから村へ、フロレンティンカのところへ向かって歩いた。それはいつものルートで、パピェルニャを抜けて、森の境界をはしるヴォラの道を歩いた。コリヤナギで編んだバスケットには、老婆のための食事がつめてあった。ルタはフロレンティンカのところから、男たちが来るのを知らせてくれる番犬を一匹持ち帰るつもりだった。もしもだれか見かけたら、それがプラヴィエクの人であろうとなかろうと、森へ逃げて帰ってこいと、母は言っていた。

ルタはただ犬のことだけを考えていた。ところが、人間が木におしっこをひっかけているのが見えた。彼女は立ちどまり、それからゆっくり後ずさりした。そのときだれかが背後から、強い力で肩をつかみ、ぐいと彼女の腕をひねりあげた。立小便をしていた人物が彼女に走り寄ると、顔を思いきりひっぱたいた。あまりに強い力だったので、ルタは力をうしない、地面に倒れこんだ。男たちは銃をはずし、彼女を順番にレイプした。まず一人目、そして二人目、それから三人目が来た。

ルタは、ロシアとドイツの境界の、ヴォラの道によこたわっていた。彼女の脇には、スグリとジャガイモのバスケットが転がっていた。パトロールの第二班が発見したときは、そうだった。男たちの軍服の色は、さっきとはべつのものだった。彼女の上に順番に乗り、その傍らで、互いの銃を順番に持ってやった。それから、彼女のそばに立ち、タバコの火をくゆらせた。そして、バスケットと食べ物を盗った。

クウォスカがルタを見つけるのは遅すぎた。娘の服はちいさな顔の上までめくれ、身体はぼろぼろに傷ついていた。腹と両腿が血にまみれ、その血が蠅を引き寄せていた。娘は意識がなかった。

母は娘を腕に抱えて連れ帰り、その体を家の前に掘った穴によこたえた。穴にはゴボウの葉を敷きつめた。そのにおいはクウォスカに最初の子どもが死んだ日を思い起こさせた。母は娘のとなりによこになり、耳を近づけ、彼女の呼吸を聞いてみた。それから起きあがり、震える手で薬草を混ぜた。アンゼリカが匂いたった。

ミシャの時

八月のある日、ロシア人はミハウに、プラヴィエクの住人すべてを集めて森に連れていくように命じた。プラヴィエクはもう、今日明日にでも、前線になるということだった。

ミハウは、かれらが望むようにした。一軒ずつ家を回って、こう言った。

「いまにもプラヴィエクは前線になる」

つい、フロレンティンカの家にも寄った。犬の餌入れが空なのを見て、ようやく、彼女はもういないことを思い出した。

「どういうことです?」と、イワン・ムクタに訊いてみた。

「戦闘中だよ。ここがその前線なのさ」

「妻が病気で、歩けないんです。わたしたち夫婦は、ここに残ります」

イワン・ムクタは肩をすくめた。

ミシャとパプガ夫人が荷馬車に乗っていた。子どもたちを抱きしめていた。ミシャは泣きはらした目をしていた。

「パパ、わたしたちといっしょに来て。おねがい」

「わたしらは、家の面倒をみるよ。なにも悪いことは起こらないさ。もっと悪い時を生き抜いてきたんだ」

一頭の牛がミハウたちのもとに残され、もう一頭は荷馬車につながれた。イズィドルが残りの牛を家畜小屋から引っ張りだして、首から鈴をはずしてやった。牛たちは動きたがらなかった。それで、パヴェウが地面から棒を拾いあげ、うしろからひっぱたいて追った。それから、イワン・ムクタが長い笛を吹き、追われた牛は野原のなかの、スタシャ・パプガの畝を速足でつっきった。そしてかれらは荷馬車から、予期せぬ自由に呆然と立ち尽くす牛たちを目にした。ミシャは道中ずっと泣いていた。

荷馬車は街道から森にそれ、車輪が、これより前にそこを通った馬車の車輪痕にはまりこんだ。ミシャは馬車のうしろから、子どもたちの手を引いて歩いた。道端にたくさんのゴボウとヌメリイグチが生えていた。ミシャはときおり道にしゃがみこみ、コケや草といっしょにキノコを地面から引き抜いた。

「キノコの柄はすこし残さなくちゃ。地面にほんのすこし」イズィドルが心配した。「でないと、二度と生えてこられない」

「それでもいいわ」ミシャが言った。

夜は暖かかったから、家から持ってきた毛布を敷いて、地面に寝た。男たちは、一日中塹壕を掘り、木を切った。女たちは、村にいたときのように、料理をし、ジャガイモのための塩を貸しあった。

ボスキ家は、大きな松の木の間に住処をさだめた。松の枝には、おしめを干した。そのとなりには、マラク家の姉妹たちが住むことになった。妹の夫は国内軍に加わっていた。姉の夫は地下組織「イェンドルシェ」の一員だった。姉妹のために、パヴェウとイズィドルは防空壕を掘った。

話し合ったわけでもないのに、みなプラヴィエク村にいたころとおなじように住んだ。クラスヌィ家とヘルビン家の間に、空き地すらつくった。村ではそこに、フロレンティンカの家があった。

九月の初めのある日、クウォスカが娘を連れてこの森の集落にやってきた。娘はあきらかに具合が悪そうだった。足を引きずり、やっとのことで歩いていた。青痣があったし、熱だって高かった。パヴェウ・ボスキは森で医者の役目を引き受けていたから、カバンを持ってふたりを訪ねた。カバンにはヨードチンキ、包帯、下痢止め、スルファミドの粉末が入っていた。でもクウォスカは、かれを娘に近寄らせなかった。彼女は女たちに湯を頼むと、娘のために薬草を煎じた。ミシャはふたりに毛布を貸した。クウォスカがここにとどまりたいように見えたので、男たちは住む穴を掘ってやった。

日暮れて森が静まりかえるとき、みなは薄明るい火を囲んで座り、ただ耳を澄ましていた。ときどき夜が閃光を放った。まるで、どこか近くで嵐が猛り狂っているように。それから、森の奥から押し殺したような、低くて恐ろしい唸り声が聞こえるのだった。

村に出かける勇敢な者たちもいた。ちいさな家庭菜園で実っているジャガイモのため、小麦粉のため、あるいは単に、なにも確定されない生活に耐えられなくて。もっともしばしば出かけていったのは老いたセラフィン夫人で、それは彼女が、すでに生には執着しなくてよかったからだ。ときどき、嫁のだれかもいっしょに行った。そのひとりから、ミシャはこう聞いた。

「もうお宅は残ってなかったわ。あったのは瓦礫の山だけ」

人びとがプラヴィエクから森に去り、そこに掘った穴で暮らし始めて以来、森の中に**悪人**の居場所がなくなった。人びとは、どこにでももぐりこんでいた。どんな穴にも、どんな空き地にも。泥炭を掘り、キノコや木の実をさがした。野いちごの茂みや新鮮な草むらに用を足すため、じぶんたちのにわか仕立ての宿営地を、端まで歩きまわった。暖かい夜には**悪人**の耳に、かれらが茂みで愛を交わす音がとどいた。**悪人**は、かれらが掘ったあまりに貧弱な防空壕や、かれらがそのことにずいぶん長い時間をかけることにおどろきながら、それを見物した。

悪人はいまや、かれらを一日中観察していた。長く観察すればするほど、かれらが恐ろしく思われ、憎くなった。かれらはうるさくて嘘つきだった。休みなく唇を動かし、意味のない音を出している。それは泣き声でもなければ、叫び声でもなく、満足の唸り声でもなかった。かれらの言うことに意味はなかった。いたるところに、じぶんたちの痕跡とにおいを残した。あつかましいし、注意ぶかくもない。不吉な轟音が近づき、夜、雲が赤く染まると、かれらは混乱し、絶望する。かれらはどこに逃げ隠れすればよいかわからなかった。**悪人**はかれらの恐怖を感じとった。**悪人**の仕掛けた罠にかかると、かれらはドブネズミのように悪臭を放った。

かれらのにおいは**悪人**を苛立たせた。でもなかには、初めて嗅ぐ、心地よいにおいというのもあった。焼いた肉や茹でたジャガイモの、牛乳の、それに羊皮や毛皮のにおい、チコリを炒ったコーヒーの、灰の、ライ麦のにおい。ひどいにおいもあった。動物のではなく、完全に人間のにおいだ。灰色の石鹸の、石炭酸の、灰汁や、紙や、武器や、グリースや、硫黄のにおい。

ある日、**悪人**は森のはずれに立ち、村を見た。空っぽで、死体のように冷えきっていた。屋根が壊れた家々があれば、窓が破れた家々もあった。村には鳥も犬もいなかった。なにもない。この景色を見て、**悪人**はよろこんだ。人びとが森に入るならば、**悪人**は村に行くまでだ。

『Ignis fatuus, あるいはプレイヤーのためのインストラクション・ゲーム』という小冊子では、第三世界の記述が、以下のように始まる。

地と天の間に、八つの世界がある。それらは、宙に吊られた羽根布団のごとく、空中に静止している。第三世界を、神は太古に創られた。創造は、海と山に始まり、植物と動物で終わった。創造に、崇高なものはなにもなく、ただ骨折りと労苦のみがあり、神は疲れ、うんざりしてしまった。あたらしい世界は、神には退屈に思われた。動物たちは神の調和を理解せず、それを驚嘆せず、また、神を讃えなかった。ただ食べ、殖えた。神がなぜ空を青くつくったか、なぜ水を湿らせたかを尋ねなかった。ハリネズミはじぶんの針に、ライオンはじぶんの牙におどろかなかった。鳥はじぶんの翼について考えることもなかった。

そのような世界はとても長くつづき、神は死ぬほど退屈した。そこで神は地上に降り、そこで出会った動物すべてに、指や、手や、顔や、繊細な皮膚や、知恵や、おどろくことのできる能力を与え、動物を人に変えてしまった。ところが動物は、人間に変わりたくなどなかった。動物にとって人間は、モンスター、怪物のように恐ろしいものだった。それで、動物たちは申しあわせて、神を捕らえて溺れさせてしまった。こういうわけだ。

第三世界には、神もいなければ、人もいない。

ミシャはスカートを二枚とセーターを二枚着て、頭にスカーフをかぶった。だれも起こさないように、こっそりと穴を抜け出した。遠くから聞こえる単調な銃声を、森が押し殺していた。リュックサックを担ぎ、まさに出発しようというそのとき、アデルカの姿が目に入った。子どもは母に近づいてきた。

「あたしも行く」

ミシャが怒った声を出した。

「穴に戻りなさい。早く。ママはすぐに帰るから」

アデルカは母親のスカートを握りしめて泣き出した。迷いが生じた。それで、娘のちいさな羊皮のコートの後について、いったんは防空壕に戻った。

森のはずれに立てば、プラヴィエクが見えるものと思った。でも、プラヴィエクはなかった。黒い空を背景にして、ほんのわずかな煙の線もなかったし、なんの光も見えなかった。犬一匹吠えていなかった。ただ西の方、コトゥシュフ上空のあたりで、低い雲が土色に瞬いていた。ミシャは身震いした。以前見た夢が思い出された。その夢そっくりの景色だった。「夢を見ている」と、ミシャは思った。「私は防空壕の底に、よこになっている。どこにも行っていない。これは私の夢だわ」それから、もっと早くに眠るべきだったと考えた。いまじぶんは、あたらしいダブルベッドによこたわり、その傍らにはパヴェウがいるように思われた。戦争なんてない。長い悪夢を見ているだけ。ドイツや、ロシアや、前線や、森や、防空壕の。その考えに救われた。ミシャは恐れるのをやめ、街道に出た。道の濡れた石が靴の下で軋んだ。そのときミシャは、希望を抱いて、こう考えた。私はやっぱり、もっと早くに眠っていたのだ。コーヒーミルのハンドルを淡々と廻しつづけることに疲れはて、水車小屋の外にあるベンチで眠りこんでしまったのだ。じぶんはまだ子どもで、子どものじぶんが、大人の生活と戦争の夢を見ている。

「目を覚ましたい」彼女は大きな声で言った。

アデルカはおどろいて母を見た。そうしてミシャは悟った。子どもはユダヤ人が銃殺される夢なんか見ない。フロレンティンカの死ぬ夢や、パルティザンや、かれらがルタにしたことや、爆撃や、家を奪われることや、母親の中風を夢に見る子どもなんかいない。

空を見上げた。空はまるで、缶詰の蓋のようだった。神がそこに人を閉じこめてしまったのだ。

黒い輪郭をいくつか通り過ぎ、ミシャはそれがじぶんたちの納屋だと気づいた。路肩に踏み出して、暗闇に手を伸ばした。塀の、ざらついた板に手が触れた。なんだかはっきりしない、奇妙な、こもった音が聞こえた。

「だれかがアコーディオンを弾いてるよ」アデルカが言った。

ふたりは門の前に立ち止まった。ミシャの鼓動が早鐘のように打ち始めた。彼女の家が建っている。それを彼女は感じることができる。たとえ見えなくても。じぶんの前に、四角くてどっしりとした塊を感じた。重みと、それがいかに空間を満たしているかを感じた。手探りで木戸を開けると、ポーチへと入った。

音楽は中から聞こえてきた。ポーチから玄関間に入るドアは、板で釘付けされていた。家を出るとき、ミシャがそうした。それでふたりは、台所の入り口に向かった。音楽がはっきり聞こえるようになった。だれかがアコーディオンで、踊りたくなるようなメロディーを奏でていた。ミシャは十字を切り、アデルカの手をぎゅっと握ると、ドアを開けた。

音楽がやんだ。キッチンは、煙草の煙と闇に沈みこんでいた。窓に毛布が掛けられていた。食卓や、壁際や、食器棚にすら、兵士たちが座っていた。そのうちのひとりが、ふいに彼女に銃を向けた。ミシャはゆっくり両手を挙げた。

食卓から、陰気な中尉が立ち上がった。ミシャの手を頭上から握り、挨拶のしるしに揺すった。「彼女は我々の洗濯係だ」中尉がロシア語で言うと、ミシャは不器用にひざを折ってお辞儀した。

兵士たちのなかに、イワン・ムクタがいた。頭に包帯を巻いていた。ミシャはじぶんの両親が、牛たちといっしょに水車小屋にいることをイワンから聞いた。ほかにはだれも、プラヴィエクにはいなかった。イワンはミシャを上階に連れていき、彼女の前で南の部屋のドアを開けた。ミシャが見たのは、眼前にいきなりひろがる冬の夜空だった。南の部屋は、すでに存在しなかった。でもそれは、ミシャにとってはふしぎなくらいどうでもよいことに思われた。家をまるごとうしなったと思っていたのだから、部屋のひとつが、いまさらなにを意味するだろう。

「ミシャさん」イワン・ムクタが階段で言った。「ここからご両親を連れて、森に隠れなさい。ポーランド暦のクリスマスが終われば、すぐに前線が動く。恐ろしい戦闘が始まる。これはだれにも言わないでください。軍の秘密だ」

「ありがとう」ミシャは言ったが、しばらく経って、ようやくその言葉の意味する激しい恐怖にとらわれた。「いったいわたしたちはどうなるの？　冬の森で、どうやって生きろと？　どうしてこんな戦争が必要なの、ねえ、イワン？　こんな戦争をだれがしているの？　あなただって、なんのために虐殺の現場に行って、人を殺すの？」

イワン・ムクタは悲しそうに彼女を見つめて、なにも答えなかった。

ミシャはほろ酔いの兵士たちに、ジャガイモの皮をむくナイフを手渡した。それから、地下に隠しておいたラードを取り出すと、ボールいっぱいのポテトチップスを揚げた。かれらはそんな料理を知らなかった。初めは疑わしそうに見ていたが、食べ始めると、止まらなくなった。

「これがジャガイモだなんて、信じられないってさ！」イワン・ムクタが通訳した。

テーブルにつぎつぎとウォッカが並べられた。アコーディオンの演奏も始まった。ミシャはアデルカを階段のわきに寝かせた。そこがもっとも安全なように思われた。

女がいることが、兵士たちを浮かれさせた。かれらは踊り始めた。初めは床の上で、それからテーブルの上で。踊らない者は足でリズムを刻んだ。かれらはたえずウォッカを喉に流し込み、そして突然、狂気に襲われた。足を踏み鳴らし、大声で叫び、床をライフル銃で激しく突いた。それから、薄青い目をした若い将校が、ホルスターからピストルを抜くと、天井に向かって数回発砲した。漆喰の粉がグラスに降りかかった。耳をつんざかれたミシャは両手で頭を抱えた。そうしてふいに静まり返り、ミシャはじぶんの悲鳴を聞いた。階段の下から、子どもの怯えきった泣き声が、その悲鳴に加わった。

陰気な中尉が薄青い目の男に向かって吠え、じぶんのホルスターに手をかけた。ミシャのそばにイワン・ムクタがひざまずいた。

「怖がらないで、ミシャ。ふざけているだけだ」

かれらはミシャにその部屋全部をあけわたした。ミシャは二度ほど、ドアが施錠されているかを確かめた。

朝、水車小屋に向かうとき、薄青い目の将校が近づき、なにか詫びる言葉を口にした。かれは彼女に、指輪と、なにかの紙を見せた。いつものように、どこからともなくイワン・ムクタがあらわれた。

「かれにはモスクワに妻と子がいる。昨夜のことをひどく詫びています。いつも不安で、昨日のこともそのせいだと」

ミシャはどうすればよいかわからなかった。発作的に男に歩み寄り、かれを抱きしめた。軍服は土の匂いがした。

「イワン、お願いだから、死なないで」別れ際に、ミシャが言った。

かれはうなずき、微笑んだ。そのとき両目は、まるで二本の黒い棒のようだった。

「わたしみたいなやつは、死にませんよ」

ミシャも微笑み、こう言った。

「じゃあ、さよなら」

かれらは、牛一頭とともにキッチンに住んでいた。ミハウは牛に寝床をこしらえた。それは扉のうしろにあって、水の入ったバケツがいつも置いてある。昼間、ミハウは干し草を取りに納屋へ行き、その干し草を牛にやり、それから糞を片付ける。ゲノヴェファは、夫の姿を安楽椅子から眺めている。かれは日に二度、バケツを持ちだし、低い台に腰かけ、かれにできる最善の仕方で搾乳した。牛乳はわずかなものだった。人間ふたりに必要な分きっかり。そのミルクからミハウはスメタナを作った。森の子どもに、いつか持っていくために。

日は短かった。日がまるで病気で、終わりまで持ちこたえる力がないみたいだった。早くに暗くなったから、ふたりは食卓に向かって座っていた。テーブルの上で、石油ランプがちらちら燃えた。窓は馬着(ばちゃく)で覆われていた。ミハウが炊事用の火をおこし、換気用の小窓を開けた。炎が風に煽られた。ゲノヴェファが、火を自分のほうに向けてくれるよう頼んだ。

「動けないわ。生きてる間に、死んでしまったみたい。わたしったら、あなたのひどいお荷物ね。あなたに苦労をかける価値もないわ」どこか腹の底から出すような重苦しい声で、ゲノヴェファはときどきこう言った。

ミハウが妻を慰めた。

「おまえの世話をするのが好きなんだよ」

毎晩、かれは彼女を便器に座らせ、体を洗い、ベッドに運ぶ。腕や脚を伸ばしてやる。ミハウは妻が、体の深いところから、じぶんのことを見ているような気がした。まるで深部に彼女が囚われているみたいな。そして夜中、彼女はかれにささやくのだ。「抱きしめて」

ふたりはいっしょに銃声を聞いた。たいていコトゥシュフのあたりから聞こえるが、ときどき、あらゆるものが震えるので、そういうときは、砲弾がプラヴィエクに落ちたとわかった。夜毎、奇妙な音が聞こえた。貪る音、咀嚼する音、それに、人間か動物のひどく速い足音。ミハウは怖かったが、それを見せたくなかった。心臓があまりに激しく打つときには、かれはよこを向いて寝た。

それから、ミシャとアデルカがふたりを迎えにやってきた。ミハウはもう、残るなどとは言わなかった。世界の水車は停止した。機械は壊れてしまったのだ。かれらは雪の中、街道に沿って、森に向かって、ようやく進んでいった。

「もう一度、プラヴィエクを見せて」ゲノヴェファがたのんだ。でもミハウは、聞こえないふりをした。

水霊カワガラスは、目を覚ますと、世界の表面に顔を出した。世界が震えているのが見えた。空気は巨大な吐息となって流れ去り、渦を巻いて、空を射抜いた。水は波立ち、濁り、熱と炎が水面を打った。上にあったものがいまは下にあり、下にあったものが上に押しつけられていた。

水霊は好奇心を感じ、行動を起こす欲求に駆られた。じぶんの力を試してみようと、霧と煙のかたまりを川の中から引っ張りだした。水霊のあとから灰色の雲が、ヴォラの道沿いに、村に向かってすべっていった。

ボスキの家の塀のわきに、痩せた犬がいた。水霊はなにも考えず、犬のほうに屈んだ。犬は怯えてくんくん鳴くと、尻尾を丸めて逃げていった。これには水霊もむっとした。それで、いつもそうしているように、霧と雲のかたまりを果樹園に招き、煙突にもぐりこませようとした。でも、煙突は温まっていなかった。そこで、セラフィンの家の周りをぐるりとまわると、もはやだれもいなかった。プラヴィエクには、だれもいなかった。納屋の門がばたばたと風に煽られる音が響いていた。

水霊はふざけたかった。じぶんの存在に対する反応を見たくて、人間が使う設(しつら)えのあいだを動きまわりたかった。空気を動かしたかった。じぶんの湿った体の上に、風をとどめてみたかった。水の形と遊びたかった。人間をあわてさせ、おどろかせたかった。動物を脅かしたかった。でも、空気の激しい動きはやみ、すべてはがらんと静まりかえった。

水霊は一瞬立ちどまった。森のどこかから、人間の発するかすかな熱を感じた。かれはよろこび、くるくると回りだした。ヴォラの道を引き返すと、ふたたびあの犬をびっくりさせた。低い雲が空をよこぎり、それが水霊を元気づけた。太陽はまだ出ていなかった。

森の手前で、なぜかかれは足を止めた。なぜかはわからなかった。迷って、それから、司祭の牧草地ではなく、もっと先のパピェルニャを通って、川のほうへ向かった。

まばらな松林の木々がなぎ倒され、煙を上げていた。大地に大きな穴があいていた。昨日、ここに、世界の終わりが来たにちがいなかった。丈高い草の上に、幾百もの冷えた人間の身体がよこたわっていた。その血は赤い湯気になり、東の方角をカーマインに染めながら、灰色の空にのぼっていた。

水霊は、この死体の山になにかの動きを感じた。太陽が地平の足枷を解かれると、兵士の魂が、その肉体から放たれはじめたのだった。

肉体から出た魂は、混乱し、途方に暮れているようだった。影みたいに、透明な風船みたいに、ふわふわと漂っていた。水霊カワガラスは、生身の人間がよろこぶのとおなじように、力いっぱいよろこんだ。まばらな木立に向かうと、魂たちを転がそうとした。魂とダンスし、かれらを脅かし、じぶんのあとに従えようとした。一方、魂は大量だった。数百、あるいは、数千。かれらは浮かびあがると、大地の上をふらふらさまよった。カワガラスはそのあいだを縫うように動き、威嚇したり、やさしくなでたり、くるくるじぶんが回ったりした。かまってほしがる小犬みたいに。でも魂たちは、水霊にはぜんぜん注意を払わなかった。まるでかれなんか存在しないみたいに。魂たちはしばらくのあいだ、朝の風の流れのなかで揺れていたが、やがて、糸の切れた風船みたいに上空に舞いあがると、どこかに消えていった。

水霊には魂たちが去ったことが理解できなかった。それに、死ねば行けるという場所があることも知らなかった。追いかけようとしたけれど、かれらはすでに、水霊カワガラスとはちがう原則に属していた。水霊がいくら求めても、見えないし、聞こえない。魂たちは、移動の方向をひとつしか知らない、本能で動くオタマジャクシみたいなものだった。

森はかれらのせいで白く染まり、それから突然がらんとした。水霊カワガラスは、ふたたびひとりになった。かれは怒っていた。ふりかえって、木に思いきりぶちあたった。おどろいた鳥がするどく囀ると、川の方角へ闇雲に飛び去った。

ミハウの時

ロシア人たちは、戦死者の遺体を集めてパピェルニャから荷馬車で村まで運んだ。それから、ヘルビンの畑に大きな穴を掘ると、そこに遺体を埋めた。将校たちはその片側に並べた。

プラヴィエクに戻ったみなが、司祭も説教も花もない、急ごしらえのこの葬式を見に行った。ミハウも出かけ、じぶんと視線を合わせたがっている陰気な中尉に気がついた。陰気な中尉はミハウの背をぽんとたたくと、将校たちの遺体をボスキの家に運ぶよう命じた。

「いいや、ここには埋めないでください」ミハウが懇願した。「あなた方の兵士の墓にするには、土地が足りないんじゃないですか？　それに、なんだってうちの娘の庭に？　球根をほじくりかえしてまで。墓地に行きましょう、他の場所をご案内しますから……」

それまでいつも礼儀正しく紳士的だった中尉がミハウをぐいと押しのけた。兵士の一人が銃を向けた。ミハウはわきによけた。

「イワンはどこです?」イズィドルが中尉に尋ねた。

「シンダ」

「嘘だ」イズィドルが言った。中尉はじっとイズィドルを見た。

「ナゼ、ウソダト」

イズィドルは踵を返すと、走り去った。

ロシア人たちは、寝室の窓の下に八人の将校を埋めた。ありったけの土をかぶせてかれらがその場を立ち去ったとき、雪が降った。

この日以来、庭に面した寝室でだれも寝たがらなくなった。ミシャは羽根布団をたたむと、屋根裏に運んだ。

春、ミハウが木を組んで十字架を作り、窓の下に立てた。それから、細枝で注意ぶかく畝を掘ると、そこにキンギョソウの種を蒔いた。花はぐんぐん成長し、色とりどりに、小さな口を空に向かってひらいた。

一九四五年の暮れ頃、すでに戦争は終わり、軍用ジープが家にやってきた。中からポーランド人将校と平服の男が降りてきた。聞くと、将校たちの遺体を掘りおこすという。それから、兵士たちを載せたジープとトラックがあらわれたかと思うと、掘り出した遺体をどんどん積み込んだ。土とキンギョソウは、かれらの血と水をたくさん吸っていた。もっとも状態がよかったのはウールの制服で、それらが土中で亡骸(なきがら)を護ってもいた。遺体を荷台に運ぶ兵士たちは、口と鼻をハンカチで覆っていた。

プラヴィエクの人びとは、街道沿いの塀越しに立ち、かれらが去っていくのをできるだけ見ようとがんばった。でも実際に車がイェシュコトレに向かって出発すると、みなはしんと静まりかえった。もっとも怖いもの知らずだったのは鶏たちで、石を踏んで跳ねるトラックのうしろを勇敢に追いかけ、車から地面に落ちたものを貪欲に呑みこんだ。

ミハウはライラックの茂みで嘔吐した。そして、二度と鶏卵を口にしなかった。

ゲノヴェファの体はかちかちにかたまり、窯で焼かれた陶器みたいだった。車輪付きの椅子に座らされていた。体はいまや、されるがままだ。ベッドに寝かされ、洗われ、持ち上げられ、ポーチに運ばれる。ゲノヴェファの体とゲノヴェファ自身は、べつだった。彼女は体に釘づけられ、閉じこめられ、なにも聞こえなかった。ほんのすこし指先と顔を動かせるだけで、微笑むことも泣くこともできなかった。ごつごつでざらざらの言葉が、口から小石みたいに飛びだした。でもそんな言葉に力はない。ときどき彼女は、アンテクをぶつアデルカを叱ろうとするが、孫娘は、そんな脅しを気にしない。アンテクがじぶんのスカートにもぐりこんできても、かれを隠そうにも、せめて引き寄せてやろうにも、ゲノヴェファにはなにもできない。より大きくて力の強いアデルカが、弟の髪を引っぱるのを、成す術もなく見ているだけだ。彼女の怒りははちきれそう、でもそれもすぐにおさまってしまう。だって、どうしようもないから。

ミシャは母にたくさん話しかけた。車輪付きの椅子を、戸口からキッチンの暖かいタイル張りのストーブまで移動して、ぺちゃくちゃおしゃべりした。ゲノヴェファはぼんやりと聞いていた。娘の話すことは、彼女を退屈させた。だれが生き残りだれが死んだか、彼女にとっては、しだいにどうでもよくなっていた。ミサにも、イェシュコトレから来たミシャの友達にも、豆のあたらしい保存法にも、ミシャがいつも意見を述べるラジオのニュースにも、彼女のばかげた疑問にも質問にも、興味はなかった。ゲノヴェファは、ミシャが何をしているか、家で何が起きているかに、集中することの方が好きだった。それで彼女は、三度目に大きくなっていく娘のおなかや、ミシャがパスタのためにこねる小麦粉がペストリーボードから床に粉雪のように降る様子や、牛乳に溺れている蠅や、調理用の鉄板の上に放置された、真っ赤になった火掻き棒や、玄関間で靴ひもをほどこうとする鶏を見ていた。それは日に日に彼女から遠くへ流れ去っていく、具体的で、手触りのある生活だった。ゲノヴェファには、ミシャが親から与えられたこの大きな家を切り盛りできないことがわかった。それで、じぶんの内側から文をいくつか引っ張りだして、どこかの娘を一人、手伝いに雇うように言った。ミシャはルタを連れてきた。

ルタはうつくしい娘になっていた。彼女がじぶんに目を向けたとき、ゲノヴェファは、心臓をぎゅっと摑まれた気がした。そしてふたり、つまりミシャとルタが、並んで立つのを見計らい、よくよく比べてみた。いったいどうして、だれも気がつかなかったのかしら。ふたりはあまりによく似ている。互いが互いのヴァリアントだ。ひとりは少しほっそりしていて浅黒く、ひとりは少し背が高くてふっくらしている。目と髪は、ひとりは栗色、ひとりは蜜色。それ以外は、ぜんぶおなじだった。すくなくとも、ゲノヴェファにはそう見えた。

ゲノヴェファは、ルタが床を洗ったり、大きなキャベツの球を刻んだり、ボールにチーズをおろしたりするのを見ていた。彼女を長く見れば見るほど、つよく確信するようになった。ときどき、洗濯や家の掃除中、さらにミハウも忙しいとき、ミシャは子どもたちに、おばあちゃんを森に連れて行くように頼んだ。

子どもたちは車輪付きの椅子を慎重に家の外に出す。それから、ライラックの茂みを過ぎ、家から見えないところまで来ると、ゲノヴェファのかたく荘厳な体を載せた椅子を押しながら、街道まで駆けてゆく。そして、髪を風になびかせ、手を力なく手すりにもたせた祖母を置いて、キノコやイチゴをさがしに、木立の中へと走り去るのだった。

そんなある日、森から街道へと出てくるクウォスカが、ゲノヴェファの目の端に映った。ゲノヴェファは頭を動かせなかったので、じっと待った。クウォスカは彼女に近づくと、椅子の周りを興味ぶかげにぐるりとまわった。そしてゲノヴェファの前にひざまずき、彼女の顔をのぞきこんだ。しばらくふたりは見つめあっていた。クウォスカはもはや、雪のなかを裸足で歩いていたあの少女とは似ても似つかなかった。肉づきがよくなったし、大きくなってさえいた。太いおさげも、いまや真っ白だった。

「あんた、あたしの赤ん坊をじぶんの子と取り換えたね」ゲノヴェファが言った。

クウォスカは笑いだし、温かい手でゲノヴェファの無力な手を取った。

「女の子を取って、男の子を置いていった。ルタはあたしの子だよ」

「若い女の子はみんな、年取った女の娘さ。どっちにしろ、あんたにはもう娘も息子も必要ないだろう」

「あたしは体が麻痺してるの。動けないんだよ」

クウォスカはゲノヴェファの死んだ手を握ると、キスをした。

「立って、歩きなよ」クウォスカが言った。

「いや」ゲノヴェファは呟き、じぶんでは動きを感じなかったが、その首を振った。

クウォスカは笑って、プラヴィエクのほうへ歩きだした。

この出会いの後、ゲノヴェファは、話をする気がまったく失せた。「はい」か「いいえ」しか言わなくなった。パヴェウがミシャに、麻痺が脳にも影響しているると、ささやいているのをあるとき聞いた。「そう思わせておけばいい」と、ゲノヴェファは思った。「麻痺はあたしの脳にもきてる。たとえそうだとしても、あたしがどこかに存在することに変わりはないんだから」

朝食が終わると、ミハウがゲノヴェファを家の前に連れだした。椅子を垣根のそばの草地に置いて、じぶんはベンチに腰かけた。薄紙をひっぱり出すと、長いこと指でタバコを砕いていた。ゲノヴェファは目の前の街道を見ていた。道を舗装するなめらかな石を見ていた。それは、地面に埋められた数千の人びとの頭頂部に見えた。

「寒くないかい?」ミハウが尋ねた。

彼女は首を横に振った。

それからミハウは煙草を吸い終え、歩き去った。ゲノヴェファは椅子に取り残され、パプガ夫人の庭を見ていた。砂っぽい畑の道を見ていた。道は緑と黄の染みを割ってはしっていた。それからじぶんの、足を、膝を、太腿を見た。それらは、砂や、畑や、庭と同じく、彼女から遠く、彼女に属していなかった。彼女の体は、人間のもろい素材でできた、壊れた形骸(フィギュア)だった。

まだ指を動かせることはおどろきだった。もう幾月も仕事をしたことのない、力ない青い手の先に、感覚が残っていることも。彼女はその手を死んだ膝に置き、スカートのしわを手繰(たぐ)った。「わたしは、体だ」

彼女は独りごちた。そしてゲノヴェファの体のなかでは、癌のように、かびのように、殺された人びとのイメージが、ぐんぐん大きくひろがっていった。殺されるということは、動く権利を奪われること。だって生とは、動きだから。殺された体は動かない。人は、体だ。そして、人が経験することすべての、始まりと終わりは、体のなかにある。

ある日、ゲノヴェファがミハウに言った。

「寒いわ」

かれは毛織のショールと手袋を持ってきた。彼女は指を動かしてみたが、もはやなにも感じなかった。それで、動いているのかいないのか、わからなかった。街道に目をやると、死者が帰ってくるのが見えた。かれらは街道を、チェルニツァからイェシュコトレへ、長い葬列のように、チェンストホーヴァに向かう巡礼のように、歩いていた。でも巡礼には、喧騒と、単調な歌と、哀しげな祈禱と、石をこする衣擦れの音がつきものだ。ここでは、静寂が支配していた。

かれらは数千いた。かれらは不揃いに乱れた隊列をつくって行進していた。氷のような静けさのなか、速足で歩いていた。そして、まるで血を抜かれたように灰色だった。

ゲノヴェファは、かれらのなかにエリを探した。赤ん坊を抱いたシェンベルトの娘も。でも、死者たちの歩みは、注視するには速すぎた。ようやくセラフィンの息子を見つけたが、それは単に、彼女のすぐそばを歩いていたからだ。かれの額には、銅色の大きな孔があいていた。

「フラネク」彼女はささやいた。

セラフィンの息子はふりかえり、歩みを止めずに、彼女を見た。そして彼女に片手を伸ばした。その唇が動いていたが、なにを言っているのかわからなかった。

ゲノヴェファはかれらを一日中、夕方まで見ていたが、列はちいさくならなかった。彼女が目を閉じても、かれらは動き続けた。彼女は知っていた。神もかれらを見ている。彼女は神の顔を見た。黒くて、怖くて、傷だらけだった。

一九四六年、もうすぐ出ていかなければならないのはあきらかだったが、領主ポピェルスキはまだ屋敷に住んでいた。妻は、子どもたちをクラクフに移し、完全に引っ越す準備をしながら、あちらとこちらを行ったり来たりしていた。

周りでなにが起きようと、領主には関係ないように見えた。かれはゲームに興じていた。朝から晩まで図書室にこもった。カウチで眠った。着替えもせず、髭も剃らなかった。妻が子の面倒を見に出かければ、食事もしなかった。それが三、四日続くこともあった。窓も開けず、なににも応えず、散歩にも行かず、階下にすら降りなかった。一、二度、郡から役人が、財産の国有化について問い合わせに訪れた。かれらは、指示書と公印がつまった書類鞄を携えていた。ドアをノックし、呼び鈴を鳴らした。すると領主は窓に近寄り、そこからかれらを見下ろしながら、両手をこすり合わせた。

「すべて結構です」と、領主は、しばらく発話から遠ざかっていたしわがれ声で言った。「隣の領地に移りますから」

ときどき領主は、じぶんの本が必要になった。

ゲームは領主にさまざまな情報を要求した。でも、この点においては問題なかった。すべて、じぶんの図書室で見つけられたから。ゲームでは夢が本質的な役割を果たすので、領主ポピェルスキは、思った通りの夢を見る術を身につけた。そして、夢を次第にコントロールするようになっただけでは飽き足らず、実生活とはまるで違う、じぶんの欲することを、夢のなかで実現した。かれは、掲げたテーマの夢を意識的に見る一方で、おなじように意識的に、覚醒した。まるで、フェンスの穴を一方から一方へくぐり抜けるみたいに。我に返るのにほんの一瞬を要したが、あとは行動するだけだった。

ゲームは、かれが必要とするいっさい、あるいは、それ以上をすら与えてくれた。だったらどうして、図書室から出る必要なんてあるものか。

そうこうするうち、群の役人は、森や、伐採地や、耕作地や、池や、牧草地をかれから取り上げた。そして、手紙を送ってきた。レンガ工場も、製材所も、アルコール蒸留所も、製粉所も、若い社会主義国家の市民であるかれの所有するものではない、とのことだった。そしてついに、屋敷もそうなった。かれらは礼儀正しくて、領地を明け渡す期限さえ設けた。妻はまず泣き、それから祈り、最終的には荷物をつめた。彼女はまるで、祭儀に用いる蠟燭みたいだった。それだけ痩せて、青白かったということだ。急に白くなった髪が、薄暗い屋敷のなかで、つめたく、やはり青白い光に照らされ、輝いた。

領主ポピェルスキ夫人は、頭のおかしくなった夫を恨んでなんかいなかった。ただ彼女は、心配していた。なにを取りなにを残すのか、じぶんが決めなくてはならないだろうと。ところが、最初の車が来たとき、青い顔に髭も剃らない領主ポピェルスキは、両手にスーツケースを提げて、階下に降りてきた。かれは荷物を見せるのを拒んだ。

夫人は二階に駆け上がり、しばらく図書室に目を凝らした。彼女には、なにもなくなっていないように見えた。棚にはひとつの隙間もなかった。絵一枚、装飾品ひとつ、動かされてはいなかった。妻は使用人たちを呼び、いっさいの本を、どんな古文書でも、段ボール箱に詰めさせた。やがて、もっと作業を速くしようと、本は書棚の列ごとにかき集められた。本は飛べない翼をひろげ、力なく落ちて山となった。箱がすべていっぱいになると、使用人はやっと静かになった。そして、本の詰まった箱を抱えて出ていった。そこでようやくあきらかになったのは、いま持ち去られたのが、AからLに過ぎないということだった。

おなじころ、領主ポピェルスキは自動車の傍に立ち、閉じこもっていた数か月間に吸えなかった新鮮な空気を胸いっぱい享受していた。かれは、笑い、よろこび、踊りたい気がした。酸素が、かれの濃く緩慢な血に吹き込まれ、つまった動脈をおしひろげた。

「ぜんぶ、あるべきところに落ち着いたよ」街道を通ってキェルツェに向かう車のなかで、領主は妻にこう言った。「結局、起きてよいことしか起こらないのさ」

それから言葉を付け加えたので、運転手と、使用人と、領主夫人は、互いに意味ありげな視線をかわした。

「クラブの8は撃ち殺されたね」

ゲームの時

冊子『Ignis fatuus, あるいはプレイヤーのためのインストラクション・ゲーム』は、ゲームの説明書で、第四世界の記述に際して、以下のように書かれている。

神は第四世界を我を忘れて創った。その状態は、神に、苦しみからの解放をもたらした。

神が人を創ったとき、神は我にかえった。つまり、そういう印象を受けた。それで神は、これ以上、世界を創るのをやめた。これよりさらに完璧なものを、果たして創りうるものか。それで今度は、神自身の時間のなかで、自身の御業に驚嘆した。人を貫く神の眼差しがふかければふかいほど、人への神の愛は熱く、熱く燃えるのだった。

ところが人は無礼だった。地を耕し、子をつくることに忙しく、神に注意をはらわなかった。そのとき、神の心に哀しみが生まれ、そこから闇が沁みだした。

神は、見返りを求めず人を愛した。

神の愛は、ほかのすべての愛とおなじく、つらいものだった。人は成熟し、過剰な愛の送り手のもとから自由になろうと考えた。「去ることをお許しください」と、人は言った。「じぶんのやり方で世界を知ることをお許しください。そしてわたしの旅の支度をととのえてください」

「おまえは、わたしなしではやっていけない」神は人に答えた。「行くな」

「もう、放っておいてください」人は言い、それで神は、リンゴの枝を、うらめしそうに人のほうへ傾けた。

神はひとりになり、さびしかった。神は夢を見た。神がみずから、人を楽園から追放したという夢を。じぶんが捨てられたという考えは、それほどまでに神を苦しめたのだった。

「わたしのもとに帰れ。世界は恐ろしい。おまえは世界に殺されるやもしれぬ。地震を見よ、火山の噴火を見よ、火事や洪水を見よ」雨雲から、神は雷鳴を轟かせた。

「放っておいてくれ、じぶんでなんとかするさ」人は言い、旅立った。

「生きなくては」パヴェウが言った。「子どもを育てて、稼いで、勉強して、もっと上を目指すんだ」

そして実際、かれはそうした。

かれと、収容所を生き抜いたアバ・コジェニツキは、木材売買の仕事に戻った。森を買い取り、伐採と移送を組織した。パヴェウはオートバイを買い、注文主を探して地区を走り回った。領収証簿と鉛筆を入れる、豚革の書類鞄もあつらえた。

商売はうまくいき、かれのポケットには絶えず現金が流れ込んできたので、パヴェウは勉強をつづけることにした。医者になるための勉強は、もはやあまり現実的ではなかった。でもまだ、衛生士や准医師の資格だったら取れるだろう。そこでこんどはパヴェウ・ボスキは、蠅が殖える秘密や、サナダムシの生の複雑な連鎖について、その究明に夜ごと努めた。栄養食に含まれるビタミンの成分や、結核や腸チフスのような病気の感染経路を学んだ。学校の授業と実習の数年の間にかれが確信したのは、医学と保健の力によって無知と迷信から解放されれば、人間の生活は根本から変わるし、ポーランドの村だって、殺菌済みのポットのオアシス、あるいは、リゾールで消毒した箱庭みたいになるだろうということだった。それでパヴェウは、自宅の風呂場を医療用の施術室として提供する、この地域で初めての人間になった。そこは、しみひとつなく清潔だった。ホウロウを施したバスタブ、磨きぬかれた蛇口、蓋のついた金属製のゴミ箱、綿や油紙を入れるガラス容器、それに、薬や医療用の器具を、鍵をかけて保管していた。かれは次の学校を修了すると、すでに看護師の資格を与えられていたので、こんどはその部屋で人びとに注射を打つようにもなった。注射しながら、日頃の清潔の重要性について短い講義をすることも忘れなかった。

やがて、アバとの仕事は破綻した。森が国有化されたからだ。アバは去ることになり、別れの挨拶に訪れた。ふたりは兄弟のように抱きあった。パヴェウ・ボスキは理解した。人生が新しい局面を迎えたこと、そしてこれからはなにもかもじぶんで、しかも、これまでとまったく異なる環境のなかで取り組まなければならないことを。注射だけでは、家族を養えない。

そういうわけで、豚革鞄に学校で得たいっさいの免状を詰めると、仕事を求めて、オートバイでタシュフに出かけた。そして郡の伝染病管理局、つまり殺菌消毒と寄生虫見本の王国に、職を見つけた。このときから、とくに入党して以来、かれは徐々に、そして確実に、出世しはじめた。

その仕事というのは、うるさいバイクに乗って周辺の村を回り、商店やレストランやバーの清潔さを点検することだった。書類と排泄物を入れる試験管でいっぱいの革鞄を携えたかれの訪問は、黙示録の騎士の到来のようにみなされた。パヴェウが望みさえすれば、どんな店も食堂も、閉店させることができた。かれは重要人物だった。プレゼントを贈られ、ウォッカと最高に新鮮な豚足のゼリー寄せでもてなされた。

こんなとき、かれはウクレヤと知りあった。かれはタシュフの菓子屋の店主で、ほかにもいくつかの、あまり公的でない事業を手がけていた。ウクレヤはパヴェウを、秘書と弁護士の世界、宴会と狩りの世界に紹介した。そこにはいつも、胸の大きなウェイトレスとアルコールが用意されていて、とくに後者は、人生を最大限に楽しむ勇気をあたえてくれるのだった。

ウクレヤはこういうわけで、アバ・コジェニツキが去った場所を占めた。それは、いかなる男性の人生にも割り当てられている、かれの友人や道案内人のための席で、そういう存在がなければ、世界の混沌とふりかえると暗くつづく闇のなか、人はひたすらに孤独な、誰にも理解されない戦士にすぎないのだった。

キノコの菌糸体の時

キノコの菌糸は森中の地下、もしかしたら、プラヴィエク中の地下いっぱいに張り巡らされている。ふかふかの森の床の下、草と石の下に、細い糸の、紐の、束のもつれをつくりだし、それらがすべてに巻きついている。キノコの菌糸はすごい力を持っていて、ひとつひとつの土塊の間にもぐりこみ、木々の根っこにからみつき、緩慢だけれど永遠につづく前進運動によって、大きな栗石をしっかり抱え、支えている。菌糸はカビに似ている。白くて、繊細で、つめたくて。地下の月の冠。湿った菌糸体の透かし模様。つるつるすべる世界のへその緒。それは草地を覆い、人びとの歩く道の下をさまよい、かれらの家の壁を伝い、ときに、かれらの体すら、そのあふれる力で、気づかれないまま攻撃する。

菌糸体は、植物でもなければ、動物でもない。太陽から力を得ることはできない。だって菌糸体の本質は太陽とは異質。菌糸体は温かさにも生命にも惹かれない。だって菌糸体の本質は、温かくないし、生命じゃないから。キノコの菌糸体が生きているのは、死んでいるもの、腐っていくもの、土にしみこんでいくものの液の残りを吸っているおかげ。菌糸体は死の命、腐敗の命、死んでしまったものの命。

菌糸体は一年中、つめたくて湿った子らを産んでいる。でも、夏と秋に生まれるものが、もっともうつくしい。人の歩く道のそばに、細い足のシバフタケが生えている。草地で白く光っているのは、ほぼ完璧なホコリタケとニセショウロ。ヌメリイグチとアミヒラタケは、曲がりくねった木々を占領している。森を満たすのは、黄色いアンズタケ、オリーブグリーンのベニタケ、なめし皮のようなポルチーニ。

菌糸体は、じぶんの子らを区別しないし、選り好みしない。育つ力と、ぐんぐん胞子をひろげる力とを、子どもみんなに与えている。あるキノコに与えるのは香り、べつのキノコには人の目から隠れる力、またべつのキノコに与えるのは、息をのむような姿かたち。

地中ふかく、ヴォデニツァの真ん中に、大きくて白い、菌糸体の網が広がっている。これが菌糸体の心臓。ここから菌糸は、世界のすべての方角に延びている。ここでは森は、薄暗くて、湿っぽい。あふれんばかりに茂るキイチゴが、樹木の切り株を捕囚する。いっさいは、豊かな苔に覆われている。人びとは、ヴォデニツァを本能的によけて歩く。たとえここに、この下に、菌糸体の心臓が鼓動していることを知らなくても。

みなのなかでただひとり、ルタだけがこのことを知っていた。彼女がそれを知ったのは、もっともうつくしいテングタケが一叢(ひとむら)、毎年ここに生えるから。テングタケは、キノコの番人。ルタはテングタケのあいだによこたわり、下からかれらの、雪みたいに白い、泡立つペチコートをながめた。

あるときルタは、菌糸体の命を聞いた。それは地下の衣ずれの音で、低いため息みたいに響いた。それから、土の粒子がやさしくぶつかりあう音、それはキノコの菌糸が土塊を、押しのけながら進んでいるのだ。ルタは菌糸体の鼓動も聞いた。人間の年に換算すると、八十歳に一度の割合で、鼓動する。

そのころから、彼女はヴォデニツァのこの湿った場所に来るようになり、濡れた苔のうえにいつも寝そべっている。しばらく寝そべっていると、菌糸体をまったくちがうように感じはじめる。というのも、菌糸体は、時の進みを遅くするのだ。ルタは夢見ているような気分になり、それからすべては、まるでちがって見えはじめる。風のそよぎがひとつずつ見えたし、緩慢で優雅な昆虫の飛行も、流れるような蟻の動きも、光の粒子が葉の表面に留まるのも見えた。あらゆる甲高い音、鳥の囀りや生き物の叫びは、ざわめきとうなりに変わり、地表近くを、霧みたいに渦巻いた。ルタは何時間も寝そべっているような気がした。ほんのすこしの時なのに。こんなふうにして菌糸体は、時間を支配するのである。

イズィドルの時

ルタはかれをシナノキの下で待っていた。風が吹き、木はきしみ、うなった。

「雨になるわ」挨拶代わりに彼女が言った。

ふたりは黙って街道沿いを歩き、ヴォデニツァの森に向かって道を曲がった。イズィドルは半歩遅れて歩きながら、少女のむきだしの肩をこっそり見ていた。その肌は薄くて、ほとんど透明に見えた。彼女にふれて、撫でてみたい気がした。

「むかしあんたに、境界だって教えてあげたこと、おぼえてる？」

かれはうなずいた。

「わたしたち、もっと前に、調査しておくべきだったわね。境界って、ときどき信じられなくなる。だって、よそ者を通したわけだし……」

「科学的観点から見たら、境界がそういうことをするっていうのはありえないよ」

ルタは吹き出し、イズィドルの手をつかんだ。そしてかれを低い松の木のあいだにひっぱっていった。

「いいもの見せてあげる」

「なに？　いくつ見せたいものがあるのさ。いっぺんに見せてよ」

「そういうふうにはできないわ」

「生きてるの？　死んでるの？」

「生きてないし、死んでない」

「動物かなにか？」

「いいえ」

「植物？」

「ちがう」

イズィドルは立ちどまり、恐る恐る尋ねた。

「人間？」

ルタは答えなかった。そしてかれの手を離した。

「ぼくは行かない」かれは言うと、しゃがみこんだ。

「そんなんじゃないわ。でも、無理にとは言わない」

ルタはイズィドルのとなりに膝をつき、森の大きな蟻の行列を眺めていた。

「あんたって、ときどきすごく賢い。だけど、ときどきすごくバカよね」

「バカのときのほうが多い」憂鬱そうに、かれが答えた。

「森で、おもしろいものを見せたかったのよ。ママが、あれはプラヴィエクの中心だって。行きたくない？」

「わかった。行くよ」

森のなかでは風が聞こえない代わりに、蒸し暑くなった。イズィドルはルタの首に、ちいさな汗のしずくを見た。

「ちょっと休もう」ルタの背中に向かって呼びかけた。「ちょっと寝ころがって、休もうよ」

「雨が降りそうよ、はやく行こう」

イズィドルは草に寝ころび、頭の下に両腕を差し入れた。

「世界の中心なんて見たくないよ。ここできみと寝ころんでたい。おいでよ」

ルタは迷った。数歩離れて、それから戻った。イズィドルは目を閉じ、ルタの姿はあいまいな輪郭になった。輪郭は近づき、草に腰をおろした。イズィドルはじぶんの前に手を伸ばし、ルタの足をつかんだ。指の下に、細い産毛を感じた。

「ぼくはきみの夫になりたいんだ、ルタ。ぼくはきみと愛しあいたい」

彼女は足をひっこめた。イズィドルは目を開け、まっすぐルタの顔を見た。その顔はつめたく、きっぱりしていた。かれが知る彼女の顔ではなかった。

「愛する人と、そんなことぜったいしない。そんなことするのは、憎い人とだけ」彼女は言い、立ちあがった。「行くわ。来たかったら、いっしょに来なさいよ」

かれは急いで起きあがり、彼女のうしろを、いつものように、半歩遅れて追いかけた。

「きみは変わった」かれが小声で言った。

ルタはくるりとふりかえり、立ちどまった。

「もちろん変わったわよ。おどろいた？　世界は悪だわ。じぶんだって見たでしょ。いったいどんな神よ、こんな世界を創ったのって。神自身が悪なのか、神が悪を赦しているのか。それとも、神の頭がこんがらがってるんだか」

「そんなふうに言っちゃいけない……」

「わたしはいいの」ルタは言い、まっすぐ駆けだした。

あたりは静まりかえった。イズィドルには、風も、鳥の声も、虫の羽音も聞こえなかった。からっぽで、しんとしていて、まるで羽毛のなか、巨大な羽根布団の真ん中、雪の吹きだまりのなかに落ちこんだみたいだった。

「ルタ！」イズィドルは叫んだ。

ルタは木々のあいだを走り抜け、消えた。イズィドルもおなじ方向に駆けた。そして絶望的な気分であたりを見回した。だって、彼女なしでは家に帰れないとわかったから。

「ルタ！」もっと大きな声で叫んだ。

「ここよ」そう言って、ルタが木の陰からあらわれた。

「ぼくもプラヴィエクの中心が見たい」

彼女はかれを、ラズベリーかキイチゴかなにかの茂みにひっぱっていった。植物はイズィドルのセーターをつかんだ。ふたりの前に、オークの巨木にかこまれて、ちいさな空き地があった。地面は、古いのも新しいのも含めて、ドングリでいっぱいだった。埃のなかに散らばっているものもあれば、芽を出しているものもあり、新鮮な緑色が光輝いているものもあった。空き地の真ん中に、背が高くて細長い、白い砂岩の石があった。そしてこのオベリスクの上にもうひとつ、もっと幅があって重そうな石が載っていた。それは帽子みたいに見えた。この石の帽子の下に、イズィドルは顔のスケッチみたいなものを見た。じっくり見ようと近づくと、おなじ顔が、石の両側、ふたつの側面にあることに気がついた。つまり、顔が三つあるということだ。そして突然イズィドルは、不完全さのふかい感覚、なにかものすごく重要なものが欠けているという感覚をおぼえた。いっさいは、なぜか知らないが、すでにわかっていたような気がした。空き地も、空き地の真ん中の石も、三つの顔も、すでに見たことがある気がした。ルタの手を探ったけれど、心は静まらなかった。ルタはかれの手を引き寄せ、ふたりは空き地の周りを、ドングリを踏んで歩きはじめた。そのときイズィドルは四番目の顔を見た。ほかの三つとおなじ顔。かれはぐんぐんスピードを上げ、やがてルタの手を離して駆けだしたが、その目は石を見つづけていた。かれのほうを向いているひとつの顔と、両側の横顔をずっと見ていた。そして欠如の感覚が、どこから来るのか理解した。これは哀しみから来るのだ。すべてのものの根底にある哀しみ。あらゆるもの、あらゆる現象のなかに、ずっと前から宿る哀しみ。そして、すべてをいっぺんに理解するのは不可能だった。

「四番目の顔を見ることはできない」ルタが言った。まるでかれの考えを読んでいるみたいに。「これがプラヴィエクの中心よ」

大雨が降りだし、街道に着いたときにはふたりともびしょ濡れだった。ルタのワンピースが体にぴったり張りついていた。

「うちに来なよ。服を乾かしたら」こう提案した。

ルタはイズィドルの正面に立っていた。その肩の向こうに、村がまるごとひろがっていた。

「イゼク、わたしウクレヤと結婚するの」

「うそだ」イズィドルが言った。

「ここから町に出ていきたいの。旅行したいの。イヤリングとか、かかとの高い靴とかが、欲しいの」

「うそだ」イズィドルはくりかえし、ぶるぶると震えはじめた。水が顔を伝い、プラヴィエクの景色をにじませた。

「ほんとよ」ルタは言い、数歩後ずさった。

イズィドルの脚ががくんと折れた。じぶんが倒れてしまうかと思った。

「タシュフに行くの。遠くないわ！」ルタは叫ぶと、森に向かって駆けだした。

悪人がヴィディマチュに来るのは夜だった。黄昏時に森から姿をあらわす、それはまるで**悪人**が、森の壁からはがれてくるみたいだった。かれは黒くて、顔の上に落ちた木々の影が消えることはなかった。髪の毛についた蜘蛛の巣が光り、髭の中ではハサミムシやコガネムシがもそもそ蠢(うごめ)いていて、それがクウォスカをぞっとさせた。それに、においもまったくちがった。人間のにおいではない。木のにおい、苔のにおい、イノシシの毛のにおい、野ウサギの毛皮のにおい。**悪人**に、じぶんの中に入ることをゆるすとき、クウォスカは、じぶんが人間の男を相手にしているのではないとわかった。人間の姿をしているし、人間の言葉を、言える範囲で二、三は口にするとはいえ、あれは人間ではなかった。これを理解したときには彼女も恐ろしくなったが、同時に興奮もした。それは彼女の頭の中で、彼女自身が雌のダマシカ、雌のイノシシ、雌のヘラジカに変身したからで、それはつまり、彼女自身が、世界中の数十億の雌とおなじく、雌の動物にほかならないということだったし、いま彼女の中にいる雄も、世界中の数十億の雄と変わらないということだったから。そのとき**悪人**は、長く、森中に聞こえるにちがいない、耳をつんざくような吠え声をあげるのだった。

悪人は明け方、彼女のもとを去るが、帰り際にはかならず食べ物を盗んでいった。クウォスカは森にかれを何回も追いかけようとした。隠れ家を探り当ててやろうとしたのだ。それができればクウォスカは、**悪人**に対し大きな権力を持つことになる。なぜなら、動物にしても人間にしても、隠れ家の中ではその本性のうちの、弱い部分がさらけだされるはずだから。

でも、**悪人**のあとをつけていっても、大きなシナノキより先へは行けたためしがなかった。木立の間に見え隠れする湾曲した背中から、たった一瞬目を離したすきに、**悪人**は消えてしまう。まるで地中に落ちたみたいに。

ついにクウォスカは思い当たった。じぶんは人の、女のにおいを出していて、それで**悪人**にはつけられていることがわかるのだ。そこで彼女はキノコや木の皮をあつめ、針葉樹からも広葉樹からも葉を摘んで、それらぜんぶを石壺に入れた。そこに雨水を注ぎ、数日待った。そして**悪人**がやってきて、明け方、脂身の塩漬けを口にくわえて森に去ろうというときに、彼女は急いで服を脱ぐと、手製の膏薬を体に塗りたくり、かれを追って出発した。

悪人が、牧草地の端っこで草地に腰をおろして、脂身を食べているのが見えた。やがて両手を地面で拭うと、丈の高い草の中に入っていった。ひらけた空き地に出ると、**悪人**は用心ぶかくあたりを見回し、においを嗅いだ。一度は地面にひれ伏しさえした。そしてそのすぐあとに、ヴォラへの道を荷馬車ががたがた走り去るのが聞こえた。

悪人は、パピェルニャに入った。クウォスカは草地に身を投げ出し、低い姿勢になると、**悪人**を追って走った。すでに森の端までたどり着いていたが、かれの姿はどこにもなかった。かれがそうしていたみたいに、においを嗅いでみたが、なにも感じなかった。そして大きなシナノキの周りを、なすすべもなく回っていると、突然、そばに枝が一本落ちてきた。それから二本目、三本目も。クウォスカはじぶんの失敗を理解し、顔をあげた。シナノキの枝にすわった**悪人**が、楊枝を使っていた。彼女はじぶんの夜の恋人に恐怖した。かれはとても人間には見えなかった。彼女に向かって、脅すように唸ったので、クウォスカは、じぶんが去るべきだと悟った。

彼女はまっすぐ川まで行くと、じぶんにつけた土と森のにおいをじゃぶじゃぶと洗い流した。

ルタの時

ウクレヤ所有の国産車〈ワルシャワ〉は、行けるかぎりもっとも近くまで乗り入れた。でも結局は車から降りて、最後の数メートルを歩かなくてはならなかった。轍(わだち)につまずき、ウクレヤは悪態をついた。ついに、半分壊れたクウォスカの小屋の前で立ちどまると、道に唾を吐いて言った。

「おばさん、ちょっといいですか、話があるんですけど!」かれは家人を呼んだ。

外に出てきたクウォスカは、充血したウクレヤの目をまっすぐ見つめた。

「あの子はやらないよ」

一瞬、かれの自信は揺らいだが、すぐに気を取り直した。

「彼女はもう、俺のものですよ」かれは冷静にこう言った。「ただ、あんたに祝福してもらいたいって聞かないんです。あの子の手を取って祝福してくださいよ、たのみます」

「あの子はやらない」

するとウクレヤは車のほうに向きなおり、叫んだ。

「ルタ!」

一瞬ののち、ドアが開いて、車からルタが降りてきた。髪を短く切っていたが、ちいさな帽子の下からカールがのぞいていた。細いスカートにパンプスを履いた彼女は、とても瘦せて、とても背が高く見えた。かかとの高い靴で、砂っぽい道をようやく歩いてきた。クウォスカは娘を物欲しげに見ていた。ルタはウクレヤのとなりで立ちどまり、おそるおそるかれと腕を組んだ。このしぐさはウクレヤに決定的な勇気を与えた。

「あなたの娘を祝福してください、おねがいだ、俺たちにはあまり時間もない」

ウクレヤは、娘を軽く前に押し出した。

「帰るよ、ルタ」クウォスカは言った。

「いいえ、ママ、かれと結婚したいの」

「そいつはおまえをだめにする。あたしはそいつのせいで、おまえをうしなうんだ。やつは狼男だよ」

ウクレヤは笑いだした。

「ルタ、もう行こう。むだだ……」

娘は勢いよくかれに向きなおると、その足元にハンドバッグを投げつけた。

「ママがゆるしてくれるまで行かないわ！」憎々しげに彼女が叫んだ。

ルタが母親に歩み寄った。クウォスカは娘を抱き、最終的にウクレヤの我慢の限界が来るまで、ふたりはそうして抱きあっていた。

「行こう、ルタ。納得してもらう必要もない。だめなものはだめだ。とんだ奥様だぜ……」

するとクウォスカが、娘の頭越しにかれに言った。

「娘を連れていってもいい、ただしひとつ条件がある」

「へえ?」ウクレヤが興味を示した。かれは交渉するのが好きだった。

「十月から四月の終わりまでは、娘はあんたのものだ。五月から九月までは、わたしのものだよ」

おどろいたウクレヤは、理解できないというようにクウォスカを見た。それから指を折って月を数えはじめたが、思いいたったのは、この分け方が公平ではなく、かれに儲けがあるということだった。じぶんの月はクウォスカよりも多い。ウクレヤは抜け目なく微笑んだ。

「オーケー、そうしましょう」

ルタは母親の手を取り、じぶんの頰に触れさせた。

「ありがとう、ママ。わたし幸せになるわ。欲しいものはぜんぶ持てるのよ」

クウォスカは娘のひたいにキスをした。ふたりが去るとき、ウクレヤのほうを見もしなかった。自動車は出発前に灰色の煙の雲を吹きだし、ヴィディマチュの木々は生まれて初めて、排気ガスを味わった。

じぶんの家族と同僚のため、秘書たちと弁護士たちのため、六月、パヴェウは名の日の祝いのパーティーをひらいた。聖ピョートルと、聖パヴェウの日。でも、誕生日に招くのは、いつもウクレヤだけ。誕生祝いは友人のため。パヴェウには友人がひとりしかいない。

子どもたちが〈ワルシャワ〉の低いエンジン音を聞きつけて、階段下の秘密の場所に、大騒ぎで駆けてきた。子どもをこんなに興奮させるとは知らぬままウクレヤが持ってきたのは、巨大なアイスクリームポットと、紙箱に入ったワッフルコーンだった。

青いマタニティドレスを着たミシャが部屋の食卓にかれらを招いたが、一同はなかなかテーブルにつこうとしなかった。イズィドルが戸口でルタを引き留めた。

「あたらしい切手があるんだ」かれは言った。

「イズィドル、お客さまを困らせないで」ミシャがたしなめた。

「その毛皮、すごく似合ってるね、本物の雪の女王みたいだ」イズィドルがルタにささやいた。

ミシャが食事を取り分けはじめた。豚足のゼリー寄せと、サラダが二種類あった。大皿にハムやソーセージ、ゆで卵のファルシが盛られていた。キッチンではビゴスが煮え、鶏モモ肉がじゅうじゅう音を立てていた。パヴェウがショットグラスにウォッカをついだ。夫たちは向かいあってすわり、タシュフやキェルツェの皮革の値段について話していた。それからウクレヤが、卑猥な冗談を披露した。ウォッカはかれらの喉にぐんぐん消えてゆき、体の強烈な渇きをいやすには、グラスはあまりにちいさく思われた。男たちはふたりとも顔を赤くして、襟もとをはだけていたのに、じぶんたちがまだぜんぜん酔っていないと思っていた。ついにかれらの目が濁りはじめた。まるで体の中から凍りはじめたみたいに。ミシャのあとを追って、ルタがキッチンに入った。

「お手伝いするわ」ルタが言い、ミシャは彼女にナイフをわたした。ルタの大きな手がケーキを切った。赤い爪が、雪のようなクリームのうえで、血の滴のように輝いた。

男たちは歌いはじめ、ミシャは不安げにルタを見た。

「子どもたちを寝かせなくちゃ。ケーキを持っていって」ルタにたのんだ。

「あなたを待ってるわ。お皿を洗ってるから」

「ルタ！」部屋から酔ったウクレヤが突然呼んだ。

「おい、こっちに来いよ！」

「行きましょ」ミシャは素早く言うと、ケーキの皿を取り上げた。ルタはナイフを置き、いやいやミシャのあとに従った。ふたりは夫たちのとなりにすわった。

「見てくれよ、俺が妻に買ったコルセット」ウクレヤが叫び、ルタのブラウスをぐいと引っ張った。そばかすの浮いた胸元と、雪のように白いレースのブラジャーが見えた。「フランス製だぜ！」

「やめて」低い声でルタが言った。

「なにをやめろって？　俺にゆるさないとでも？　おまえは俺のものだ、おまえのすべて、おまえが着ているものもすべてな」

ウクレヤは、愉快そうなパヴェウを見ると、くりかえした。

「こいつは俺のものさ！　それに、着てるものものもぜんぶ！　冬中、俺のものだ。夏は母親のところに行きやがる」

パヴェウがかれに、なみなみつがれたグラスを示した。女たちがふたたびキッチンに戻っても、かれらは注意をはらわなかった。ルタはキッチンのテーブルに向かうと、煙草に火をつけた。そのとき、彼女を待ちぶせていたイズィドルが機をとらえ、切手と絵葉書の入った箱を持ってきた。

「見て」元気づけるように、彼女に言った。

ルタは絵葉書を手に取ると、一枚一枚をしばらく眺めていた。彼女は赤い唇から、白い煙のリボンを吐いた。口紅がタバコに秘密の痕を残した。

「あげるよ」イズィドルが言った。

「ううん。あんたのところで見る方がいいわ、イゼク」

「夏はもっと時間があるだろ？」

イズィドルは、ルタのマスカラのついたふさふさの睫毛のあいだに、大粒の涙がたまっているのを見た。ミシャが彼女にウォッカのグラスを差し出した。

「わたし、ついてないわ、ミシャ」ルタが言うと、睫毛に囚われていた涙が、頬をつたって転がり落ちた。

アデルカは父の友人たちがきらいだった。つまり、衣服から煙草や煙の悪臭がする、ああいう男たちぜんぶのことが。かれらのなかで、もっとも重要なのはウクレヤだった。おそらくそれは、かれがもっとも大きくて、もっとも太っていたから。でもあのウクレヤですら、感じよく、礼儀正しくなり、高い声で話すようなことがある。それは、父のところにヴィディナ氏がお客に来るときだ。

ヴィディナ氏を連れてきたのは運転手だが、運転手はそのあと、家の前に車を停めて、一晩中かれを待っていた。ヴィディナ氏は、緑のハンティング・ジャケットを着て、帽子に羽をさしていた。別れの挨拶にパヴェウの肩をぽんぽん叩き、ミシャの手に、胸がむかつく長いキスをした。ミシャはアデルカに幼いヴィテクの面倒を見るよう言いつけると、貯蔵庫から、もっともよい品物をひっぱりだしてきた。ミシャがドライソーセージやハムを切るとき、手にしたナイフがきらめいた。パヴェウはヴィディナについて、自慢げにこう言った。

「こういう時代に、ああいう知人がいるのはいいことだ」

そしてまさに、父のああいう知人たちこそ、狩猟をなによりの愉しみとして、大きな森からウサギやキジをぶらさげてくる。かれらは獲物をぜんぶ玄関間のテーブルに置くと、じぶんたちが食卓につくまえに、まずはウォッカをグラス一杯ひっかける。家中、ビゴスがぷんぷんにおう。

こんな夜には演奏しなくてはならないと、アデルカにはわかっていた。それに、アコーディオンを持ったアンテクが、手の届く範囲にいることにも注意をはらう。父が怒っているとき以外、恐れるものはなにもない。

頃合いを見て、母が、楽器をもって部屋に来るよう言いつける。男たちは煙草に火をつけ、静寂がおとずれる。アデルカは音合わせをすると、アンテクとふたりで演奏をはじめる。「満州の丘に立ちて」の番になると、パヴェウもバイオリンを取り出し、二重奏に加わる。ミシャはドアのそばに立ち、自慢げにかれらを眺めている。

「このちびには、コントラバスを買ってやろうと思ってさ」パヴェウが言う。

ヴィテクはだれかに見られるといつも、母親のうしろに隠れてしまう。

演奏中ずっとアデルカは、玄関間のテーブルの、死んだ動物のことを考えていた。

みな、その目を見ひらいていた。鳥の目は指輪にはまったガラス石に似ていたが、ウサギの目はなんだか恐ろしかった。アデルカには、その目がじぶんの動きをいちいち監視しているように思えた。鳥たちは足をひとまとめにされ、ラディッシュみたいに縛られていた。ウサギのほうはべつべつだった。アデルカは、かれらの毛皮や羽毛のなかに銃弾の痕をさがした。でも、乾いた円いかさぶたが、ときどき見つかるだけだった。死んだウサギの鼻から床に、血がぽたぽた落ちていた。その鼻先は、猫に似ていた。アデルカは、ウサギの頭をきちんとテーブルに載せなおした。

あるとき、撃たれたキジにまじって、アデルカはべつの鳥を発見した。キジよりもちいさく、羽はきれいな青色だった。その色にアデルカは夢中になった。羽根がどうしても欲しくなった。羽根をそのあとどうするかはまだわからなかったが、羽根が欲しいということはわかった。そこでアデルカは、注意ぶかく羽根を抜いた。一本、また一本と、じぶんの手のひらに青い羽根のブーケができるまで。そしてそれを、髪を結ぶ白いリボンで束ねると、ママに見せようと思った。ところが、キッチンに入ってきた父親に出くわした。

「なんだ、それは？　なにをした？　おまえ、いったいなにをしでかしたか、わかってるのか？」

アデルカは食器棚のうしろに逃げこんだ。

「ヴィディナさんのカケスをむしったんだぞ！　あの方が特別に撃ったものを」

ミシャはパヴェウの隣に立っていた。なんの騒ぎかと、ドアからお客たちの頭がのぞいた。

父はアデルカの肩を鉄のような手でがっちりつかむと、客間にひっぱっていった。そして娘を怒りのままにお客に向かって押したので、アデルカは、そのときだれかと話をしていたヴィディナ氏の前に飛び出した。

「なんです、いったい？」ヴィディナ氏がぼんやり尋ねた。その目は濁っていた。

「娘が、あなたのカケスの羽根をむしっちまったんですよ！」パヴェウが叫んだ。

アデルカはじぶんの前に羽根のブーケを差し出した。その手はぶるぶる震えていた。

「羽根をヴィディナさんに返せ」パヴェウが怒鳴った。「ミシャ、豆を持ってきなさい。見せしめに仕置きするんだ。子どもには厳しくしないといかん……いつも手綱を短く持ってな」

ミシャはいやいや豆の袋を夫にわたした。パヴェウは豆を部屋の隅にまくと、娘にそこにひざまずくよう命じた。アデルカはひざまずき、短い沈黙があった。みながじぶんを見ているのを感じた。もうすぐじぶんは死ぬと思った。

「カケスなんて糞くらえだ。酒を注いでくれ、パヴェウ」沈黙をやぶってヴィディナ氏がもごもご言うと、ふたたび大騒ぎが始まった。

パヴェウの時

パヴェウは仰向けによこたわっていたが、もう眠れないことはわかっていた。窓の外が白みはじめていた。頭痛がして、猛烈に喉が渇いた。でも、いま起きあがってキッチンに行くには、疲れすぎていたし、落ちこんでもいた。それで、昨晩のことをぜんぶ思い出そうとしてみた。大騒ぎの酒席、おぼえている限りの乾杯、ウクレヤの下品な冗談、なんらかのダンス、女たちの不満そうななんらかの表情、なんらかの苦情。そして、じぶんが四十になったこと、人生の半分が終わったことを考えた。かれは頂上に着いてしまった。そしてひどい二日酔いのなか、仰向けによこたわりながら、過ぎてゆく時を眺めている。それから、べつの日、べつの夜のことが思い出された。まるで、終わりから始めに向かって巻き戻される、映画を見ているようだった。グロテスクで、滑稽で、意味のない、かれの人生みたいな映画を。すべてのイメージが、細部までありありと浮かんだが、かれにはそれが重要でもなければ、意味もないように思われた。そうやってかれは、じぶんの過去をすべて見た。そしてそこに、誇るべきものもよろこばしいものも、なにひとつみつけられなかったし、肯定的な感情も、いっさい浮かんでこなかった。この奇妙な物語ぜんたいのなかに、確かなもの、固定したもの、きっちりつかめるものはなにもなかった。あるのはただ、もがくこと、叶わない夢、きりのない欲望。「結局、なんにもできなかったな」と、かれは思った。

泣きたい気がした、だから泣こうとしてみたが、泣き方を忘れてしまった、なにしろ子どものとき以来、泣いていない。濃くて苦い唾を呑みこむと、喉と胸から、子ども時代の嗚咽を吐き出そうとした。でも、それもうまくはいかなかった。そこでこんどは、意識を未来に向けることにした。つまり今後のこと、これからかれがすることについて、一生懸命考えた。研修と、おそらくは昇進、子どもの進学、家の増築、部屋の賃貸、あるいは部屋じゃなく家ごとかもしれない、ペンション経営、キェルツェやクラクフからの避暑客のために、ちいさな家を賃貸すること。しばらくはかれは内側から元気になり、頭痛のことも、おが屑みたいに乾いた舌のことも、呑みくだした嗚咽のことも忘れていた。でも、あの恐ろしい哀しみは還ってきた。かれは思った。かれの未来は過去とおなじだ。たくさんのことが起こるだろうが、なんの意味もないし、どこにも到達しない。この考えには恐怖をおぼえた。なぜなら、これらすべてのあと、研修と昇進のあと、ペンションと増築のあと、すべての思考とすべての行動のあとにあるのは、死だからだ。そして、パヴェウ・ボスキは意識した。二日酔いの、眠れないこの夜に、じぶんが絶望的な気持ちで見ているのは、じぶんの死の誕生。かれの人生の正午の鐘が鳴り、いまや緩慢に、狡猾に、気づかれないように、黄昏がしのびよってくる。

かれはじぶんが捨てられた子ども、道端にどけられた土塊のような気がした。捕えがたく、手触りの粗い現在のなかに、かれは仰向けによこたわり、一秒毎にじぶんの体が分解し、塵にまぎれて消えてゆくのを感じていた。

ルタはウクレヤを、愛する準備すらできていた。かれのことを、大きくて病んだ動物のように思えたから。ところがかれは、彼女の愛など欲しくなかった。欲しかったのは、彼女に対する支配だった。

ルタにはときどきこう思われた。ウクレヤのなかに、毛むくじゃらの**悪人**が棲んでいるのではないかしら。ウクレヤは、**悪人**が母の上にのるように、ルタの上にのしかかっていた。でも母は、顔に笑みを浮かべてそれをゆるすのに、ルタが感じるのは怒りと憎しみで、その気持ちは、パン生地のように、ぐんぐん膨らみ大きくなった。ウクレヤはいつも、ことが終わると彼女の上で寝てしまい、その体からはアルコールの悪臭が漂った。そんなときルタは夫の体の下から抜け出し、バスルームに行く。そして浴槽いっぱいにお湯をため、お湯が冷めるまで、そこに浸かっているのだった。

ウクレヤはルタを家にひとりで閉じこめた。キッチンには彼女のために、レストラン〈隠れ家〉から取り寄せた高級食材がたくさん置いてあった。冷製鶏肉、豚足、魚のゼリー寄せ、野菜サラダ、卵のマヨネーズあえ、ニシンのサワークリームソース。つまり、メニューにあるものならなんでも。ウクレヤの家で、彼女はなにひとつ不自由なかった。部屋から部屋へと歩き、ラジオを聞き、ドレスを着て、靴や帽子を試着した。洋服のつまったクローゼットがふたつ、金のアクセサリーでいっぱいの宝石箱、一ダース以上の帽子に、数十足の靴。欲しいものは、なんでも与えられていた。じっさい、当初はこう考えた。これらの衣装を身に着けて、タシュフの通りを散歩したり、中心広場の教会の前をパレードしたりできるだろう、ため息が漏れ聞こえ、わたしは目の端に、羨望のまなざしを感じるだろう。ところが、ウクレヤはルタがひとりで出かけることをゆるさなかった。外出は夫といっしょのときだけ。そして夫は、妻を仲間に見せびらかすために連れだして、その太腿を自慢しようと、絹のスカートをめくってみせた。ときにはプラヴィエクのボスキの家や、弁護士や秘書らとのブリッジに連れられていくが、そこで彼女は退屈し、じぶんのナイロンのストッキングを何時間も見つめていた。

やがてウクレヤは、金を貸していた写真家から、借金の形（かた）に、三脚付きのカメラと、暗室で使う用具一式を受け取った。ルタは写真の仕組みをすぐ理解した。カメラは寝室に置いてあり、ウクレヤはいつも寝る前に、自動撮影をセットした。それでルタは、暗室の赤い光のなかで、ウクレヤの体の肉の塊、背中、生殖器、黒い剛毛に覆われた、女性みたいに突き出た豊満な胸に目を凝らした。それから彼女は、じぶんを眺めた。じぶんは胸と太腿と腹に砕かれ、こまかく分断されていた。それで彼女は家にひとりで居るとき、ドレスに着替え、香水をまとった優雅な姿で、カメラという他人の目の前に立った。

「カシャ」カメラから感嘆の声が聞こえた。

時間の流れは、とくに五月に、ミシャを不安な気持ちにさせる。五月は、月の行列に突然割りこみ、爆発する。すべてが育ち、花ひらく。急速に。

ミシャは、キッチンの窓から見える早春の白っぽい景色に慣れっこになっていたから、五月が日毎もたらす激しい変化に、ついていけない気がした。最初の二日で、牧草地はすっかり緑になった。**黒い川**は緑にきらめき、水の中に光を通して、その光はこのとき以来、毎日川にべつべつの陰影を与えた。パピェルニャの森は薄い緑になり、それから緑に染まり、ついには黒くなって、影のなかに沈みこんだ。

五月、ミシャの果樹園に花が咲く。これは徴(しるし)だ。冬のあとで、かび臭くなったすべての衣服や、カーテンや、シーツや、マットや、テーブルクロスや、カバーを洗ってもよいという徴。花をつけたリンゴの枝の間に洗濯紐を張り、ピンクと白の果樹園を、鮮やかな色で満たす。ミシャを追いかけて、子どもたちと、鶏たちと、犬たちが駆けまわる。ときどき、イズィドルも訪れる。でも、いつもかれが話すのは、彼女の興味をひかないことだった。

果樹園で彼女はこう考えた。この木々が花を咲かすのを止めることはできないけれど、花びらはぜったいいつか散るし、葉もまたやがて色を変え、風に吹かれて落ちる。翌年もまたおなじことが起きるだろうという考えは、ちっとも彼女を慰めなかった。だって、そうではないと知っていたから。あくる年、木はまたべつの木になっている。大きくなって、枝だってもっと繁るだろう。べつの草が生え、べつの実がなる。花咲く枝も、くりかえされない。「わたしは二度と、こういうふうに洗濯物を干さない」ミシャは思った。「わたしはぜったい、くりかえさない」

彼女はキッチンに戻ると、夕食のしたくに取り掛かった。ところが、彼女がつくるすべてのものが、がさつで不出来に思われた。ピェロギは不格好で、ジャガイモのダンプリングは不揃いで、パスタは太くて大雑把だった。きれいに皮をむいたジャガイモからは芽が出ていることが突然わかり、ナイフのあごで取らなくてはならなかった。

ミシャもこの果樹園とおなじ、あるいはこの世のすべてのものとおなじで、時間の支配を受けていた。三人目を産んだあとに太り、髪には艶(つや)がなくなり、ぺったりと真っ直ぐになった。目の色はビターチョコレートみたいだった。

彼女は四人目を妊娠していた。そして初めて、彼女には多すぎると思った。この子どもを欲しくなかった。

息子が生まれ、マレクと名づけた。おとなしくて、静かな子だった。

最初から、ひと晩中寝ていた。起きるのは母の乳房を見るときだけ。パヴェウは研修に通いはじめたから、お産のあとで、ミハウがミシャの面倒を見た。

「四人はおまえには多すぎるな」父は言った。「避妊しなくちゃ。さすがにパヴェウも、一つや二つは方法を知っているだろう」

まもなくミシャは確信した。パヴェウはウクレヤと、女を買いに行っている。そしてたぶん、彼女はそのことで、かれに腹を立てるべきではない。彼女は妊娠していた、つまり太っていたし、むくんでいた。産後の肥立ちも悪かった。それでもやっぱり、彼女は腹を立てた。

パヴェウが、じぶんが国の役人として統括するバーで働くあらゆる女、肉屋の売り娘、レストランのウェイトレスと関係を持っていることを、ミシャは知っていた。パヴェウのシャツに、口紅の痕や、長い髪の毛を見つけた。ミシャはかれの持ち物に、他人のにおいをさがしはじめた。そしてついに、コンドームの破いた袋を発見した。じぶんとのときには、けっして使ったことがないのに。

ミシャは二階へイズィドルを呼ぶと、ふたりで、大型のダブルベッドをシングルに分けた。イズィドルがこの模様替えを喜んでいるのが、ミシャにはわかった。かれはこのあたらしい配置に、べつのアイデアさえ提案した。ふたつのシングルベッドのあいだ、部屋のちょうど真ん中に、棕櫚（しゅろ）の植わった大きな植木鉢を置いたのだ。ミハウは煙草を吸いながら、キッチンからこれを見ていた。

パヴェウが、いつもより上機嫌で帰宅したとき、ミシャはかれを四人の子どもと出迎え、こう言った。

「もう一度したら、殺すわ」

パヴェウの目はまたたいたが、なんの話かわからないふりをした。それから靴を部屋の隅に投げると、楽しそうに笑いだした。

「殺すわ」ミシャの言い方があまりに恐ろしくて、腕のなかの赤ん坊が悲しげに泣きだした。

晩い秋、マレクは百日咳にかかって死んだ。

果樹園の時

果樹園には、ふたつの時がある。交互にあらわれ、一年ごとに交代する。リンゴの時とナシの時。

三月、地面が温かくなると、果樹園は震えだし、かぎ爪のついた地中の前足で、地球の体に爪を立てる。木々がまるで、母犬の乳を吸う小犬みたいに大地を吸い、木の幹は温かくなる。

リンゴの年、木々は土から、地下水脈の酸っぱい水を吸い上げる。変化と移動の力を与える、この水に含まれるのは、進み、育ち、広がる欲求。

ナシの年、すべてはまったくちがっている。ナシの年は、甘いジュースのミネラルを吸うとき。その葉は、緩慢で穏やかに、太陽光線と結合する。木々はじぶんの高さで成長を止め、存在のよろこびを味わう。動かなければ、成長もない。だからこのとき、果樹園は不変に見える。

リンゴの年、花は短く、でも、もっともうつくしく咲く。しばしば酷寒に凍らされ、突然の風に脅かされる。果実は多い、でもちいさくてあまり立派ではない。種子は生まれたところから遠くへさまよう。タンポポの綿毛は川の流れを超え、牧草は森の上をべつの牧場へ飛び、ときにはそれを風が、海の向こうまで運んでいく。この年の動物の仔は、弱くてちいさい、でもそのなかから数日生き延びたものは、健康で抜け目ない個体に育つ。リンゴの年に生まれたキツネは、鶏舎に近づくのを恐れない。これは鷹やテンもおなじ。猫がネズミを殺すのは、かれらが空腹だからではなく、殺すこと自体がその目的だ。アブラムシは人間の庭を攻撃し、蝶はその翅に、もっとも鮮やかな色をまとう。リンゴの年の夏には、あたらしい考えが生まれる。人びとはあたらしい道を踏み固める。森が切り開かれ、若木が植えられる。河岸にダムが築かれ、土地が買われる。あたらしい家の基礎が掘られる。人びとは、旅について考える。男はじぶんの女を裏切り、女はじぶんの男を裏切る。子どもは突然大人になり、じぶんの生活を送りはじめる。人びとは眠れない。酒がたくさん飲まれる。重要な決断が下され、これまで決して行われなかったことが行われはじめる。あたらしい思想が生まれる。政府が変わる。株式市場は安定せず、あしたあなたは億万長者になりうるし、すべてをうしなう可能性もある。革命が起こり、体制が変わる。人びとは夢を見て、見た夢と、現実とみなしていることを取りちがえる。

ナシの年には、あたらしいことはなにも起こらない。すでに始まっていたことがつづく。まだ存在していないものは、非在のなかに、じぶんの力をたくわえる。植物は、根や幹をたくましくしても、上へは伸びない。花は花が大きくなるまで、時間をかけて、だるそうに咲く。バラの茂みにバラの花はあまりない、でも、それぞれの花は、拳のように大きい。ナシの時は、果物もそんな感じだ。甘くてとても香りがよい。種は育ったところに落ちて、すぐにしっかりと根を下ろす。穀物の穂は大きくて重い。もしも人間がいなければ、種の重みが穂をおしつぶしてしまいそう。人も動物も脂肪にたっぷり覆われる。穀物倉庫が収穫物でいっぱいだから。母親は子どもをたくさん産み、双子がいつもより多く生まれる。動物の仔もたくさん生まれる。乳房のミルクも、仔を養うぶん、たくさんある。人びとは家を建てること、あるいは町全体を建てることさえ考える。見取り図を描き、土地を測るが、仕事には取り掛からない。銀行は莫大な利益を上げ、大工場の倉庫は商品でいっぱい。政府の力が強くなる。人びとは夢を見て、その夢がついに叶うことに気づく。ときに遅すぎることがあったとしても。

パヴェウの時

父が死んだので、パヴェウは仕事を数日休まなくてはならなかった。父は三日目に死んだ。もう最期かと思われた、その一時間後にボスキ老人は起きあがり、街道を歩いていた。老人はフェンスの前に立ち、うなずいていた。パヴェウとスタシャが両脇を抱えて、父をベッドまで連れもどした。それから三日間、父はなにも話さなかった。パヴェウには、父がじぶんのことを祈るような目で見ているように思えた。まるで、なにかして欲しいみたいに。でもパヴェウは、じぶんにできることはすべてしたと考えた。父のそばにずっといて、飲み物を与え、シーツを替えた。死にゆく父にこれ以上なにをすればよいか、パヴェウにはわからなかった。

ついにボスキ老人は死んだ。パヴェウは朝方うとうとし、一時間後に気がつくと、父は息をしていなかった。老人のちいさな体は、力なく崩れ、空っぽの袋のようにぐんにゃりしていた。もう袋の中にだれもいないことはあきらかだった。

でも、パヴェウは魂の不滅を信じていなかったから、この眺めを恐ろしく思った。かれを恐怖がとらえた。やがてじぶんもこのような、死んだ肉の塊になる。じぶんのあとに、残るのはこれだけ。パヴェウの目から涙があふれた。

スタシャはきわめて落ち着いていた。彼女は弟に、父がじぶん自身のためにつくった棺を見せた。棺は納屋にあり、壁に立てかけてあった。板葺きの蓋がついていた。

いまやパヴェウが葬式の準備にかからなくてはならなかった。望むと望まざるとにかかわらず、教区司祭のところに行くのだ。

パヴェウは、司祭館の中庭の車の傍で司祭に会った。教区司祭は、かれを涼しくて陰気な執務室に招くと、ぴかぴかに磨かれ輝いている机の向こうに腰かけた。司祭は死者を登録する帳面の該当ページを長い時間かけてさがし、そこにボスキ老人のデータを慎重に書きこんだ。パヴェウは扉の前に立っていたが、じぶんが請願者みたいに感じるのがいやだったので、みずから机の前の椅子に歩み寄り、腰かけた。

「いくらかかりますか」パヴェウが尋ねた。

教区司祭はペンを置くと、注意ぶかくかれを見た。

「教会で長くお目に掛かっておりませんな」

「すみませんが、無神論者でして」

「お父上もミサにはなかなかおいでになりませんでした」

「クリスマスの終夜祈禱に伺っていました」

司祭はため息をつくと、立ち上がった。そして、指を鳴らしながら、執務室をうろうろ歩きはじめた。

「おどろきですな」かれは言った。「クリスマスだけとは。まともなカトリックには、それではすくなすぎます。『安息日を覚えて、それを神聖なものとするように』、聖書にこのように書かれているではありませんか」

「すみませんが、そういうことに関心がなくて」

「もし故人が、亡くなるまでの十年の間、毎週日曜日に神聖なミサに参加し、献金皿にそれこそ小銭を置いていたら、いくら積んだことになるか、ご存知ですかな」

教区司祭は頭の中で計算し、それから口に出した。

「葬儀は二千ほどになります」

パヴェウは頭に血がのぼるのを感じた。目の前をちかちかと赤い水玉が飛び交った。

「ふざけんな、糞野郎」こう言い放つと、勢いよく立ち上がった。

そして一秒後には戸口でドアノブをつかんでいた。

「よかろう、ボスキさん」机から声がした。「二百にしましょう」

死人の時

ボスキ老人が死んだとき、かれは死人の時のなかにいた。ある意味で、この時は、イェシュコトレの墓地に属していた。墓地の壁にはプレートがあり、不器用な文字で、以下のように彫ってあった。

神は見ている
時は逃げる
死は追う
永遠は待つ

ボスキが死んだとき、すぐさまかれは理解した。じぶんは間違っていた。じぶんはつたなくて不注意な死に方をした。死に方を間違えた。もう一度はじめからやりなおしたいと、かれは思った。それに、こうも理解した。じぶんの死は、夢である。生とおなじように。

死の時は、ある人びとを捕囚していた。それは、死を学ぶ必要がないとナイーヴにも考えている人びとや、死を試験のように落第する人びとだ。そして世界は、ぐんぐん前に進めば進むほど、生をより華やかに褒めそやし、生により強く執着した。そしてより多くの人びとが死の時に捕囚され、墓地は、より騒がしい場所になった。ここでようやく死者たちは、生のあと次第に正気に返り、与えられた時間をうしなったことに気がついた。死者たちは、死んでようやく生の秘密を発見する、それはむなしい発見だった。

ルタは祝日にビゴスをつくり、そこにカルダモンをひとつかみ入れた。彼女がカルダモンを入れたのは、その種がうつくしかったから。理想的な形、黒い輝き、すばらしい香り。その名前すら、うつくしい。遠い国の名前みたい。カルダモン王国。

ビゴスのなかでカルダモンは、黒い輝きをうしなったが、かわりに、その香りがキャベツにしみわたった。

ルタは、クリスマスの晩餐に、夫を待っていた。ベッドによこたわり、爪を塗った。やがて、ベッドの下から、ウクレヤがかつて家に持ち帰ったドイツの新聞を引っ張りだすと、興味ぶかげに眺めた。彼女がもっとも気に入ったのは、遠い国の写真だった。そこには、エキゾチックな海岸、きれいに灼けた男たち、スタイルがよくて肌のなめらかな女たちが写っていた。ルタは新聞ぜんぶのなかで、「ブラジル」という一語だけ理解できた。その国は、ブラジルだった。ブラジルには大きな河が流れていて（**黒い川**と**白い川**を合わせた百倍くらい大きい）、巨大な森がひろがっている（**大きな森**の千倍くらい大きい）。ブラジルでは街々にあらゆる富があふれ、人びとは幸福で満足そうだった。ふいに、ルタは母が恋しくなった。真冬だったけれど。

ウクレヤは遅くに帰った。毛皮のコートのまま敷居に立って、雪を払っているとき、ルタはとっさに、夫が酒を飲んでいるとわかった。夫はカルダモンのにおいが好きではないし、ビゴスをおいしいとも思わない。

「なんでピェロギ入りのボルシチをつくらない？　クリスマスイヴだろ！」ウクレヤがわめいた。「おまえって、男とするだけの女だな。で、だれとしようとぜんぶいっしょ、相手がルースキーだろうと、ドイツ人だろうと、あの、半分足りないイズィドルだろうと。おまえの頭にあるのは、あのことだけな、あばずれが！」

かれはルタによろめきながら近づくと、その顔をひっぱたいた。ルタは倒れた。ウクレヤは彼女の上にひざまずき、そのまま彼女に押し入ろうとした。でも、かれのムスコは言うことを聞かなかった。

「だいっきらいよ」歯の間からつぶやくと、夫の顔に唾を吐いた。

「たいへんけっこう。嫌悪は愛とおなじくらいつよいさ」

ルタはようやく、夫の酔った巨体の下から抜け出した。寝室に逃げこみ、鍵をかけた。一瞬ののち、ビゴスの鍋がドアを殴った。ルタはじぶんの唇から血が流れていることもかまわなかった。鏡の前でドレスを着てみた。

カルダモンの香りは一晩中、隙間を通って彼女の部屋まで漂っていた。毛皮も口紅もおなじにおいがした。それは、遠い旅行とエキゾチックなブラジルの香りだ。ルタは眠れなかった。ドレスをぜんぶ試着して、帽子も靴もぜんぶそれぞれ合わせてみると、ベッドの下からスーツケースをふたつ取り出し、そこに、もっとも高価なものをつめた。高価な毛皮のコート二着、シルバーフォックスの毛皮のマフラー、宝石箱、ブラジルの新聞。ルタは温かく身支度すると、スーツケースを持ち、ソファに崩れたウクレヤがいびきをかいているダイニングを爪先立ちで通って、こっそり家を出た。

タシュフを抜けて、キェルツェの街道に出た。雪道を、スーツケースを引きずって数キロ歩くのはつらかったが、暗闇のなか、ついに森への入り口を見つけた。風が起こり、雪が舞い始めた。

ルタはプラヴィエクの境界まで歩いた。そして、くるりと向きを変え、顔を北に向けて立つと、じぶんのなかにある感覚、つまりじぶんは、あらゆる境界、あらゆる鍵、あらゆる門を突破できる、という感覚があることを発見した。そしてしばらくその感覚を、じぶんのなかで愛撫した。吹雪は猛り狂い、ルタは全身でそのなかに入っていった。

ゲームの時

プレイヤーは、ついに第五世界の入り口を見つけるが、その先、どうすべきかわからず、説明書『Ignis fatuus, あるいはプレイヤーのためのインストラクション・ゲーム』にたすけを求めて、以下のような物語を見つける。

第五世界では、神が独りつぶやいている。とくに神が孤独なときには。

神は人びとを楽しんで見ている。なかでもとくに、ヨブという名の人間を。「もしわたしがかれから、かれが持つものすべて、その確信を支える根拠を奪ったとして、かれのいっさいの財産を、一枚一枚剝いでみたとして、それでもなお、かれはいまのような人間だろうか？　わたしを呪い、冒瀆しはじめるのではあるまいか？　それでもやはり、わたしを敬い、愛するだろうか？」

神は天からヨブを見おろし、じぶんに答えた。「むろん、ちがう。かれがわたしを尊敬するのは、ひとえにわたしが、かれに財を授けたからだ。ヨブに与えたいっさいを奪おう」

神はヨブを玉ねぎのようにむいた。そしてかれに同情して泣いた。まず神は、ヨブの持つすべてを奪った。家、土地、ヤギの群れ、使用人、木立、森。それから、かれの愛する者を奪った。子どもたち、女たち、近しい者や、血縁たち。そしてついに、ヨブがヨブであるところのものを奪った。健やかな肉体、健やかな意識、習慣、愛着。

いま神は、みずからの御業を見て、その神の目を細めなくてはならなかった。ヨブは、神の放つのとおなじ光で、あかるく輝いていた。あるいは、ヨブの放つ輝きのほうがあかるかったかもしれない、というのも、神は目を細めなくてはならなかったのだから。神はおどろき、急いでヨブに順にすべてを返し、さらには、あたらしい財産まで与えた。両替するための金銭を創り、金銭とともに金庫や銀行を創り、うつくしい物、ファッション、夢と欲望を与えた。そしてさいごに、きりのない恐れを。神は、これらすべてをヨブに降らせた。ヨブの光がゆっくり薄らぎ、とうとう消えてしまうまで。

女の子たちは、ミハウがタシュフの病院で心臓発作で死んだ年、アデルカが高校に入学した年に生まれた。アデルカは、彼女たちが生まれたことに腹を立てた。すわってゆっくり、おちおち本も読めやしない。それどころか、キッチンから母に切羽詰まった声で呼ばれて、手伝わされる。

あれはひどい数年だった。まるで、縫い目のほつれた戦前のジャケットみたい。いまは外套代わりに着る人がいるが、そのみすぼらしさといったら、ラード漬けの豆と蜂蜜の小瓶が永遠に放置されたままの物置なみ。

アデルカは、母が双子を産んで泣いた夜をおぼえている。祖父はそのときすでに病気だったが、母の枕元に座っていた。

「もうすぐ四十なのよ。ちいさい女の子ふたり、どうやって育てたらいいの?」

「ほかの子どもとおなじようにだよ」祖父が答えた。

でも、子育ての重荷のいっさいは、二倍になってアデルカの肩にのしかかってきた。母には、ほかにすることがたくさんあった。料理、洗濯、敷地の掃除。父はようやく夜にならないと帰らなかった。両親は怒りながら会話していた。まるで互いが目に入るのが、耐えられないとでもいうように。まるで突然、憎みあいだしたみたいに。父は酒蔵に直行する。ここで違法に皮をなめしていて、家族はこれで食べていた。それでアデルカは学校から帰ると、乳母車を押して、双子を散歩に連れていかなくてはならなかった。それから、母とふたりで双子に食事をさせ、おむつを替える。夜になると、母が双子を入浴させるのを手伝う。双子が寝入ったのを見計らい、ようやくすわって、本が読める。だから双子が猩紅熱（しょうこうねつ）にかかったとき、子どもがこれで死んだなら、みなにとってはいいだろうとアデルカは考えた。

双子は、二倍の子どももベッドに寝たまま、高熱に息も絶え絶えだった。二倍の、子どもの、まったくおなじ苦しみ。医者が来て、熱を下げるため、濡れたシーツでふたりをくるむように指示した。それから、鞄をまとめて腰を上げた。医者はパヴェウに門扉の前で、抗生物質は、闇市でなら手に入ると告げた。それは魔法の言葉だった。昔話に出てくる命の水みたいな。それでパヴェウはバイクにまたがった。タシュフでかれは、スターリンが死んだと知った。

溶けかけた雪のなかを進み、ようやくウクレヤの家までたどり着いたが、だれもいなかった。それで、中央広場の地区委員会まで、ヴィディナを探しに出かけた。ヴィディナの秘書は、泣き腫らした目をしていた。彼女は、書記はお目に掛かりません、と言った。そして、これ以上かれを通したがらなかった。パヴェウは外に出ると、途方に暮れて、町を見わたした。「すでに死んだ者と、いまだ死んでいない者。タシュフは死でいっぱいだ」パヴェウは考えた。そして突然、ウォッカを飲もうと思いついた。いますぐ、この瞬間に。足が勝手に、かれをレストラン〈隠れ家〉へと運んだ。まっすぐバーカウンターに向かった。カウンターの向こうでは、バシャが、ハコヤナギのようにほっそりした腰と巨大なバストをひけらかしていた。豊かな髪に、レースの端切れをピンで留めていた。

パヴェウはカウンターのあちら側に行き、匂いたつようなその胸元に、ぴったりと顔を寄せたい気がした。彼女はかれにウォッカをなみなみ注いだ。

「なにがあったか、聞いた?」彼女が尋ねた。

かれがウォッカを一気に空けると、バシャはサワークリームソースのかかったニシンの皿を運んできた。

「抗生物質が要るんだ。ペニシリン。何だか知ってる?」

「だれか病気なの?」

「娘たちがね」

バシャはカウンターから出ると、肩にコートを引っ掛けた。そして、裏道を通って川のほう、かつてユダヤ人たちが住んでいた、ちいさい家々のほうにパヴェウを連れていった。ナイロンのストッキングをはいた彼女の力強い足は、馬糞の湿った小山をひょいひょい飛び越えた。そして家のひとつの前で立ちどまると、そこで待つようかれに命じた。すぐに戻ると、ある金額をかれに告げた。目のくらむような額だった。かれは彼女に札束をわたした。間もなく、かれの手にはちいさな紙箱が握られていた。蓋に書かれたメッセージのうち、かれに唯一理解できたのは、「メイド・イン・ザ・ユナイテッド・ステイツ」だった。

「いつ、うちに来てくれるの?」バイクにまたがるパヴェウに、彼女が訊いた。

「いまじゃないな」そう言って、彼女の唇にキスをした。

その夜、双子たちの熱は下がり、翌日には回復した。ミシャはイェシュコトレの聖母、抗生物質の女王に、この急激な回復への感謝の祈りをささげた。夜中、双子のひたいがつめたいことをたしかめると、ミシャはパヴェウの毛布のなかに入りこみ、全身でかれにくっついた。

シナノキの時

イェシュコトレからキェルツェの大通りに延びる街道沿いは、シナノキの並木道になっていた。並木が始まるところの木々はまったくおなじに見えたし、終わるところの木々もまったくおなじに見えるだろう。太い幹と太い根、その根は、地中ふかくまで伸び、そこで、あらゆる生き物たちの基礎に出会う。冬、その力強い大枝は、雪の上にするどい影を落として、短い一日の時間を告げる。春、シナノキは数百万の緑の葉を吹き、葉は大地に陽光をとどける。夏、薫り高い花々が虫の群れを呼ぶ。秋、シナノキはプラヴィエクの全体に、紅と銅の色を添える。

シナノキは、ほかのすべての植物とおなじく、永遠の夢に生きている。その起源があるのは、木の種の中。夢は成長しないし、木といっしょに発展しない。いつもそのまま。木は空間に囚われているが、時間には囚われない。永遠の夢が、木を時間から解き放つ。木の夢のなかに感情は生えない。動物の夢とはちがう。木の夢のなかにイメージは生えない。人の夢とはちがう。

木は物質に生かされている。地中ふかくから水を吸い上げ、陽光に葉を向かわせる。木の魂は、幾度もの存在の放浪を終えて、休息する。木が世界を知るのは、ひたすらに物質のおかげ。嵐は木にとって単一の、温かくてつめたい、怠惰で衝動的な流れ。近づいてくると、全世界が嵐になる。木にとって、嵐の前に世界はないし、嵐のあとにも世界はない。

一年のうちの四度の変化のなかに、時が存在し、季節が順々にめぐることを、木はなにも知らない。木にとって、四つの性質は同時に存在する。夏の一部は冬で、春の一部は秋。暑さの一部が寒さで、誕生の一部は死。火は水の一部で、地は空気の一部なのである。

木にとって、人は永遠に見える。いつも街道を、シナノキの陰を通って歩いていく。固まりもせず、動きもせずに。木にとって、人は永遠に存在する。でもそれは、まったく存在しないのとおなじ。

斧が木を割る音と雷鳴が、木の永遠の夢をうちやぶる。人が死と呼ぶものは、ただ一時的な夢の中断。人が木の死と呼ぶものには、動物の不安な存在への近似が含まれる。意識が明白で、透徹であるほど、そこにひそむ恐れは大きい。でも木は、不安の王国にはぜったいに近づかない。そこには、人と獣が棲んでいる。

木が死ぬとき、意味も印象もないその夢は、ほかの木に受け継がれる。だから、木はぜったいに死なない。じぶんが存在することを知らない、だから木は、時間と死から自由なのだ。

イズィドルの時

ルタがプラヴィエクを出て、二度と戻らないことがあきらかになったとき、イズィドルは修道院に入ることに決めた。

イェシュコトレには女子と男子、ふたつの修道会があった。修道女たちは老人ホームを経営していた。イズィドルも、修道女たちが自転車で店に買い物に行く姿をよく見かけた。それに墓地では、棄てられた墓の手入れをしていた。白と黒のコントラストをなす彼女たちの修道服は、ほかの世界のぼんやりした灰色を背によく映えた。

男子修道会は、その名を神の改革者といった。イズィドルは、そこを訪ねていく前に、崩れかけた石壁の向こうの陰気で哀しげな建物を、長いこと観察した。そして、庭でいつも、おなじ二人の修道士が働いていることに気がついた。かれらは黙って、野菜や白い花を世話していた。花はみな白かった。ユリ、スノードロップ、アネモネ、白いシャクヤク、それに、ダリア。修道士のひとり、おそらくもっとも位の高い人物が、郵便局へ行ったり、買い物をしたりしていた。ほかの者はみないつも、秘密の内部に閉じこもっていなければならなかった。かれらは自身を神にささげていた。それこそまさにイズィドルの、もっとも気に入った点だった。世界から隔絶され、全身、神にどっぷり浸かること。神を知ること、創造の御業の秩序を知り、以下の問いに答えること。つまり、なぜルタは行ってしまったのか、なぜ母は病を患い死んだのか、なぜ父は死んだのか、なぜ戦争で人びとと動物は殺されたのか、なぜ神は、悪や苦しみをゆるされたのか。

もしイズィドルが修道院に入ったら、もはやパヴェウもじぶんを居候などとは呼ばないだろうし、馬鹿にしたり、からかったりもしないだろう。イズィドル自身も、ルタを思い出させるようなあらゆる場所を見なくてすむ。

かれは計画をミシャに打ち明けた。ミシャは笑いだした。

「やってみたら」弟の少年のようなお尻をかるくさわって、そう言った。

翌日、かれはイェシュコトレに出かけ、修道院の扉の古めかしい呼び鈴を鳴らした。しばらくなにも起こらなかった。おそらくかれの忍耐を試していたのだろう。しかしとうとう閂がきしみ、黒とグレーの修道服を着た、初めて見かける年老いた男が、扉を開けてくれた。

イズィドルは、なぜここに来たかを述べた。修道士は、おどろかなかったし、笑わなかった。うなずくと、イズィドルに待つように命じた。おもてで。扉がきしみ、もとのように閉じられた。十数分後、ふたたび扉がひらき、イズィドルは中に入ることをゆるされた。修道士は、こんどは廊下を通って、階段を上って下って、ひろびろとした空っぽの広間へ案内した。そこには机と、椅子が二脚あった。それからさらに十分ほど待つと、部屋にはべつの、あの、郵便局に行く修道士が入ってきた。

「修道院に入りたいんです」イズィドルは打ち明けた。

「なぜ?」修道士が率直に尋ねた。

イズィドルは咳ばらいした。

「結婚を考えていた女性が、村から出ていきました。ぼくの両親も亡くなりました。さびしくて、神が恋しくなりました。神のことはよく知りませんが。でも神をもっとよく知れば、もっと親しい関係を築けるってことは、知っています。本を読むことで、つまり外国語のものとか、いろいろな理論の本で、神を知れたらよかったんですけど。でも、地区図書館の蔵書はすくなくて……」イズィドルは図書館への不満をこれ以上ぶちまけることを遠慮した。「ですが、ぼくが本しか読んでいないだなんて、どうかお思いにならないでください。ぼくはなにか有益なことがしたいんです。そして、この修道院、神の改革者が、まさにぼくに必要な場所だとわかっています。ぼくは、なにかをよい方へ変えたい、あらゆる悪を正したいんです……」

修道士は立ちあがると、イズィドルの言葉を途中でさえぎった。

「世界を正す……そうおっしゃった。それはたいへん興味ぶかい、でも現実的ではありませんな。世界は、よくも悪くもできません。あるように、あるべきなのです」

「ですが、あなたがたは改革者と呼ばれていますよね?」

「おやおや、なんてことだ、あなたは誤解されている。私たちは、だれかの名のもとに世界を改革するつもりなんてありませんよ。私たちは、神を改革するのです」

しばしの沈黙があった。

「神を改革なんてできるんですか」びっくりしたイズィドルがついに尋ねた。

「できますとも。人びとは変わる。時は変わる。車だって、衛星(スプートニク)だって……神はときどき、なんと言うか、時代遅れに映るかもしれません、それに、御自身があまりに偉大で、あまりに強力であるために、人びとの想像にあわせるという点において、少々腰が重くていらっしゃる」

「神は不変だと思っていました」

「私たちのだれもが、なにか本質的なことを間違えている。これは、真に人間的な特質です。私たちの修道院を創設なさった聖ミロは、このように証明されました。もし神が不変だったら、もし神が不動だとしたら、世界は存在しなかっただろう、と」

「それは信じられません」イズィドルは確信をもって言った。

修道士が立ちあがったので、イズィドルも立った。

「必要と感じたら、またいらっしゃい」

「ああいうのは、気に入らないな」イズィドルは、キッチンに入るなり、ミシャに言った。それから、じぶんのベッドによこたわった。ベッドは屋根裏のちょうど真ん中、天窓の真下に置かれていた。空のちいさな四角形はまるで絵のよう、教会に掛かっている聖なる絵のようだった。

空と世界の四隅を見ると、いつもイズィドルは祈りたい気分になった。でも、年を取るにつれ、慣れ親しんだ祈りの言葉は、かれの心に降りてきにくくなった。その代わり、頭には思考があらわれた。それが祈りに穴をあけ、ずたずたに切り刻んだのだ。それでかれは、じぶんの星空の絵の中に、不変の神の姿を一心に想像してみようとした。想像はいつも、受け入れがたい肖像をつくりだした。あるときのそれは、玉座にながながと寝そべる老人で、そのまなざしがあまりに厳しくつめたかったので、イズィドルは即座にぎゅっと目をつむると、それを空の絵の額縁の外に放り出してしまった。またあるときの神は、薄ぼんやりした、ひらひら浮遊する魂で、あまりに流動的で、つかみどころがなくて、我慢できたものじゃなかった。ときどき、現実にいるだれか、もっとも多いのはパヴェウだったが、そのだれかが、神の顔の下にひそんでいて、そんなときにはイズィドルは、祈る気力を失った。そういうときはベッドに腰かけ、足をぶらぶらさせた。そして発見したことは、じぶんが神の、なににひっかかっているかというと、神の性別だということだった。

それから、罪の意識が湧かないわけでもなかったけれど、天窓の額縁の中に、女性の姿、つまり女神、あるいはなにかしかるべき名前のその彼女を、見るようになった。そうすることは、かれに安堵をもたらした。そして、これまでに感じたことがないくらいに簡単に祈れた。かれは母に話しかけるように話した。こんな風にしてしばらく過ぎたが、やがて、この祈り方に、得体の知れない不安がつきまとうようになった。不安は熱波となって、かれの体に合図を送った。

神は女性で、強力で、大きくて、湿っていて、春の大地のように蒸気を発していた。水をいっぱい含んだ嵐のときの雲のように、女神は空間のどこかに存在していた。その力はイズィドルを圧倒し、子どもの頃の怖い思いを呼ぶ、なんらかの発見を思い出させた。毎回、話しかけるたび、彼女はかれをだますようなことを言った。かれはそれ以上なにも話せず、祈りはあらゆる脈絡、あらゆる意図をうしない、女神からはなにも望めず、ただできるのは、彼女を吸収すること、呼吸すること、彼女のなかに溶けることだけだった。

　ある日、じぶんの空のかけらを眺めているとき、イズィドルに啓示が訪れた。かれは神が、男でも女でもないことを理解した。それがわかったのは、「神さま（ボージェ）」という言葉を発したときだった。この一語の中にこそ、神の性別問題の解決があった。「かみさま」という語には、女性も男性も関係ない響きがした。「太陽」「空気」「場所」「野原」「海」「穀物」、あるいは、「暗い」「明るい」「寒い」「暖かい」みたいに……。イズィドルは、感激しながら、じぶんが発見した神の本当の名をくりかえし、くりかえすたびに、どんどんふかく知るようになった。かみさまは若いが、その一方で、世界の初め、あるいはもっと早くからずっと存在し（というのも、かみさまという語が、「いつも（ザフシェ）」という語を思い出させたから）、あらゆる命に不可欠で（「食べもの（ポジヴィエニエ）」みたいに）、いたるところに存在する（まさに「どこにでも（フシエンジェ）」）、でも、見つけようとすると、どこにも見つからないのだった（「どこにもいない（ニグジェ）」）。かみさまは、愛とよろこびに満ちているが、厳しく険しいこともある。あらゆる特徴と属性を備え、それらは世界のどこにでも存在し、あらゆる物、あらゆる出来事、あらゆる時の形をとる。かみさまは創造し、破壊する。あるいは、創造したものがみずから破壊されることをゆるす。子どもみたいに、狂人みたいに予測不能。そういう意味では、イワン・ムクタに似ている。かみさまがあまりに明白な仕方で存在するので、どうしていままでこれを理解できなかったのかと、イズィドルはおどろいた。

　この発見は、かれに本物の平安をもたらした。これについて思うとき、かれはじぶんの内部のどこかで笑いが爆発するのを感じた。イズィドルの魂は、しのび笑いをした。かれは教会通いもやめたが、それはパヴェウの是認を受けるところになった。

「それでも、おまえは、入党できないと思うよ」あるときかれは朝食で、義弟の万一の望みを打ち砕くために、こう言った。

「パヴェウ、ミルク粥は嚙まなくてもいいのよ」ミシャがかれに注意した。

イズィドルには、党のことも、教会通いも、どうでもよかった。いま必要なのは考える時間、ルタを思い出すこと、読書、ドイツ語の勉強、手紙を書くこと、切手の収集、天窓を眺めること、そしてゆっくり、のんびりと、宇宙の秩序を感じることだった。

ボスキ老人は家を建てたが、井戸は掘らなかったので、スタシャ・パプガは隣の弟に水をもらいに通わなくてはならなかった。彼女は両肩に木の棒を担いで、その両端にバケツをさげた。彼女が歩くと、バケツがリズミカルにきしんだ。

パプガ夫人は井戸から水をくむと、こっそり屋敷を観察した。寝具が干してあるのが目に入った。竿に引っ掛けられた、ふっくらした羽根布団の、だらんとしまりのない身体。「こういう羽根布団って、ぜんぜん欲しくない」彼女は思った。「暖かすぎるし、羽根が足元に寄っちゃうし。いまわたしが使ってる、麻のカバーをかけた、軽い掛布団のほうが断然いいわ」つめたい水が、バケツから裸足の上にこぼれた。「窓も、こんなに大きくなくていいわ。どれだけ拭かなきゃならないかしら。レースのカーテンも、あんなのが掛かってたら、窓からなんにも見えやしない。子どももあんなにいらないし、ヒールの靴は足を痛めるわね」

ミシャは担ぎ棒がきしむ音を聞いたにちがいなかった。階段まで出てくると、スタシャを家の中に招いた。スタシャはバケツをコンクリートの上に置くと、いつも焦げたミルクと食事のにおいがする、ボスキ家のキッチンに入ってきた。彼女はオーブンの前のスツールに座り、ぜったい安楽椅子には腰かけない。

ミシャは子どもたちを追って、階段下に駆けていく。

スタシャはいつも、なにか使えるものを持ち帰った。ヤネクのためのズボン、アンテクのおさがりのちいさなセーターや靴。ミシャのおさがりの場合は、リメイクが必要だった。パプガ夫人にはちいさすぎたから。でも、目覚めたとき、ベッドで裁縫するのは好きだった。

それで、まちや、パッチや、フリルを縫い付けた。布を体に添わせるような縫い合わせをほどいた。

ミシャはスタシャをトルコ風コーヒーでもてなした。

コーヒーはうまい具合に煮てあり、こってりとした泡が立ち、そこに砂糖がしばらく載っているが、それも一瞬ののちカップの底に沈む。スタシャは、ミシャが豆をコーヒーミルに振り入れ、ハンドルを回すとき、その器用な指から目を離すことができない。ついにミルの抽斗（ひきだし）がいっぱいになると、キッチンに挽きたてのコーヒーの香りが漂う。スタシャはこの香りは好きだったが、コーヒー自体は、苦いし、おいしくないような気がした。だからグラスに砂糖をスプーンで何杯も、甘さが苦さを圧倒するまで加える。そしてこっそり盗み見る。ミシャがコーヒーを味わっているさまを、スプーンでコーヒーをかき混ぜているさまを、二本の指でグラスをつまみ、口まで運んでいくさまを。それから、おなじようにするのだった。

ふたりは、子どもについて、庭について、料理について話した。でも、ミシャが詮索することもあった。

「男の人がいなくても、生きていけるものなの」

「だって、ヤネクがいるわ」

「わたしの言う意味、わかるでしょ」

スタシャは、どう答えていいかわからなかった。それで、スプーンでコーヒーをかき混ぜた。

「男の人なしで生きるのはいやだわ」その晩、彼女はベッドの中で考えた。スタシャの胸も腹も、太陽の下の仕事のにおいのする、男性の硬い体に、ぴったり寄り添いたがっていた。スタシャは体を枕に巻きつけ、それが他人の体であるように、ぎゅっと抱きしめた。そうやって眠りに落ちた。

プラヴィエクには店がなかった。みな、なにか買うにはイェシュコトレに行く。スタシャはあることを思いついた。ミシャに一〇〇ズロチを借りると、ウォッカをいくらかとチョコレートを買った。すると、ことは勝手に進んだ。夕方になるときまって、だれかのところで、ウォッカ半リットルが必要になった。日曜日、ときにはシナノキの木陰で隣人と飲みたくなることもある。プラヴィエクの人びとはすぐにおぼえた。スタシャ・パプガのところにはウォッカの瓶があり、店よりちょっと高い値段でそれを売っている。妻のためにはチョコレートを買う。機嫌を損ねないために。

こんな風にして、スタシャは商売をするようになった。これにはパヴェウが怒ったが、やがてじぶんもヴィテクをウォッカの買い物によこすようになった。

「こんなことして、痛い目見るぞ」眉を吊り上げて彼女に言った。でもスタシャは確信していた。もし、縁起でもないが、なにかまずいことが起こっても、弟にはコネがあるから、姉に危害が及ぶのを、放っておきはしないだろう。

間もなく彼女は仕入れのために、イェシュコトレまで、週に二、三度通うようになった。扱う品数も増やした。ベーキング・パウダーやバニラ、つまり、主婦が土曜にお菓子を焼くとき、急に足りなくなりそうな物を揃えた。いろいろな銘柄の煙草、酢や油、それから一年後に冷蔵庫を買うと、バターやマーガリンも置くようになった。彼女は在庫を、ほかのすべての物とおなじく、父親の建てた離れに置いていた。そこに冷蔵庫を据え、ソファを置き、そこで眠った。オーヴンとテーブルもあったし、色褪せたキャラコのカーテンのうしろには戸棚もあった。ヤネクがシロンスクの学校に行くことになり、それ以来スタシャは、母屋の部屋を使わなくなった。

スタシャのビジネスの公式な呼び名、つまりアルコールの違法販売は、彼女の社会生活をきわめて豊かにした。彼女のところに、ときにはイェシュコトレやヴォラからも、さまざまな人びとが訪れるようになった。日曜の朝は、二日酔いの木こりたちが、自転車に乗ってやってきた。まるまる半リットル買う者がいれば、四分の一という者も、それに、この場で飲むから一〇〇ミリリットルだけ、という者もいた。それでスタシャはグラスに一〇〇ほどついでやり、おつまみとして、キュウリのピクルスを無料でサービスした。

ある日、スタシャのところに、ウォッカを求めて若い森番が訪れた。猛烈に暑い日だったので、スタシャはかれに、すわってフルーツジュースを飲むようすすめた。森番は礼を言うと、すぐに二杯を飲み干した。

「なんてうまいジュースだ。あなたが作ったんですか？」

スタシャはそうだと答えたが、どういうわけか、心臓がつよく鼓動し始めた。森番はハンサムだった。ごく若いとはいえ。若すぎた。背は高くないが、がっしりしていた。うつくしい黒い髭と、生き生きした褐色の目。彼女はかれのため、酒瓶を新聞紙に注意ぶかくくるんだ。それから森番はふたたび訪れ、スタシャはふたたびジュースを出した。ふたりはすこしおしゃべりした。それからまたしばらくして、ある夜、ノックが聞こえた。彼女は寝ようと服を脱いでいた。森番は酔っていた。スタシャは急いで服を着た。このときはかれは、ウォッカを買って帰ろうとはしなかった。ここで飲みたいと言った。彼女はグラスにウォッカを注ぎ、じぶんはソファの端にすわって、かれが一息に飲み干すさまを見つめていた。かれは煙草に火をつけると、離れを見まわした。そして、なにか言いたげな様子で咳をした。スタシャはこれがただならぬ瞬間だと察知した。べつのグラスを取り出すと、ふたつのグラスになみなみと注いだ。ふたりはグラスを取り、乾杯した。森番はグラスを飲み干し、最後の数滴は、ポーランド式に床に振り落とした。そして突然、片手をスタシャの膝に置いた。かれに触れられたことで、彼女はすっかり力が抜けてしまい、みずから仰向けにソファに倒れこんだ。森番は彼女に覆いかぶさると、その首にキスし始めた。そのときスタシャの頭に浮かんだのは、じぶんが身に着けているものが、古びてほつれた、継ぎをあてたブラジャーと、ゴムの伸びたパンツであるということだった。それでかれにキスされている間に、じぶんから、一枚一枚脱いでしまった。森番は乱暴に彼女のなかに突進し、それがスタシャの人生のもっともすばらしい瞬間だった。

ことがすべて済んだとき、彼女はかれの下で動くのを恐れた。かれは彼女に目もくれずに立ちあがると、ズボンのボタンをかけた。なにかつぶやくと、ドアに直進した。彼女はかれがドアの鍵と奮闘するのを見ていた。そして森番は出ていった。ドアも閉めずに。

イズィドルの時

読み書きをおぼえて以来、イズィドルは手紙に夢中になった。かれは手紙を、古い靴箱に集めていた。ボスキ家に来た手紙のすべてを。なによりも多いのは公的な書簡で、封筒に「市民」や「同志」と書いてあった。そういう手紙の書面は、秘密の省略記号でいっぱいだった。「tj」とか「etc」とか「itd」とか。靴箱には、葉書もたくさん入っていた。タトラの山々のモノクロのパノラマや、モノクロの海。これらには毎年、おなじメッセージがついている。「クリニツァから挨拶を送ります」とか、「タトラの山から、心よりみなさんによろしく」、あるいは「メリークリスマス、そしてよいお年を」とか。イズィドルは、ふえつづけるこのコレクションを、ことあるごとに取り出しては、インクのにじむさまや、日付がおもしろいように遠くなるさまを観察した。「一九四八年、復活祭」に、なにがあったのか。「一九四九年十二月二十日」は？「クリニツァ、八月、五一」？ 過ぎる、というのはどういう意味だろう。景色みたいに過ぎたってことだろうか。じぶんが進めば景色はうしろに過ぎていく、でもそれは、いつもどこかに存在し、ほかのひとの目には残り続ける。もしかしたら、時間は痕を拭うことを好み、過去を塵にして、再生不能なまでに破壊しつくすものかもしれない。

これらの葉書のおかげで、イズィドルは切手を発見した。あまりにちいさく、あまりに繊細で、だからあまりに壊れやすい、なのにその内部にミニチュアの世界がひろがっているということを、理解するのはむずかしかった。「まったく人間みたいだな」かれは思い、手紙や葉書を薬缶の湯気にかざして、慎重に切手をはがした。はがした切手は新聞の上に並べて、何時間でも眺めていられた。そこにあるのは、動物や遠い異国、宝石や遠い海の魚、船、飛行機、著名人や、歴史的な出来事だった。たったひとつ、イズィドルを悩ませるのは、それらの巧妙な図柄が、消印のインクで台無しになることだった。父は死ぬ前、家庭で試せる、すごく簡単なインクの跡の消し方を教えてくれた。必要なのは卵白と、ほんの少しの辛抱。それは父が伝授してくれた、もっとも重要なレッスンだった。

この方法でイズィドルは、かなり立派な切手の一大コレクションのオーナーになった。このおかげで、その必要が生じたときには、かれはじぶんで手紙を書けた。かれはルタを思った。でも、ルタのことを考えるたび、苦痛を感じた。ルタはいない、だからルタには手紙を書けない。時間のように、ルタはかれを過ぎさり、塵になってしまった。

一九六二年頃のこと、ボスキ家に、ウクレヤ経由で、広告の入ったとてもカラフルなドイツの雑誌がやってきた。イズィドルはそれを何日も眺めて過ごし、そこに書いてある、発音できない長い単語におどろいてばかりいた。かれは地区図書館で、戦前のドイツ語・ポーランド語辞典を見つけ出した。そこには、raus とか、schnell とか、Hände hoch とかの、戦時中にプラヴィエクに住んでいただれもが知っていた言葉とはべつの単語がたくさん載っていた。それから、休暇を村で過ごしに来た人から、ちいさな辞書を譲り受け、イズィドルは、人生で初めての手紙を書いた。ドイツ語で、「自動車カタログと、旅行パンフレットを送ってください。私の氏名はイズィドル・ニェビェスキです。住所は以下です」そして、所有する中でもっともうつくしい切手を封筒に数枚貼ると、イェシュコトレの郵便局に投函しに出かけた。光輝く黒いエプロンをつけた郵便局の女性職員は、かれから手紙を受け取ると、切手を調べ、区分けされた棚に置いた。

「けっこうです。どうも」職員が言った。

イズィドルはもじもじしながら、依然として、窓口の前に立っていた。

「なくなりませんか？　紛失したりとか？」

「ご心配なら、書留でどうぞ。ただ、値段が高くなりますけど」

イズィドルは切手を貼り足すと、長い時間をかけて用紙を記入した。職員はかれの手紙に番号をつけた。

数週間後、イズィドルのもとに、白い封筒に、機械で住所を印刷した、ぶ厚い封書が届いた。外国の、ぜんぜんちがう、イズィドルの目にまったく見慣れない切手が貼ってあった。中には、メルセデスベンツの広告と、いろいろな旅行会社の旅行パンフレットが入っていた。

これまでの人生で、じぶんがこんなに重要だと感じたことは一度もなかった。そしてその夜、じぶんのパンフレットをもう一度眺めているとき、ふたたびルタを思った。

メルセデスベンツとドイツの旅行会社はイズィドルをすっかり勇気づけ、かれはひと月に何度も書留の手紙を送るようになった。キェルツェより遠い寄宿学校に入っているアデルカとアンテクにも、使用済み切手があったらぜんぶかれに持ってきてくれるように頼んだ。消印を消すと、かれはそれらをじぶんの手紙に貼った。ときどき、パンフレットを安い値段でだれかに売ることもあった。かれはあたらしいパンフレットとあたらしい宛先を開拓しつづけた。

そしてかれは、いまや、ドイツや、スイスや、ベルギーや、フランスといった各国の旅行会社と連絡を取っていた。コート・ダジュールのカラー写真や、曇天のブルターニュと水晶のように輝くアルプスの風景を収めた書類入れが送られてきたりした。かれはそれらを、よろこびのうちに眺めて幾晩も過ごした。たとえそれらが、かれにとっては、顔料のにおいのするなめらかな紙の上にしか存在しないとわかっていても。かれはそれらをミシャと姪たちに見せた。ミシャは言った。

「なんてきれいなの」

それから、イズィドルの人生を変える、あるちいさな出来事が起こった。

手紙が紛失した。それは書留で、イズィドルがハンブルグのカメラ会社に送ったものだった。もちろん、カタログを送ってくれと頼んだのだ。この会社はいつも返事をくれるのに、今回はまるで音沙汰がなかった。領収書が発行され、追跡番号だってあるのに、いったいどういうわけで書留が紛失しうるものか、イズィドルは一晩中考えた。だってあれは、不滅の補償ではなかったのか？　もしかしたら、国内に留め置かれている？　もしかしたら、酔った配達人が失くした？　もしかしたら洪水があったか、それとも、郵便列車が脱線したのか？

翌朝、イズィドルは郵便局に出かけた。輝く黒エプロンの女性職員は、損害賠償の請求を助言した。複写紙が二枚付いた用紙に宛先の会社名を、それに、「発信者」の欄に、じぶんの情報をすべて書き入れた。そして帰宅したが、ほかのことはなにも考えられなかった。もしも郵便局で手紙が紛失したのなら、それは、かれがいつも感嘆していた郵便局ではない。かれにとっては郵便局とは、地球上のどんな都市にもそれぞれに局員を有する、神秘的で強力な機関だった。郵便局とは、あらゆる切手の力強い母、紺色の制服を着た世界中の配達人の女王、数百万通の手紙の保護者、**言葉の統治者**。

二か月後、郵便局から受けた心の傷が癒える頃、公的書簡が届いた。市民のニェビェスキ・イズィドル氏に対し、紛失された手紙が発見されないことを、ポーランド郵便局が謝罪していた。同時に、ドイツのカメラ会社は、送り主「市民ニェビェスキ・イズィドル氏」からの書留を受け取っておらず、したがって、両国の郵便局が紛失書簡について責任を感じており、「損害を受けた市民ニェビェスキ・イズィドル氏」に対して、二〇〇ズロチの補償を申し出るというのだった。

そういうわけでイズィドルは、かなりの大金を手に入れた。すぐさまミシャに一〇〇ズロチわたすと、残りはじぶんに、切手収集用のアルバムと、書留用の切手シートをいくらか買った。

いまかれは、手紙の返事が来ない場合は、さっそく郵便局に出かけていき、損害賠償請求を行う。もしも手紙が見つかれば、賠償請求費として一ズロチ五〇グロシュを払わなくてはならない。そんなのわずかな金額だ。その一方で、たびたびあきらかになったのは、送る手紙の数十通に一通は紛失するということで、配達人が配り忘れたとか、外国の宛先が受け取りを忘れたとかがその原因だった。そして郵便局が送ってくる、non とか nein とか no とか返事がある印刷物に、かれはびっくりさせられた。

イズィドルは、お金を受け取った。かれは家族の正式な一員になった。なにしろじぶんで稼ぐことができるのだから。

クウォスカの時

プラヴィエクには、世界のあらゆるところとおなじく、物質がひとりでに生じる場所、勝手に無から生じる場所がある。それらはいつも現実のただのちいさな塊で、全体にとってはまるで本質的ではないが、だからこそ、世界の均衡をおびやかさない。

そういう場所が、ヴォラの道の土手にあった。それは一見とても地味で、まるでモグラ塚、もしくは、大地の体につけられた、ほんのちいさな、でもけっして癒えないかすり傷。このことを、クウォスカだけが知っていて、イェシュコトレにつづく道すがら、世界がじぶんを創る姿を眺めるために立ちどまる。そこで彼女は、不思議な物と、物じゃないものとを見つけた。たとえば、ほかのどんな石にも似ていない赤い石、節だらけの木片、のちに彼女のちいさな庭に弱弱しい小花を咲かせる棘のある種子、オレンジ色の蠅、ときにはただの、なんらかのにおい。クウォスカはときどきこんな気がした。つまり、地味なモグラ塚はそれ自身で空間を創造しており、道端の土手も次第に大きくなっているのではないか、マラクの土地も、こんなふうにして、だんだん大きくなっているのではないか。マラクはまったくなにも気づかず、ジャガイモをそこに植えているけれど。

クウォスカはひらめいた。ある日、そこで子どもを見つける。それは女の子で、ルタがいなくなった場所に据えるため、その子を彼女は家に連れ帰るのだ。ところが、ある秋、モグラ塚は消え失せた。それから数カ月の間、クウォスカは、空間がぶくぶく泡立つところを、手でつかまえようと努力した。でも、なにも起こらなかった。それで彼女は知ったのだった。自己創造の噴出口は、べつのどこかに移動したのだと。

しばらくは、どうやらタシュフの中央広場の噴水が、第二のそういう場所であるように思われた。噴水は、音やささやき声や衣擦れの音をつくりだし、ときには水中に、ゼリーみたいな粘液性の物質や、髪の毛の絡まりや、大きな緑の植物の一部が見つかった。人びとは思った。噴水は恐ろしい。そこで、これを壊して、かわりにそこに、駐車場を建てた。

そしてもちろん、プラヴィエクには、世界のあらゆるところとおなじく、現実が幕を閉じる場所、風船から抜ける空気みたいに、現実が世界から退場する場所がある。そういう場所があらわれたのは、戦後、丘の向こうの畑の中で、それ以来、目に見えてぐんぐん大きくなりつづけている。そして大地には漏斗(ろうと)が生まれた。それは地中ふかく、どこに向かうかわからないけれど、黄色い砂と、草の茂みと、畑の石に刺さっているのだ。

ゲームの時

『プレイヤーのためのインストラクション・ゲーム』は奇妙なものだが、その規則もまた奇妙だった。そこでプレイヤーが受ける印象はこうだ。これはもうぜんぶ知っている、とか、以前似たのをやったことがある、とか、こんなゲームを夢に見た、とか。あるいは、子どもの頃に行った地区図書館で見た本に書いてあった、とか。第六世界について、インストラクションにはこんなふうに書いてある。

神は第六世界を偶然に創り、そして去った。神はそれを適当、かつ無作為に創った。穴だらけ、間違いだらけだった。なにもあきらかではなく、なにも確かではなかった。黒は白になり、悪はときに善に見えた。善がしばしば、悪に見えるのとおなじように。ひとたび放置されると、第六世界はみずからを創造し始めた。創造の細かい行為は、時空のどこかからあらわれた。物質は、みずから物体に萌すことができた。夜ごと事物は複製し、地中には石と鉱脈が育ち、谷にはあたらしい川が流れ始めた。

人びとはじぶんの意志の力で創造することをおぼえ、みずから神と名乗った。世界はいまや、数百万の神で満たされた。しかしその意志は衝動に支配されていたので、第六世界は混沌に転じた。いっさいが多すぎた。あたらしいものが絶えず生まれていた。時はスピードを増し、人びとは、まだ存在しないなにかをつくりだす努力のために、死に始めた。

ついに神が戻ったが、この大混乱に我慢がならず、一瞬の思考ですべてを打ち壊した。いま、第六世界は空っぽで静かだ。コンクリートの墓石のように。

イズィドルの時

ある日、イズィドルが手紙の束を抱えて郵便局に行くと、輝くエプロンをつけた局員が、突然、顔を窓口にくっつけ、こう言った。

「局長がたいへん感謝しておりますよ。あなたはうちの最上の顧客だと」

イズィドルは、損害賠償請求用紙を埋めようとしていた鉛筆を持って、凍りついた。

「なんですって？　郵便局にはいつも弁償してもらってます。でも、ぜんぶ法に則っているのであって、なにも悪いことはしてませんよ……」

「ああ、イズィドルさんたら、おわかりでない」椅子を引く音が聞こえ、女性局員が窓から半分身を乗り出して言った。「郵便局は、あなたのおかげで利益が出ています。だからこそ、局長は、あなたみたいな方が、まさにうちの局に来てくださることを喜んでいるんですよ。いいですか、国際協定によりますと、国際郵便が紛失すると、賠償は関係する両国で支払うことになっているんです。私どもはズロチで払うし、あちらはマルクで払う。私どもはあなたに、指示書にすべて基づいて、マルクを国際レートで換算した額を払っているんです。つまり、私どもも、あなたも得している。厳密に言って、だれも損していないんです。ね、うれしくありませんか？」

イズィドルは確信なくうなずいた。

「ええ」

局員は窓から頭をひっこめた。そしてイズィドルから請求用紙を受け取ると、機械的にゴム印を押しはじめた。

帰宅すると、家の前に黒い車が停まっていた。すでにミシャがドアの前で待っていた。その顔は灰色で、こわばっていた。イズィドルはすぐに、なにかおそろしいことがあったとわかった。

「あの人たちが、あんたに用があるって」ミシャが生気のない声で言った。

客間のテーブルに、あかるい色のコートと帽子の男がふたりすわっていた。用とは手紙のことだった。

「だれに宛てて書いている?」一人はそう訊き、タバコに火をつけた。

「ええと、旅行会社に……」

「諜報活動のにおいがする」

「ぼくがスパイかもしれないと? なんだ、びっくりしたなもう、外の車を見て、子どもたちになにかあったのかと……」

男たちは視線を交わし、タバコの男がイズィドルを陰気な目で眺めた。

「どうしてこんなに多色刷りの雑誌を?」ふいにもう片方が尋ねた。

「世界に興味があるんです」

「世界に興味があると……なんでまた、世界に興味があるんだ? おい、スパイの見返りがなにか知ってるか」

　男は、じぶんの首の前ですばやく手を水平方向に動かした。

「首を切られる？」おびえたイズィドルが尋ねた。

「なぜ働かない？　どうやって食べている？　おまえの仕事はなんだ」

　イズィドルは手に汗がにじむのを感じて、どもりながら言った。

「修道院に入るつもりが、ぼくのことは入れてくれなかったんです。姉と義兄を手伝っています。木を切ったり、子守りをしたり。たぶん、年金がもらえるようになると……」

「いかれてるのか」タバコの男がつぶやいた。「手紙をどこに送っている？　もしや、ラジオ・フリー・ヨーロッパか」

「ただ、自動車会社か、旅行会社にです……」

「ウクレヤの妻とはどういう関係だ」

　それがルタのことだと気がつくまでにしばらくかかった。

「なにもかも関係あるし、なにも関係ないとも言えます」

「哲学は抜きだ」

「ぼくたちはおなじ日に生まれました。彼女と結婚したかったけど……彼女は去りました」

「いまどこにいるか、知ってるか」

「いいえ。あなたは？」イズィドルが期待して尋ねた。

「おまえの知ったことじゃない。こっちが訊いてるんだ」

「おふたりとも、ぼくは悪くありません。ポーランド郵便局は、ぼくがいてくれてうれしいって。いま、そう言われてきたところなんです」

男たちは立ちあがって、出口に向かった。一人が振りかえって言った。

「おぼえておけ、おまえも監視されている」

数日後、イズィドルはしわくちゃの汚れた手紙を受け取った。いままでに見たことのない外国切手が貼ってある。とっさに差出人の名を見た。アマニタ・ムスカリア。

おかしなことに、その言葉を、なんだか知っているような気がした。「もしかしたら、ドイツの会社かなにかかな」と、考えた。

ところが手紙はルタからだった。大きさが不揃いの子どもっぽい筆跡で、すぐにわかった。「親愛なるイゼク」と、書いてあった。「わたしはすごく遠いところ、ブラジルにいます。ときどき眠れません。あなたたちのことがものすごく恋しくて。でも、あなたたちのことなんか、ぜんぜん思い出さないときもあります。ここでは、やることがたくさんあります。いろいろな色の人でいっぱいの、大きい街に住んでいます。あなたは元気？　ママも元気だといいなと思っています。ママがすごく恋しいです。でも彼女はここには来られないとわかっています。わたしは、欲しかったものをぜんぶ持っています。だれにもよろしくと言わないで、ママにも。わたしのことは早く忘れて。アマニタ・ムスカリア」

イズィドルは朝まで寝つけなかった。よこたわったまま、天井を見ていた。ルタがまだいた頃の景色やにおいが思い出された。彼女の言葉のひとつひとつ、彼女の動きのひとつひとつをおぼえている。それらを順番に再現してみた。太陽の光が屋根裏部屋の東の窓にとどいたとき、イズィドルの目から涙がこぼれ落ちた。それから、起きあがって、差出人の住所を探した。封筒、紙きれ、切手の下や、その複雑な絵柄のなかにさえ。でも、どこにも住所は書いていなかった。

「彼女のところに行こう。お金を貯めて、ブラジルに行くんだ」大きな声で、じぶんに言った。

それから、あることを思いついた。そのヒントをかれに与えてくれたのは、はからずも秘密警察だ。ノートを破ると、紙片にこう書いた。「パンフレットをお送りください。よろしくお願いします。イズィドル・ニェビェスキ」封筒には宛先を書いた。「ラジオ・フリー・ヨーロッパ。ミュンヘン。ドイツ」郵便局員の女性は、この住所を見て青くなった。なにも言わずに、かれに書留郵便の受領証を手渡した。

「それに、損害賠償請求の用紙も、お願いします」イズィドルが言った。

それはとても単純なビジネスだった。こうしてイズィドルは、月に一度手紙を送った。手紙がこの宛先に届かないばかりか、そもそも国外にすら出されないことはあきらかだった。ひと月ごとに、手紙の賠償が支払われた。ついにイズィドルは封筒の中に、白紙の紙片を入れることにした。パンフレットをたのむ意味はなかった。イズィドルが連合国救済復興機関（アンラ）のお茶の空き缶に貯める、それは臨時収入だった。ブラジル行きの切符のための。

翌年の春、トレンチコートの秘密警察の男たちが、イズィドルをタシュフに連行した。かれらはイズィドルの目をランプで照らした。

「暗号を」男の一人が言った。

「アンゴウって、なんです?」イズィドルが尋ねた。

べつの一人がイズィドルの顔をぴしゃりとぶった。

「暗号を言え。情報をどうやって暗号化しているか」

「なんの情報です?」イズィドルが尋ねた。

ふたたび顔に、もっと強い平手が飛んだ。かれは唇に血を感じた。

「我々は、考えうるあらゆる方法で、手紙の一言一句、紙切れと封筒の隅々まで、一センチ単位で調べつくした。紙も剝いだ。切手も調べた。数十回にわたって、拡大検査した。切手の縁も、糊の成分も、顕微鏡で検査した。すべての手紙を、コンマ、ピリオドまで、分析した……」

「ところがなにも発見されなかった」イズィドルをぶった男が言った。

「暗号なんて、なんにもありません」イズィドルが、ハンカチで鼻血を拭きながら静かに言った。

二人の男は笑いだした。

「なら、よかろう」最初の男が言った。「はじめから整理してみようじゃないか。我々はおまえに、なにも危害は加えない。報告書には、おまえが完全にはまともじゃない、と書く。いずれにせよ、おまえはみなにそう思われているが。それから、おまえを家に帰してやろう。その代わり、おまえは、いったいどういう仕組みなのか、吐くんだ。ここまでで、なにかまちがっていることがあるか?」

「いえ、なにもまちがってません」

もう一人は、もっと神経質になっていた。男は顔をイズィドルに近づけた。口から煙草の臭いがした。

「いい子だからよく聞けよ。おまえはラジオ・フリー・ヨーロッパに、手紙を二十六通送っている。中身は、ほとんどが白紙だ。火遊びしていたというわけだ。しかし、それも終わりだ」

「ただ暗号を言え。それでしまいだ。家に帰れる」

イズィドルは、ため息をついた。

「あなた方にとって、これがとても大事なことだっていうのはわかります。でも、ほんとうになにもお手伝いできないんです。暗号なんてなにもありません。あれはただの白紙です。それ以上は、なにも」

そのとき、二人目の男が椅子から飛びあがると、イズィドルの顔面を拳で殴った。イズィドルは椅子からすべり落ち、そのまま意識をうしなった。

「くるってる」一人目が言った。

「にいさん、おぼえておけよ、ただじゃすまないぜ」拳をぬぐいながら、二人目がつぶやいた。

イズィドルはそのまま四十八時間、拘留された。それから監視があらわれて、なにも言わずに目の前で扉を開けた。

まる一週間、イズィドルはじぶんの屋根裏から出なかった。空き缶のお金を数えて、一財産を築いたと思った。とはいえ、ブラジル行きの切符がいくらするのか知らなかった。

「手紙はおしまいだ」キッチンに入って、ミシャに言った。ミシャはかれに微笑み、安堵のため息をついた。

ラルカの時

動物の時間は、いつも現在である。

ラルカは赤い巻き毛の雌犬だ。茶色の目が、ときどき黒く輝く。ラルカがいちばん好きなのはミシャで、そのため、赤毛のまなざしの中に、いつも努めてミシャを入れたがる。そういうとき、すべてはしかるべき場所にある。ラルカはミシャについて井戸や庭に行き、世界を見るため、ミシャといっしょに街道に出かける。決してミシャを視界からはずさない。

ラルカの考え方は、ミシャやそのほかの人間とは異なる。その意味で、ラルカとミシャのあいだには、ふかい谷がよこたわっている。考えるためには、時間を嚥下(えんげ)する必要がある。過去と、現在と、未来と、そのたえまない変化とを、じぶんのものにする必要がある。時間は、ひとの思考の中で機能する。決して、外ではない。ところがラルカの、ちいさな犬の脳の中には、時間の流れをフィルターにかける、しわとか器官が存在しない。そういうわけで、ラルカは現在に生きている。だから、ミシャが着替えて出かけるとき、ラルカにはミシャが永遠に行ってしまうように思われる。毎週日曜、永遠に教会に行く。地下の貯蔵庫に、永遠にジャガイモを取りに行く。ラルカの視界からミシャが消えると、それは永遠に消えるということ。そういうとき、ラルカの寂しさは果てしない。犬は鼻面を地面にくっつけて、ひたすら耐え忍ぶ。

ひとはじぶんの苦しみに、時間の手綱をつけている。ひとは過去の結果として苦しむ一方、苦しみを未来に拡張する。そうやって、絶望をじぶんでつくっている。ラルカの苦しみは、いま、ここだけ。

人間の思考は、時間の嘴下とわかちがたく結びついている。それはある種の窒息だ。ラルカは世界を、なんらかの神が描いたような、静止する絵としてとらえている。動物にとって、神とは画家だ。神は世界をパノラマのかたちでひろげてみせた。この天然の絵のふかみは、においや、手触りや、味や、音のなかにあり、そこにはなんの意味もない。動物に意味は必要ない。ひとも夢を見るときは、似たようなことを感じることもある。でも目覚めているとき、ひとには意味が必要だ。だってかれらは時間に囚われているから。動物は、たえず、なんの利益もなく夢を見ている。こうした夢から覚めることは、かれらにとっては死とおなじ。

ラルカは世界のイメージのうえに生きている。ラルカはひとの思考がつくりだすイメージに参加している。ミシャがラルカに「行こう」と言い、ラルカがしっぽをふるのを見るとき、ミシャはラルカが人間みたいに言葉を理解できると考える。でもラルカはしっぽを、言葉や概念にではなくて、ミシャの思考に芽生えたイメージに応えてふっているのだ。このイメージには、動きや、動きつづける景色が予期されている。つまり、そよぐ草や、森につづくヴォラの道や、バッタの羽音や、川のせせらぎも。寝そべるラルカがミシャを見つめているとき、犬が見ているのは、人間が意図せずつくったイメージだ。そのイメージは、往々にして、悲しみや怒りに満ちている。そういうイメージは、より鮮明ですらある。だってそこには、情熱が脈うっているから。そしてそのときラルカは無防備だ。なぜならラルカはじぶんの内に、他者の陰鬱な世界に沈むことに対して、身を護るものをなにも持っていないから。アイデンティティの魔法円もなければ、強力なエネルギーをそなえた「わたし」もない。だからラルカは、されるがまま。こういうわけで、犬はしばしば、ひとをじぶんの主人とみなす。そしてだからこそ、虐げられた人びとは、犬の前では、英雄になったような気がする。

感情を経験する能力に関しては、ラルカもミシャも変わらない。

動物の感情のほうが、思考がないぶん、純粋ですらある。

ラルカは、神がいることを知っている。いつもその存在を感受している。たまさかの瞬間にしか感じない人間とはちがう。ラルカは神のにおいを、草むらに感じる。神と時間を区別しないから。そういうわけで、ラルカは世界を、どんな人間よりもつよく確信している。十字架上のキリストも、似たような確信を抱いていた。

ポピェルスキの孫たちの時

学期が終わるとすぐ、ポピェルスキの娘、かつて大きな犬と公園を散歩していたあの娘が、こんどはじぶんの子どもと兄の子どもたちを連れて、プラヴィエクにやってきた。ミシャは家の上階にかれらのために三部屋、念のため、一階にも一部屋を用意した。そういうわけで六月の終わりには、パヴェウ・ボスキのペンション経営の夢は、本格的に稼働し始めた。

領主ポピェルスキの孫たちは、むっちり育って、騒がしかった。じつのところ、かれらは祖父にはぜんぜん似ていなかった。上流階級の家庭によくあるパターンで、男の子ばかりのなかに、ひとりだけ女の子が混じっていた。かれらの世話を焼くのは、毎年おなじ乳母だった。乳母の名前はズザンナといった。

子どもたちは日がな一日、**黒い川**の端にある、水門と呼ばれる場所にいた。近所中から若い子たちが、そこに泳ぎに集まってくる。領主ポピェルスキはかつて川に水門を設け、池に定期的に水を流し込んでいた。いまはもう池は存在しない。でも、水門を巧みに操作することで、夏には湖や一メートルくらいの滝もつくれる。じぶんの孫にこんな楽しみをプレゼントしているだなんて、祖父であるポピェルスキにはたぶん想像も及ばなかった。

子どもたちはいったん昼食に帰る。ミシャはしばしば庭のリンゴの木の下に食卓をつくる。昼食後、かれらはふたたび川へ行く。毎晩、ズザンナはカードゲームをやろうと子どもたちを誘う。「パインストファ・ミャスタ」とかそういう、よく知られた、ただし静かにできるゲームだ。ときどき、かれらにとってそう年上でもないヴィテクが、かれらのために焚火をつくる。

毎年、夏至祭の夜、領主ポピェルスキの孫たちは、森にシダの花を探しに行く。この遠足はいつからか恒例の儀式になったが、ある年、ズザンナが、子どもたちだけで行くことをゆるした。孫たちは、だれにも見られることのないこの機会を活かして、イェシュコトレで安いワインを買った。サンドイッチ、オレンジジュース、お菓子、それにランタンも持った。かれらは家の前のベンチに座って、暗くなるのを待った。かれらは笑いあい、騒がしかった。秘密の酒瓶がうれしかった。

領主ポピェルスキの孫たちは、森でようやく静かになった。気分が萎えたからではなくて、暗闇の森が、おそろしく、力強く見えたからだった。勇ましくもヴォデニツァまで行くつもりでいたが、闇がこの計画をひるませた。ヴォデニツァは、霊の見える場所だった。かれらは、シダがもっともたくさん生える、ハンノキの林に行こうとしていた。そこでワインを飲み、プラヴィエクの農民みたいに、禁じられている煙草を吸うつもりだった。

かれらは肩を寄せあい、列になって川のほうへ歩いた。

あまりに暗くて、前に伸ばした手のひらが、ようやく暗闇の中の点に見えるくらいだった。ただ空だけが、闇に包まれた世界よりもあかるく見えた。それは、星形の穴のあいた、壮麗な天の水切りボールだった。

森は人を寄せつけない動物のようにふるまっていた。かれらの上に滴を降らし、フクロウをよこし、足もとに突然、ウサギを飛び出させた。

子どもたちはハンノキの林に入ると、手探りでピクニックを準備した。煙草の火が赤々と輝いた。生まれて初めてボトルに口をつけて飲んだワインが、かれらを元気づけた。それから、シダの中を走り回った。ひとりが、なにか光るものを見つけるまでは。森が不安そうにざわめいた。見つけたひとりが、みなを呼んだ。かれは興奮していた。

「たぶん、あったよ、あった」そうくりかえした。

ブラックベリーのからみあった茂みのあいだ、シダの葉の滴の中に、銀色のなにかが光っていた。子どもたちが大きな葉の重なりを枝でかき分けると、ランタンの明かりのもと、銀の空き缶が見えた。発見者はひどくがっかりし、枝で缶を拾いあげると、遠くの茂みに投げ捨てた。

孫たちは、ワインを飲み干すまでまだしばらく座っていたが、来た道をやがて引き返すことにした。

そのとき初めて、空き缶が花を開いた。あたりにまぶしい銀の光をふりまきながら。

これをクウォスカが見ていた。彼女は夏至の夜にはいつも薬草を集めていたが、なにかを願うにはもう年を取りすぎていたし、シダの花がたくさんの災いを運んでくることも知っていた。だから遠くに離れていたのだ。

「終わったら、いっしょにお茶でも飲まない？」いまだ少女のような容貌をしたポピェルスキの娘が、ミシャに尋ねた。

ミシャは汚れた皿でいっぱいのボールに傾けていた体を起こすと、エプロンで手を拭いた。

「お茶じゃなくて、コーヒーがいいわ」

ふたりはトレイを戸外に持ちだし、リンゴの木の下のテーブルに向かいあって座った。リラとマヤが皿洗いのつづきをひきうけた。

「きっとたいへんね、ミシャ。あんなにたくさん食事を作って、洗うお皿もたくさん……わたしたち、あなたたちが努力してくださることにすごく感謝しているのよ。おたくがなかったら、わたしたちどこも行くところがないわ。だって、ここはわたしたちにとって、すごくなつかしい場所なんですもの」

はるか、はるか以前、犬を連れて牧草地を走り回っていた領主ポピェルスキの娘は、哀しそうにため息をついた。

「こちらとしても、もしあなたたちがいなかったら、パヴェウのお給料だけでやっていくのは不可能だわ。部屋を貸すのは、家計への、わたしの貢献なのよ」

「あらそんなふうに考えちゃいけないわ、ミシャ。だって女は家の中で働いているのですもの、子どもを産み育てて、家事をやる……じぶんがいちばんよくわかってるはずだわ」

「でも、お金を稼いでいない、お金を家に入れていないわ」

蜂が数匹テーブルにとまり、ピェルニクにかかったチョコレートを上品に舐めはじめた。ミシャは気にしなかったが、ポピェルスカ嬢は蜂を怖がった。

「ちいさい頃、蜂にまぶたを刺されたの。そのときは家に父とふたりきりで、母はクラクフに行ってたわ……たぶん、一九三五か三六年ね。父はパニックになって、家中を走り回りながら、大声で叫んでいたわ。それからわたしを車に乗せて、どこかに連れていったの。なんとなくしかおぼえてないけど。街のユダヤ人のところ……」

ポピェルスカ嬢は片手で頬杖をついた。その眼差しは、リンゴとシナノキの葉と葉の間のどこかをさまよった。

「領主のポピェルスキさん……かれはすばらしいひとだったわ」ミシャが言った。

ポピェルスカ嬢の褐色の目がきらりと光り、まるで蜂蜜の滴のように見えた。ミシャは、だれもが持っている個人的で内的な時間の流れが、ポピェルスカ嬢のなかで逆流していて、木々の葉と葉の間の空間に彼女がいま見ているものは、過去のイメージなのだろうと考えた。

ポピェルスキ一家はクラクフに去ったあと、貧しさを味わった。心を痛めながらも銀製品を売ることで糊口をしのいだ。世界中に散った無数のポピェルスキ家の者たちが、ちょっとずつ、つまり、いくらかのドルやいくらかの金に替えられる程度に、かれらを援助した。領主ポピェルスキは、占領者と協力関係にあったとして告訴された。ドイツ人たちと木材の取引をしたというのがその理由だった。かれは数か月を監獄で過ごしたが、精神疾患を理由に最終的には釈放された。買収した精神科医が、大袈裟にではなく、ほんのすこし、病状を誇張してくれた。

それから毎日、領主ポピェルスキは、サルヴァトール地区の狭いアパートの部屋で、壁から壁を往復したり、たったひとつのテーブルで、じぶんのゲームに執拗に取り組んだりした。ところが妻は、そんな夫のことを、いっさいをまたあの箱に詰めなおして、果てしない散歩に出かけてしまったように思っていた。

時は流れて、領主の妻は、いつも祈りのなかで、時への感謝を忘れなかった。時が流れてくれること、時が動いてくれること、そのためにひとの生活に変化があるということ。家族、つまりポピェルスキの大一族は、ふたたび、徐々に力をつけて、クラクフでちいさな商売をはじめた。領主ポピェルスキは、契約書もない家族同志の約束のもと、靴生産の管理者、もっと具体的に言うと、靴底作りの監督役に任じられた。かれが監督していたのはちいさな工場で、そこで西側から取り寄せたプレス機が、サンダルに使うプラスチックの靴底をはきだしていた。最初はいやいや働いていたが、事業全体に興味をおぼえ、やがて、かれにはよくあることだったが、すっかり夢中になってしまった。かれが魅了されたのは、形のない、形の定まらない原材料が、いろいろな形になるということだった。そこでかれは、きわめて熱心に、実験さえ始めた。透明な塊をつくりだすことに成功し、それから、そこにさまざまな色彩や陰影を加えた。そして、婦人靴の分野において、時代の空気を感じとるするどい嗅覚を持つようになった。履き口がぴかぴかに輝くポピェルスキのプラスチック製ブーツは、飛ぶように売れた。

「父はちいさい研究所すら立ちあげたわ。もしなにかするとなると、それに全身全霊をささげる、仕事を絶対的に優先させる。父はそういうひとだった。この点においてはぜったいに折れなかった。じぶんの靴底やブーツが、まるで人類を救うとでもいうように振る舞ったの。いつも試験管や蒸留器でなにかしていたし、なにかを煮たり、熱したりしていた。

そしてついには、そういう化学実験のせいで、皮膚病を発症した。おそらく火傷か、放射能のせいかもしれない。いずれにせよ、外見は、それはもうひどかったわ。大きな皮膚のかたまりがぼろぼろ剝けて。医者は、皮膚癌の一種だって。わたしたちは、親類をたよってフランスにも連れて行った、いちばんよいお医者に診せにね。でも、皮膚癌の薬はないって。あそこにもなかったし、どこにもないの。すくなくとも、あの当時はなかった。だけど、いちばんおどろいたのは、父がじぶんの病気をどんなふうに見ていたかということね。わたしたちは、もう致命的だと知っていた。でも、父は言ってたわ、「わたしは脱皮しているんだ」って。じぶんにすごく満足していて、ほんとうに誇らしげに見えた」

「変わった方だったわね」ミシャが言った。

「でも、狂人じゃないわ」ポピェルスカ嬢がいそいでつけくわえた。「かれの魂はじっとしていられなかったのよ。戦争の経験と、屋敷を手放したことで、すごいショックを受けたのだと思うわ。戦争のあと、世界はこんなに変わってしまった。その世界に父は居場所を見つけられず、それで亡くなったの。意識は最期まではっきりしていたし、すごく冷静だった。わたしにはそれが理解できなかった、痛みのために意識も朦朧としているだろうと思ったの。だってすごく苦しんだのよ、最終的には、癌は全身に転移したから。でも父は、子どもみたいに、ずっとおなじことを言ってたわ、じぶんは脱皮してるって」

ミシャは大きく息をつき、コーヒーを飲み干した。コップの底に、褐色のコーヒーの粉が溶岩のかたまりのようにこってり残り、その表面で陽の光がゆらめいていた。

「あの、おかしな箱といっしょに埋めてくれと遺言されたけど、葬儀準備のごたごたにまぎれて、わたしたちそのことを忘れてしまったの。良心が咎めるわ、だって父の願いを叶えられなかったんですもの。葬儀の後、母とわたしは箱の中を見てみたの。なにが入っていたと思う？　古い布切れ、木製のサイコロ、それに、人や動物の人形、あとは、子どものおもちゃみたいな物よ。それから、なにが書いてあるのか意味不明の、ぼろぼろの小冊子。わたしもママも、テーブルに箱の中身をぜんぶぶちまけて、こんなおもちゃをあんなに大事にしていたなんて、ほんとうに信じられないって思った。昨日のことのようにおぼえているわ、真鍮でできた、ちいさな男女の人形、ちいさな動物、ちいさな木、ちいさな家や屋敷、いろいろなもののミニチュア、たとえば、小指の爪ほどの本とか、ハンドルのついたコーヒーミルとか、赤い郵便ポストとか、バケツを提げた天秤棒とか……ぜんぶ、すごく精巧にできてた……」

「それで、それらをどうしたの？」ミシャが訊いた。

「はじめは、アルバムをしまった抽斗に入れていたの。それから、子どもたちがそれで遊んだ。いまもまだ家にあるはずよ、積み木の中かしら。わからないわ、訊いてみなくちゃ……。あれを棺に入れなかったことで、ずっと罪の意識が消えないの」

ポピェルスカ嬢は唇をかみ、その目がふたたび曇った。

「かれのこと、わかるわ」しばらくして、ミシャが言った。「わたしにも、たいせつなものをしまっておく抽斗があったの」

「でもそれは子どものころのことでしょ。父は大人の男性だったのよ」

「うちにはイズィドルがいるわ……」

「もしかしたら、どんな普通の家庭にも、普通さの安全装置みたいなものが、あるべきかもしれないわね、つまり、だれもが内に秘めているはずの狂気を、みんなを代表して持っている、そういうだれかが家にいるべきじゃない？」

「イズィドルは見かけのような人間じゃないわ」ミシャが言った。

「ぜんぜん悪い意味ではないのよ……父だって狂人じゃなかったわ。あるいは、狂人だったのかしら？」

ミシャはすかさず否定した。

「わたしがもっともおそれているのはね、ミシャ、狂気が遺伝するんじゃないかってことなの。わたしの子どもにも、それが起こるんじゃないかって。でも、わたし、そこは気をつけてるの。子どもたちには英語を勉強させているし、フランスの親類のところにやるつもりよ。すこし世界を見てくるようにね。いい大学で学位を取らせたいわ、どこか西側で、情報工学とか、経済学とか、なにか役に立つ、具体的な専門の。子どもたちは水泳もできるし、テニスもする、芸術や文学にも興味がある。あなたの目から見ても、普通で健康な子どもでしょ」

ミシャはポピェルスカ嬢のまなざしを追って、領主ポピェルスキの孫たちを見た。かれらはちょうど川から戻ってくるところだった。色とりどりのバスローブをまとい、手には水中眼鏡を持っていた。かれらはにぎやかに門扉を押して中庭に入ってきた。

「すべてうまくいくわ」ポピェルスカ嬢が言った。「世界は昔とはちがう。世界はよりよく、より大きくなったし、よりあかるくなったわ。いまならワクチンもある。戦争はないし、人間ももっと長生きする……そう思わない？」

ミシャはコーヒーの残りかすの溜まったコップを見つめて、首をよこに振った。

ゲームの時

第七世界で最初の人びとの子孫たちは、連れ立って、大地の端から端を遊牧し、ついにきわめてうつくしい谷間に到達した。かれらは言った。「さあ、こんどは町をつくり、天までとどく塔を建てよう。われわれが唯一の民となり、神がわれわれを引き裂くことのないように」そうしてすぐに仕事に掛かり、漆喰の代わりにタールをもちいて、石を積み上げた。巨大な町ができあがった。中心には塔がそびえていたが、それがあまりに高かったので、天辺からは、第八世界の外側が見えた。ときどき、空が晴れていれば、高い場所で働く者たちは、太陽に目を射られないように手をかざしながら、神の足や、機の熟すのを待つ大蛇の体の輪郭を眺めた。

棒をもちいて、さらなる高みに触れようとする者もいた。

神はかれらを目にして、不安に思った。「かれらが唯一の民となり、おなじ言葉を話していれば、なんであれ、意のままにすべてを成すだろう……ならば、わたしはかれらの言葉を乱してやろう、かれらをじぶんたちの内に閉じ込めよう。互いが互いを理解できなくしてやろう。そうすれば、かれら自身が敵対しあい、わたしは心安らかにいられよう」そうして、神はそのようにした。

人びとは世界の方々に散り、互いが互いの敵となった。しかし、かれらが見たものは記憶に残った。一度でも世界の端を見た者は、囚われの身を、だれより苦痛に思うことになった。

パプガ夫人の時

毎週月曜日、スタシャ・パプガはタシュフの市場に向かう。月曜日のバスはあまりに混雑しているので、森のバス停には止まらない。だからスタシャは道端に立って車をつかまえる。はじめはポーランド製の〈シレンカ〉や〈ワルシャワ〉だったが、そのうち、大きい、あるいはちいさな〈フィアット〉が停まるようになった。ぎこちなく乗りこむと、運転手との会話はいつもこんなふうに始まる。

「パヴェウ・ボスキ氏をご存じ?」

知っている場合も、ある。

「それ、わたしの弟です。検査官なの」

運転手はふりかえり、疑わしげに彼女を見つめる。そこで、こうくりかえすのだ。

「わたし、パヴェウ・ボスキの姉です」

運転手は信じない。

年を取ってスタシャは太り、背は縮んだ。昔から大きく見えた鼻が一層大きくなり、目は輝きをうしなった。足はいつもむくんでいて、そのために男性用のサンダルを履いていた。うつくしい歯も、二本しか残っていなかった。時間はスタシャにやさしくなかった。だから運転手が彼女を検査官ボスキの姉だと信じなくても、なんのふしぎもなかった。

そんな、市場の立つ往来の激しい月曜日、自動車がスタシャにぶつかった。彼女は耳が聞こえなくなった。やむことのないざわめきが、頭の中で世界の音をかき消していた。そのざわめきにときどき、なんらかの声や、音楽の断片が混じることもあったが、それがどこから来るのか、スタシャにはわからなかった。彼女の外から入ってくるのか、彼女自身から流れてくるのか。彼女は、靴下をかがったり、ミシャのお古をきりなく繕(つくろ)い直したりしながら、そういう音に耳をすました。

彼女は夕方、ボスキ家に行くのが好きだった。とくに夏は、いつも活気があった。階上には避暑客が泊っている。子どもや孫たちが来る。かれらは果樹園の、リンゴの木の下にテーブルを出し、そこでウォッカを飲むのだった。パヴェウがバイオリンを取り出し、子どもたちもじぶんの楽器を手にする。アンテクはアコーディオン、アデルカは、まだ家にいるときは、バイオリンだった。ヴィテクはコントラバス、リラとマヤはギターとフルート。パヴェウが弓で合図を送ると、全員が、リズミカルに指を動かし、頭を振り、足で拍を刻み始める。一曲目はいつも「満州の丘に立ちて」だった。スタシャには音楽が、演奏者たちの顔でわかった。「満州の丘に立ちて」を演奏するときはいつも、子どもたちの顔にちらりとミハウ・ニェビェスキがあらわれる。「そんなことありえるかしら」彼女はいぶかしんだ。「死人が、じぶんの孫たちの体で生きているなんて」じぶんだって、ヤネクの子どもの顔に、こんなふうに生きることになるとでも？

スタシャは息子が恋しかった。かれは卒業してもシロンスクから帰ってこなかった。息子はめったに家に帰ってこない。そして、スタシャを永遠に待たせてばかりなところが、父譲りだった。初夏、彼女は息子に部屋を用意した。ところがかれは、そこで長くは過ごしたがらなかった。パヴェウの子どもらのようにひと夏中なんてことはない。たった数日で去るくせに、母がかれのために一年かけてつくった果物シロップを忘れていく。ところがお金は持っていく。母がウォッカを売って稼いだものだ。

彼女はかれを、キェルツェ街道のバス停まで送っていく。十字路に石がころがっている。スタシャは石をどかすと、こうたのむ。

「ここに手を置いて。これを心の支えにするから」

ヤネクは注意ぶかくあたりを見まわし、それから、じぶんの手形が十字路のわきの石の下に、一年にわたって残りつづけることをゆるすのだった。それから、クリスマスと復活祭にかれからとどく手紙は、いつもこんなふうに始まる。「手紙の初めにお知らせしますが、ぼくは元気です。ママもそうであることを願っています」

かれの願いになんの効力もなかった。こう書いているとき、かれはきっとべつのことを考えていた。ある冬、スタシャは急に具合が悪くなり、救急車が雪の吹きだまりの中を駆けつける前に亡くなった。

ヤネクは遅れて到着した。ちょうど、棺の上に土が蒔かれて、みなが帰るというときだった。ヤネクは母の家に行き、物を長いこと眺めて過ごした。果物シロップのためのあらゆる広口瓶、更紗のカーテン、かぎ針編みのベッドカバー、絵葉書で作ったちいさな箱。絵葉書は、じぶんが母に祝日や名の日に送ったもので、かれにとってはおそらくほとんど価値はなかった。祖父が残した唯一の家具も素朴なもので、ほかのぴかぴかの家具とぜんぜん合っていなかった。カップの縁は剝げ、取っ手も欠けていた。雪が扉の隙間から離れの中に吹き込んできた。ヤネクは施錠すると、鍵を叔父の家に預けに行った。

「ぼくはあの家が要らないし、プラヴィエクのものはなにも欲しくない」かれはパヴェウに言った。

街道をバス停まで戻る道すがら、かれは石のところで立ちどまり、すこしのためらいの後、毎年やるのとおなじことをした。ただし今回は、半分凍ったつめたい地面に、手のひらをふかく押しつけて、指が寒さでしびれるまで、そうしていた。

イズィドルは、もうじぶんは決してプラヴィエクを去らないだろうと、年々強く感じるようになっていた。かれは森のなかの境界、あの目に見えない壁を思い出した。あの壁は、かれにとっての壁だった。たぶんルタなら越えられた。でもイズィドルには、越える力も意思もなかった。

家は空っぽだった。夏の間だけ、避暑客がいるから生き返る。そしてそのときイズィドルは、屋根裏部屋からほとんど出ない。かれは他人がこわかった。この前の冬は、ウクレヤがしょっちゅうボスキ家を訪れた。ウクレヤは老けたし、もっと太った。顔は灰色にむくみ、目はウォッカのせいで充血していた。食卓につくと、かれは腐りかけた肉の山に見えた。がらがらの声で、延々自慢話をする。イズィドルはウクレヤを憎んでいた。

ウクレヤもそれはおそらく感じていたから、悪魔のように気前よく、イズィドルにプレゼントを贈ったのだ。かれはルタの写真をくれた。それは考え抜かれたプレゼントだった。ウクレヤが選んだのは、ルタが裸で写る何枚かの写真で、体は奇妙な陰影に分断され、そこに男の巨体が塊になって覆いかぶさっていた。女性の顔がわかるものも幾枚かあった。口をひらき、汗で濡れた髪がはりついていた。

イズィドルは黙って写真に目をやると、それをテーブルに置き、屋根裏部屋に去った。

「なぜ、あんな写真をかれに見せた?」パヴェウの尋ねる声が聞こえた。

ウクレヤは吹きだした。

その日以来、イズィドルは階下に降りるのをやめた。ミシャが屋根裏に食事を運び、かれのベッドに腰かけた。しばらくふたりは黙ったままで、それからミシャはため息をつき、キッチンに戻っていく。

イズィドルは起きたくなかった。寝ころんで夢を見ていたほうがいい。見るのはいつもおなじ夢、大きな空間が幾何学模様に満たされている。不透明な多面体、透明な三角柱、乳白色の円柱。幾何学体はひろがる平面上を浮遊していた。この平面を地面と呼べるかもしれない、その上に空は広がっていないけれど。そのかわり、大きな黒い孔があいていた。その孔を覗きこむことが、夢を恐ろしいものにしていた。

夢を静寂が支配していた。巨大で重たい塊が互いを圧迫しあうときさえ、軋む音も擦れる音も聞こえなかった。

その夢のなかに、イズィドルはいなかった。いたのは単なる傍観者、かれの人生の事件の証人、まるでイズィドルのなかに住んではいるが、かれそのものではないみたいだった。

そんな夢を見たあとでは、イズィドルは頭痛がした。それでずっと、嗚咽と戦わなくてはならなかった。嗚咽はどこから生まれてくるかわからず、いつまでもかれの喉に居座りつづけた。

ある日、パヴェウがやってきた。庭で演奏するから降りておいでとかれは言った。そして屋根裏部屋をみまわした。

「いいところだね」と、つぶやいた。

冬がイズィドルに憂鬱を連れてきた。裸の畑や、湿った灰色の空を見ると、いつもおなじ景色が思い出された。かつてじぶんにイワン・ムクタが見せた景色。なんの意味も意義もない、神もいない世界のイメージ。イズィドルは慄き、またたいた。そうやって、このヴィジョンを記憶から永久に消し去りたかった。でも、憂鬱な気持ちに助長されたそのイメージは、ともすると育ち、かれの体と心を奪った。イズィドルはますます頻繁に老いを感じるようになり、どんな天候の変化にも骨が痛んだ。世界があらゆる方法でかれを虐げていた。イズィドルはどうすればよいのか、どこへ逃げたらよいのかわからなかった。

こんなことが数か月つづいたあと、あるときイズィドルのなかで本能が目覚め、かれはじぶんを救おうと決めた。久しぶりにキッチンにあらわれたとき、ミシャは泣きだし、かれを長いこと食事のにおいのするエプロンに抱きしめて離さなかった。

「ママみたいなにおいがする」イズィドルが言った。

それから毎日一回、イズィドルは狭い階段をゆっくり降りて、なにも考えずに火に枝をくべるようになった。ミシャのところでは、いつもなにかしらミルクやスープが煮えていて、その安全でなつかしい匂いが、人を寄せつけない空っぽの世界を、かれに返してよこした。イズィドルはなにか食べ物を取ると、口ごもりながら、屋根裏に戻った。

「薪を割ってくれないかしら」その背中にミシャが言った。

かれは感謝しながら薪を割った。薪小屋を薪でいっぱいにした。

「こんなに割らなくていいのよ」ミシャが憤慨した。

それでかれは、イワンの箱から双眼鏡を取りだして、じぶんの部屋の四つの窓からプラヴィエク中を観察した。東を眺めると、地平線上にタシュフの家々が見えた。家々の前には森と、**白い川**沿いの牧草地。ニェフチャウ夫人も見えた。彼女はフロレンティンカの家に住んでいて、牧草地で牛の搾乳をしていた。南を覗くと、聖ロフ教会と乳製品の加工所、町にわたる橋と、道に迷ったような車、郵便配達人が見えた。それから西の窓に近づいた。イェシュコトレ、**黒い川**、領主の屋敷の屋根、教会の塔、いつも増築している老人ホーム。そして最後に、北に面した窓に行き、森の一部と、それを断ち切るキェルツェ街道のリボンを堪能した。かれはこれらのおなじ景色を、季節ごとに眺めた。冬の雪の中に、春の緑の中に、夏の彩の中に、秋の朽葉色の中に。

そうしてイズィドルは気がついた。この世の大事なことのほとんどは、四つの面を持っている。かれは包装紙を一枚取り出して、鉛筆で表を描いた。表には四つの欄があった。一行目に、イズィドルはこう書いた。

西　北　東　南。

それからこう付け加えた。

冬　春　夏　秋。

かれはじぶんがきわめて重要な文章の、最初の数語を書いた気がした。

その文章は、巨大な力を持っていたにちがいなかった。というのも、いまやイズィドルの五感のすべては、事物の四つの側面をとらえることに向けられたから。かれはそれらをじぶんの屋根裏に探したが、キュウリのための雑草取りを命じられれば、庭で探した。かれはそれらを、日々の仕事に、物体に、習慣に、子どもの頃に聞いたおとぎ話のなかに見つけた。かれはじぶんが元気を回復するのを感じた。道端の茂みから、まっすぐな道に戻った気がした。すべてがあきらかになり始めているのではないか。秩序を知るには、すこし意識を傾けるだけでじゅうぶんだ。だって秩序は視野の中にあり、それを見さえすればいいのだから。

かれはふたたび地区図書館に通いはじめ、袋いっぱいに本を借りた。四様の事物の大半は、すでに書かれていると悟ったからだ。

図書館には、領主ポピェルスキのうつくしい蔵書票(エクス・リブリス)の貼られた本がたくさんあった。岩山の上で、鷲に似た鳥が翼をひろげている。鳥は鍵爪で、ＦＥＮＩＸの五文字にとまっている。鳥の頭上に題辞があった。「領主ポピェルスキのエクス・リブリス」

イズィドルはフェニックスのついた本だけを借りた。そのマークは良書の印になった。残念ながらすぐにあきらかになったのは、蔵書コレクションが、ようやくＬから始まることだった。どんな棚にも、ＡからＫの作者の名前は見つからなかった。それでイズィドルは読んだ。老子(ラオツィ)、ライプニッツ、レーニン、ロヨラ、ルキアノス、マルティアリス、マルクス、マイリンク、ミツキェヴィチ、ニーチェ、オリゲネス、パラケルスス、パルメニデス、ポルフィリオス、プラトン、プロティヌス、ポー、プルス、ケベード、ルソー、シラー、スウォヴァッキ、スペンサー、スピノザ、スエトニウス、シェークスピア、スウェーデンボルグ、シェンキェヴィチ、トヴィアンスキ、タキトゥス、テルトゥリアヌス、トマス・アクィナス、ヴェルヌ、ヴェルギリウス、ヴォルテール。読めば読むほど、欠けている最初の文字の著者たちを読みたくなった。アウグスティン、アンデルセン、アリストテレス、アヴィセンナ、ブレイク、チェスタトン、ダンテ、ダーウィン、ディオゲネス・ラエルティオス、エックハルト、エリウゲナ、ユークリッド、フロイト、ゲーテ、グリム、ハイネ、ヘーゲル、ホフマン、ホメロス、ヘルダーリン、ユゴー、ユング、クレメンス・ヤニツキ。家では百科事典も読んだ。読んだからといって、それ以上賢くも善良にもならなかった。でも、じぶんのリストに書きこむことは、どんどん増えた。

ある四様はあきらかで、並べるだけでじゅうぶんだった。

酸っぱい　甘い　苦い　塩辛い、

あるいは、

根　茎　花　実、

あるいは、

緑　赤　青　黄、

あるいは、

左　上　右　下、

それに、

目　耳　鼻　口。

聖書にはこういうたくさんの四様があった。それらのうちには、より原始的で古いものがあり、それがべつの四様を生み出していた。イズィドルのすぐ目の前で四様が、繁殖と複製を永遠にくりかえすように思われた。そしてついには、疑いすら生じた。永遠自体が、神の名のように、四様なのではあるまいかと。

I　H　W　H.

旧約聖書の四人の預言者——

イザヤ　エレミア　エゼキエル　ダニエル。

エデンの四つの川――
ピション　ギホン　ティグリス　ユーフラテス。

ケルビムの顔――
人　獅子　雄牛　鷲。

四人の福音書著者――
マタイ　マルコ　ルカ　ヨハネ。

四元徳――
勇気　正義　思慮　節制。

黙示録の四人の騎士――
侵略　殺人　飢饉　死。

アリストテレスの四元素――
土　水　空気　火。

意識の四局面——
知覚　感覚　思考　直観。
カバラの四つの王国——
鉱物　植物　動物　人間。
時間の四相——
空間　過去　現在　未来。
錬金術の四原料——
塩　硫黄　窒素　水銀。
錬金術の四作用——
凝固　溶解　昇華　煆焼。
四つの聖音——
A　O　U　M。

カバラの四つのセフィロト——
慈悲　美　力　支配。

存在の四様態——
生　死ぬことと死　死後　復活。

意識の四様態——
無気力　ふかい眠り　あさい眠り　覚醒。

創造物の四特性——
恒常性　流動性　揮発性　光。

ガレノスによる人間の四つの能力——
身体的　美的　知的　道徳的、精神的。

代数の四つの基本演算——
加　減　乗　除。

四次元――
広さ　長さ　高さ　時。
凝集の四つの状態――
固体　液体　気体　プラズマ。
DNAの四塩基――
T　A　G　C。
ヒポクラテスによる人間の四気質――
粘液質　憂鬱質　多血質　胆汁質。

それでもリストは終わらなかった。終わらせることはできなかった。なぜならそのとき、世界は終わる。そうイズィドルは考えた。それに、こうも考えた。じぶんは秩序の足跡をみつけた。それは独自の聖なるアルファベットで、この全宇宙を整理する。

事物の四様を追ううちに、イズィドルの考えは変化した。どんなもの、どんなちいさな事象のなかにさえ、四つの部分、四つの段階、四つの機能が見えた。かれは四の次の四、八と十六への増殖、生の代数が四倍する、絶え間ない変化を見た。かれの目の前に存在するのは、開花する果樹園のリンゴではもはやなく、根と幹と葉と花から成る、密な構造なのだった。そして、おもしろいことに、四は不死のはずなのに、秋、花の代わりに実があった。冬は、幹と根しか残されなかったから、イズィドルは考えを改めなければならなかった。そこでかれが発見したのは、四から二への還元の法則、二は四の休息期間ということだった。四は、眠っているときは二になる。冬の樹木のように。

みずからの、四の内的な構造をすぐにあきらかにしない事象は、イズィドルに挑戦をつきつけた。あるとき、ヴィテクを見ていると、若い馬に乗ろうとしていた。馬はそりかえり、ヴィテクを地面に振り落とした。イズィドルは考えた。一般にいう「騎馬」という状態は、二つの要素から成っている。じっさい、目に見えるのは、馬と人。それから、全体では、第三の要素、つまり騎馬がある。では、第四は？

それはケンタウロス、人間と馬以上のなにか、人間と馬がひとつになったもの、人間と馬の子、人間とヤギの子。イズィドルはふいに理解した。そして、あの不安をふたたび感じた。もう長いこと忘れていたけれど、かつてイワン・ムクタがかれに教えた、あの不安を。

ミシャの時

ミシャはじぶんの長い白髪を、ずいぶん前から切りたがらなかった。リラとマヤは訪ねてくるとき、特別な毛染めを持ってきて、一晩で以前の髪色に染め直してくれる。ふたりの色を見る目はたしかだった。いつも必要な色を的確に選んだ。

ある日、ふいになにかが彼女に起きて、彼女は髪を切ってとたのんだ。栗色に染めた髪が床に落ち、鏡を覗きこんだミシャは、じぶんが老いた女だと悟った。

春、彼女は領主の若い娘に宛てて、もう民宿はやらないと書いた。今年も、来年も。パヴェウは抵抗したが、彼女は聞かなかった。夜、彼女は、激しい鼓動と脈拍に目を覚ました。手も足も腫れていた。足はじぶんの足とは思えなかった。「むかしは指もきれいで、くるぶしもちいさかった。高いヒールで歩くと、ふくらはぎがぴんと張って……」と、考えた。

夏、子どもたちがやって来て、アデルカを除いたみなで、母を医者に連れていった。高血圧症だった。薬を飲まなくてはならず、コーヒーはゆるされなかった。

「コーヒーなしの生活だなんて」食器棚からコーヒーミルを取り出しながら、ミシャがぼやいた。

「ママ、子どもみたいね」マヤが言い、その手からミルを取りあげた。

翌日ヴィテクが、西側の商品を扱う店で、カフェイン抜きのインスタント・コーヒーの大きな缶を買ってきた。ミシャは気に入ったふりをしたが、ひとりになると、配給された、大事な本物のコーヒーを挽き、じぶんのために一杯淹れた。表面に浮く、油の膜まで好きだった。彼女はキッチンの窓辺に座り、庭を見た。丈高い草のざわめきが聞こえる。もう木陰の草刈りをたのめる人もいなかった。彼女は窓から**黒い川**を、司祭の牧草地を、その向こうのイェシュコトレを見た。そこではつねに人びとが、白いブロックで新しい家を建てていた。世界はもはや、かつてのようにはうつくしくなかった。

ある日、ミシャがじぶんのコーヒーを飲んでいると、パヴェウを訪ねて人が来た。家族の墓所の建設のために、パヴェウが人を雇ったのだった。

「どうして言わなかったの」ミシャがパヴェウに尋ねた。

「びっくりさせたくて」

日曜日、ふたりは、ふかい土台穴を見に行った。ミシャはその場所が気に入らなかった。老ボスキとスタシャ・パプガの墓のとなりだった。

「どうして、うちの両親のとなりじゃないのかしら」彼女は訊いた。

パヴェウは肩をすくめた。

「どうして、どうして」かれはミシャの口ぶりをまねた。「場所が混んでいるのさ」

ミシャはかつてイズィドルと、夫婦のベッドを切り離したことを思い出した。家に帰ろうというとき、ミシャは墓場の入り口で、ふと、ある題辞に視線を向けた。

「神は見ている。時間は逃げる。死は追う。永遠は待つ」彼女は読んだ。

来たる年は穏やかならざるものだった。パヴェウはキッチンのラジオをつけ、イズィドルもまじえて三人で報道を聞いた。内容は、よくわからなかった。夏、子どもたちと孫たちが来た。全員ではない。アンテクは休みを取れなかった。みなは夜遅くまで庭に座って、スグリの果実酒を飲み、政治論を戦わせた。ミシャは機械的に門を見やり、アデルカを待った。

「姉さんは来ないわ」リラが言った。

九月になると、家はふたたび空っぽになった。パヴェウは墓の建設を見るため、バイクに乗って、じぶんのうちの手入れしていない畑のわきを何日間も往復した。ミシャはイズィドルを階下に呼んだが、降りてきたがらなかった。かれは古い包装紙にかがみこみ、永遠に終わらないリストを書きつづけていた。

「約束して。わたしが先に死んでも、イズィドルを老人ホームにやらないで」彼女はパヴェウに言った。

「約束する」

秋の最初の日、ミシャは本物のコーヒーを挽き、挽いた粉をコップに移し、そこにお湯を注いだ。棚からピェルニクを取りだした。キッチンをすばらしい香りが満たした。椅子を窓辺に引き寄せて、ほんのすこしずつコーヒーを飲んだ。そのときふいに、世界がミシャの頭の中で爆発し、世界の殻は破片になって、あたり一面に飛び散った。ミシャは床にくずおれ、机の下にもぐりこんだ。こぼれたコーヒーが手に滴った。ミシャは身動きできなかった。それで、罠にかかった獣のように、だれかが来て、彼女を自由にしてくれるのをじっと待っていた。

彼女はタシュフの病院に運ばれた。医者は脳出血だと言った。毎日、パヴェウとイズィドル、娘たちが来た。そして彼女の枕辺にすわり、一日中話しかけていた。ミシャがそれを理解できるか、だれにも確信はなかったけれど。質問すると、ときどき頭をイエスやノーのしるしに動かした。顔は落ちくぼみ、視線はじぶんの内側を見てうつろだった。かれらは廊下に出ると、これから彼女がどうなるのか医者から聞き出そうとした。でも、医者はべつのことに気を取られているようだった。病院のすべての窓に赤白の旗が掲げられ、職員はみな、ストライキの腕章をつけていた。それで家族は病院の窓辺に立ち、今回の不幸について互いに説明しあった。ミシャは脳卒中を起こし、あらゆる中枢が壊れてしまった。言葉や生のよろこびや、人生への興味、生きたいという欲求を司る中枢も。いや、待てよ。倒れたときに、ある考えに慄いたのだ。じぶんがあまりに儚くて、生きているのはすごい奇跡だということに。あるいは彼女が慄いたのは、じぶんが死ぬこと、いまこのとき、みなの目の前で、死の恐怖のために死にかけているということを、考えたからかもしれなかった。

かれらはミシャに、コンポートと、法外な値段で買ったオレンジを持ってきた。みな、彼女が死ぬということを、ゆっくり受け入れはじめた。彼女はどこかべつの場所に行く。しかし、みなが一番恐れていたのは、この死の熱気のなか、肉体からの魂の離脱と脳の生物学的機能の消滅の熱気のなかで、ミシャ・ボスカが永遠に消えてしまうことだった。彼女の料理のすべてのレシピ、ラディッシュと鶏レバーのサラダも、アイシングのかかったチョコレートケーキも、ピェルニクも、そしてついには、彼女の思いも、言葉も、彼女が加わったできごとも。それらは彼女の人生のように、ごくありふれたものだったけれど。いずれにしても、みなが確信していたことだが、それらには、闇と哀しみの裏地が縫いつけられていた。だって世界は、人間にやさしくない。できることはただひとつ、じぶんと、じぶんにちかい人のため、貝を見つけて、楽になるまでそこに隠れていることだけ。足を毛布に覆われて、うつろな顔をしたミシャを、ベッドに腰かけ見ていたみなが、彼女の思考がどんなふうかと考えた。それらは彼女の言葉のように、ちいさく破かれ、刻まれているのか、それとも、新鮮さと力をたもったまま、意識の深淵に隠されているのか。あるいは、色とふかみにあふれた、純粋なイメージに還元されているのかもしれない。あるいは、ミシャはもはや考えるのをやめているかもしれない、とも言いあった。それは、そもそも貝がうすくひらいていて、まだミシャが生きているうちに、カオスと破壊に襲われたことを意味していた。

ミシャはそれから死ぬまでのひと月、ずっと世界の左を見ていた。そこではミシャを、守護天使が待っていた。天使はほんとうに大事な瞬間、かならず姿を見せていたのだ。

墓がまだ完成していなかったので、パヴェウはミシャを、ゲノヴェファとミハウのとなりに埋めた。そこなら彼女も気に入るだろうと思った。パヴェウ自身が墓作りで忙しいうえ、職人への注文もむずかしくなるばかりだったので、仕事は難航した。そういうわけで、査察官のパヴェウ・ボスキは、じぶんの死期を延期した。

葬式が終わって子どもたちが去ると、家はしんと静まりかえった。その静けさに、パヴェウはいたたまれなくなった。そこで、テレビのスイッチを入れて、あらゆる番組を見た。放送終了時に流れる国歌が、就寝への合図になった。そのときだけは、パヴェウはじぶんがひとりではないことを耳にした。

イズィドルが重たい足を引きずるせいで、頭上の床板が軋んだ。イズィドルはもう下に降りては来なかった。義弟の存在が、パヴェウを苛立たせた。それであるとき、階上のかれのもとに行き、老人ホームに入るようにと促した。

「きちんと面倒を見てもらえるし、温かい食事も食べられるしね」そう言った。

おどろいたことに、イズィドルは反対しなかった。そして翌日には荷物をまとめていた。厚紙製のトランクふたつと衣類を詰めたビニール袋を見たときは、パヴェウも良心がちくりと痛んだが、それもほんの一瞬だった。

「きちんと面倒を見てもらえるし、温かい食事も食べられる」こんどはじぶんに言った。

十一月に初雪が降り、それから雪は降りつづけた。部屋は湿気のにおいがした。パヴェウは、部屋を暖められるぎりぎりの大きさの電気ストーブをひっぱりだしてきた。寒さと湿気にテレビは震えたが、動いてはいた。パヴェウは天気予報を追い、すべてのニュースを見た。それらはかれにはまったく関係なかったけれど。どこかの内閣が変わった。どこかのだれかが銀色の窓に浮かんでは消えた。クリスマス休暇直前に娘たちが来て、かれは家から連れだされた。でも、その休暇の二日目には家に帰せと娘たちに言い、帰った途端に、スタシャの離れの屋根が雪の重みでつぶれているのを目にした。雪はもはや部屋の中にまで降りこめ、うすい層になって家具の上に積もっていた。空っぽの食器棚、テーブル、かつてボスキ老人が眠っていたベッドや、サイドボードの上にも。最初、パヴェウは、寒さと凍結から物をまもろうとした。でも、じぶんひとりでは重い家具を運び出せないと考えなおした。それに、そうしたところで何になる？

「まずい屋根を作ってくれたもんだな、父さん」かれは家具に向かって言った。「父さんの屋根板が腐ってたんだ。俺の家は建ってる」

春の風が壁を二枚吹き倒した。スタシャの家の居間はがらくたの山になった。夏、スタシャの花壇に、イラクサとタンポポがあらわれた。その間には、色鮮やかなアネモネとシャクヤクが、やけになって咲いていた。野生化したイチゴが香りはじめた。腐敗と破壊がぐんぐん進行するさまに、パヴェウは驚嘆した。まるで家の建築は、空や大地の本質に真っ向から反するとでもいうかのよう、壁を立てて石を上まで交互に積むことが、時間の流れに逆行するとでもいうかのようだった。この考えは、かれの背筋を凍らせた。テレビで国歌が終わり、画面は砂嵐を映した。パヴェウは家中の灯りをつけて、すべての棚を開けはなった。

かれは、きちんと畳まれたシーツや、テーブルクロスや、ナプキンや、タオルを見た。その端に触れ、ふいに体中が、ミシャへの恋しさでいっぱいになった。それで、枕カバーの層を引っ張りだすと、そこに顔をうずめた。カバーは石鹸と清潔さと秩序のにおいがした。ミシャのような、あるいは以前の世界のような。パヴェウは棚から、そこにあるすべてを取りだしはじめた。じぶんとミシャの服、木綿の肌着とズボン下、靴下の入った袋、ミシャの下着、かれにとってはあまりになじみの彼女のペチコート、なめらかなストッキング、ベルトとブラジャー、彼女のブラウスとセーター。つぎに取り掛かったのは、ハンガーにかかったスーツ（その多くが肩章付きで、戦時中を思い出させた）、ベルトを通したままのズボン、硬い襟付きのシャツ、ワンピースとスカート。かれは女性物のグレーのウールのスーツを長いことしげしげ見ていたが、これは、布地を買って仕立屋に持っていき、作ったものだと思い出した。ミシャは上着に大きめの襟とポケットをオーダーした。パヴェウは棚の上段から帽子とスカーフを引っ張りおろした。下の段からはバッグを出した。つめたく、つるつるしたその中に、死んだ獣の内臓を抜こうとするみたいに手を突っ込んだ。床には、めちゃくちゃに置かれた物の山ができた。これを子どもたちに分け与えるべきだと、かれは思った。でも、アデルカは出ていった。ヴィテクもそうだ。ふたりがどこにいるかさえ知らない。それから、死んだ者の衣服だけ、分けてやればよいと思いついた。なにしろ、じぶんはまだ生きている。

「俺は生きているし、まあまあ元気だ。まだやれる」かれはひとりごち、柱時計から、もう長いこと弾いていないじぶんのバイオリンを取りだした。

楽器を持って家の前の階段に出ると、かれは演奏し始めた。まず「最後の日曜日」、それから、「満州の丘に立ちて」。電灯に蛾が集まり、かれの頭上をくるくる舞った。翅と触角で編んだ後光。かれは演奏しつづけた。埃まみれで硬くなった弦が、一本、また一本と切れるまで。

イズィドルを老人ホームに送り出そうというとき、パヴェゥは、受け入れ先の修道女に、状況のいっさいをあきらかにしようと努めた。

「もしかしたら、それほど年寄りではないかもしれませんが、病身でして、それに障害もあります。私自身、衛生局の検査官で」パヴェゥは「検査官」という語をとくに強調した。「事情には通じていますが、かれに適切な世話をしてやれる保証はできなかったのです」

イズィドルはよろこんで引っ越した。そこからは、墓地に近い。そこに母と父、それにいまは、ミシャも眠っている。パヴェゥが家族の墓を完成できず、ミシャを両親のとなりに埋めなければならなかったことがうれしかった。イズィドルは毎日、朝食が終わると、着替えて出かけて、墓の傍でしばらく過ごした。

でも、老人ホームの時間は、ほかとはちがうように流れた。流れがほかより細いのだ。ひと月ごとにイズィドルは衰弱し、ついには墓への訪問ができなくなった。

「たぶんわたしは病気です」かれはじぶんの世話をしているシスター・アニエラに言った。「たぶん、もう死にます」

「でも、イズィドルさん、あなたはまだお若いし、力だってありますよ」かれを励まそうと、修道女が言った。

「わたしは老人だ」かれは言い張った。

かれは絶望していた。かれはこう考えた。じぶんの老いが、第三の目を開こうとしている。その目はあらゆるものを見透かす。そして世界がどんなふうに動いているのか理解させるのだ。ところが、なにもあきらかにはならなかった。ただ骨が痛み、眠れなくなっただけだ。だれひとりとして、かれを訪ねてこなかった。死人も、生きている人間も。夜、かれはあるイメージを見ていた。かれの記憶にあるままのルタと、地理的なヴィジョン。がらんとした空間に、多角形や楕円形が浮かんでいる。イメージは、見るたびぼんやりと淡くなっていき、その形は歪み、輪郭をうしなっていった。まるでそれらは、かれといっしょに年を取っていくようだった。

もう、リストを作る力は残っていなかった。でも、ベッドから身体を引き離し、世界の四様を見つけるために、建物中を歩きまわっていた。一日中、これをしていた。老人ホームは神の視点で作られておらず、北向きの窓がなかった。まるでこれを建てた者たちが、老人たちの気分を損ねないように、四つ目の、世界でもっとも暗い部分を、否定しようとしているみたいだった。それでイズィドルはテラスへ出たり、壁から身を乗り出したりしてみなければならなかった。すると、建物に沿った角の向こうに、終わりのない暗い森と、街道のリボンが見えた。そして冬は、北への視線をかれから完全に奪った。テラスが閉鎖されたのだ。それでイズィドルは、サンルームと呼ばれる場所で、安楽椅子に座っていた。そこではテレビが絶え間なくざわめいていた。イズィドルは北のことを忘れようとした。

かれは忘れることをおぼえた。忘却はかれに安らぎをもたらしてくれた。そしてそれは、かつてかれが予想していたよりも簡単だった。森のことや川のことを、たった一日考えなければそれでいい。ママのことや、栗色の髪を切りそろえたミシャのことを考えなければ、家のことや四つの窓のついた屋根裏を、たった一日考えなければ、次の日にはそれらのイメージは薄く淡くなり、しだいに輪郭をなくしていくのだ。

ついにイズィドルは歩けなくなった。あらゆる抗生物質や放射線治療にもかかわらず、かれの骨と関節は硬くなり、いかなる動きも拒んだ。かれは個室のベッドに寝かされ、そこでゆっくり死んでいった。

死は、イズィドルであったなにものかの、システマティックな分解のプロセスだった。それは急速かつ不可逆的なプロセスで、自己完結的で、きわめて効果的でもあった。老人ホームで使っているコンピュータから、不要な情報を削除するみたいに。

はじめに消え始めたのはアイデア、思考、抽象的な概念。イズィドルが生涯かけて懸命に得てきたものだった。四様の物は突然消えた。

線　四角形　三角形　円

加　減　乗　除

音　言葉　イメージ　シンボル

慈悲　美　力　支配

倫理学　形而上学　認識論　存在論

空間　過去　現在　未来

幅　長さ　高さ　時間

左　上　右　下

闘争　苦悩　罪悪感　死

根　茎　花　実

酸っぱい　甘い　苦い　塩辛い

冬　春　夏　秋。

そして最後に、

西　北　東　南。

それから、かれの好きな場所が消え、好きな人びとの顔が、その名前が消え、ついには人びとすべてが、忘却の彼方に沈んだ。イズィドルの感覚も消えた。昔経験したある驚愕（ミシャが最初の子どもを産んだとき）、ある絶望（ルタが去ったとき）、あるよろこび（彼女から手紙が来たとき）、確信（事物の四様を発見したとき）、恐怖（じぶんとイワン・ムクタが発砲されたとき）、誇り（郵便局からお金を受け取ったとき）、そのほか、多くの、多くのこと。それから、ほんとうの最後、ついにシスター・アニエラが、「亡くなりました」と言ったとき、あの空間が現れ始めた。それはイズィドルのなかにあった、地のものでも天のものでもない空間、それらはちいさな部分に砕かれ、崩れ落ち、永遠に消えていった。それは、ほかのなによりも恐ろしい、崩壊のイメージだった。戦争よりも、火事よりも、星の爆発や、ブラックホールの破裂よりも。

そのとき、老人ホームにクウォスカがあらわれた。

「遅かったわ。かれは亡くなりました」シスター・アニエラが彼女に言った。

クウォスカはなにも答えなかった。イズィドルのベッドのわきに腰かけた。そしてかれの首に触った。イズィドルの体はまだ温かかったけれど、もはや息をしていなかったし、心臓も動いていなかった。彼女はイズィドルの上に屈むと、こう耳打ちした。

「おいき、どんな世界にも立ち止まっちゃだめだ。帰ってこようなんて思うな」

クウォスカは、イズィドルの体が運び出されるまで、そのそばに座っていた。一晩中、次の日も一日中、ベッドのわきに留まり、絶えずなにかをつぶやいていた。そしてイズィドルが永遠に去ったと確信したとき、ようやく彼女は出ていった。

ゲームの時

神は老いた。第八世界で、神はもはや老いていた。神の智慧は日ごと弱まり、もはや穴だらけだ。言葉は曖昧になった。世界も同様だった。それは智慧と言葉から生まれたのだから。空は乾いた樹のようにひび割れている。地はところどころ朽ち、いまや、人や獣の足元で崩れ落ちている。世界の端は擦り切れ、塵になりつつある。

神はじぶんが完璧であることを欲し、踏みとどまろうと決意した。動かず、その場にとどまる存在。その場にとどまり、崩れぬ存在。

「世界の創造からは、なにも生まれなかった」神は考えた。「世界の創造からはなにも導かれない、なにも発展しない、なにもひろがらない、なにも変えない。まったくの無駄だった」

神に死は存在しなかった。ときどき神が死にたくなることはあったが。人びとが死ぬように。神がかれらを世界に閉じ込め、時間に縛り付けたのだが。ときどき人びとの魂は、神をすり抜け、神のすべてを見通す視界から消える。そういうとき、神はもっとも寂しく思う。なぜなら神は知っているのだ。神の彼方に不変の秩序があることを。それは可変のもののいっさいを、ひとつの図案につないでみせる。その秩序には神自身すら含まれて、そこでは、過渡的で散漫に見えるもののいっさいが、時間の外で、同時に、かつ永遠に、存在し始めるのである。

街道でキェルツェのバスを降りたとき、アデルカはまるで目が覚めたような気がした。いままで眠りのなかにいて、人生という夢を見ていた気がした。ある町で、ある人びとと過ごす夢、こんがらがってぼんやりした事件が起きる、人生の夢を。アデルカは頭を振ると、森を通ってプラヴィエクにつづく道を見た。両側にシナノキが並木をつくる、それはヴォデニツァを遮る暗い壁。すべては、昔のままだった。

彼女は立ちどまり、肩のバッグを掛けなおした。じぶんのイタリア製の靴とラクダの毛のコートも見た。じぶんがまるで雑誌のグラビアの女性みたいにうつくしく見えること、大都会から来た人間みたいに見えることを、彼女は知っていた。高いピンヒールでバランスを取りながら、彼女は前進した。

森を抜けると、空全体が突然ひろがり、その大きさにおどろいた。空がこんなに大きいことを、彼女はすっかり忘れていた。まだ知らないべつの世界さえ、すっぽり覆ってしまうくらい。彼女はこんな空をキェルツェで見たことはなかった。

家々の屋根を見て、ライラックがぐんぐん繁っているさまに、じぶんの目が信じられなかった。そして近づくと、一瞬、心臓が凍りついた。スタシャ・パプガの、つまり伯母の家がなかった。家があった場所には、空がひろがっていた。

門を開けると、彼女は家の前に立った。扉も窓も施錠されていた。中庭に入った。雑草が繁っていた。彼女めがけて、孔雀みたいに色鮮やかな、小型種の鶏たちが駆けてきた。そのときアデルカの頭に浮かんだのは、父もイズィドルおじさんも、もう死んでしまったということ、それをだれも彼女に知らせてくれなかったということ、いま彼女は、〈テリメナ〉で買ったコートとイタリア製の靴を身に着け、空き家に帰ってきたということだった。

彼女はスーツケースを置くと、煙草に火をつけ、果樹園を通って、かつてスタシャおばさんの家が建っていた場所に出た。

「おまえ、煙草なんか吸ってるのか」ふいに声が聞こえた。

彼女は機械的に煙草をその場に捨てた。喉に、父を前にかつて感じた子どもの頃の恐怖がこみあげた。そして目を上げ、かれを見た。かれは、かつて伯母の家のあった場所、ガラクタの山のあいだの、キッチンスツールに腰かけていた。

「パパ、なにしてるの」おどろいて彼女は尋ねた。

「家を見張っている」

彼女はなんと言っていいかわからなかった。ふたりは黙って互いを見た。

父が一週間は髭を剃っていないことが見てとれた。顎髭はもう真っ白で、まるで顔に霜が降りたようだった。彼女はかれが、ここ数年ですっかり年老いたことに気がついた。

「わたし、変わった?」

「老けたな」ふたたび家に目をやりながら、父が答えた。「みなとおなじだ」

「なにがあったの、パパ。イズィドルおじさんはどこ？　だれも手伝いに来てくれないわけ？」

「俺から金を欲しがり、家を乗っ取ろうとするやつばかりだ。まるで俺がもういないとでも言うように。だが、俺はまだ生きている。おまえはどうして母さんの葬式に来なかった？」

　アデルカの指は煙草を求めていた。

「今日はね、わたしは万事順調だってパパに言いに来ただけよ。卒業して、働いてる。もう大きい娘もいるの」

「どうして息子を産まなかった？」

　彼女はふたたび、喉になじみの塊を感じ、そしてもう一度、じぶんが目覚めたばかりのような気がした。キェルツェは存在せず、イタリア製の靴もラクダの毛のコートもない。時間は後退している、浸食された川岸に寄せる波のように。それはふたりを過去へ押し流そうとしている。

「そうならなかっただけよ」彼女は言った。

「どこも娘ばかりだ。アントシャのところに二人、ヴィテクは一人娘、双子のところに二人ずつ、それにおまえも。俺はぜんぶおぼえている、ぜんぶ数えているんだ。それでいまだに男の孫がない。おまえにはがっかりさせられたな」

　アデルカはポケットから煙草の箱を引っ張りだして、つぎの一本に火をつけた。

　父は煙草の先の火を見ていた。

「おまえの旦那は?」

アデルカはふかく吸いこむと、煙の雲をふうっと吐いた。

「夫はいないの」

「棄てられたのか?」かれが尋ねた。

彼女は踵を返すと、家の方に向かった。

「待て。家は施錠してある。ここは、コソ泥やらあらゆる人間の屑ばかりだからな」

かれはゆっくり彼女のあとについてきた。そしてポケットから鍵束を出した。父が一番目、二番目、三番目の鍵を開けるのを彼女は見ていた。かれの手は震えていた。彼女はじぶんが父より大きいことにおどろいた。

父につづいてキッチンに入り、すぐに、火の消えた暖炉と焦げたミルクの懐かしいにおいを感じた。彼女はそれを、煙草の煙のようにふかく吸いこんだ。

テーブルには汚れた食器が置きっぱなしで、その上を蠅がだるそうに這っていた。陽光が蠟引きのテーブルクロスにカーテンの模様を描いていた。

「パパ、イズィドルおじさんはどこ?」

「イェシュコトレの老人ホームに入れた。もう年を取ってよぼよぼだったからな。それから死んだよ。みな、行きつくところはいっしょだ」

アデルカは椅子から衣類の束をどけて、腰をおろした。彼女は泣きたかった。靴のヒールに、土塊と乾いた草がはさまっていた。

「イズィドルがかわいそうなんてことはない。世話をしてもらって食事も食べさせてもらえるようにしたんだから。俺よりずっと恵まれてたはずさ。俺は全員の世話して、どんな物だって見張らなくちゃならない」

彼女は立ちあがり、居間に入った。父は、娘から目を離さずに、ぎこちなくあとを追ってきた。彼女はテーブルの上に、灰色になりかけた下着類が積んであるのを見た。肌着、ズボン下、パンツ。新聞紙の上に、インク台と木製の取っ手のついたスタンプが載っていた。彼女はズボン下を手に取り、はっきりしないインクの跡を読んだ。「パヴェウ・ボスキ、検査官」

「盗まれるのさ」父が言った。「洗濯紐から、ズボン下さえ盗もうって奴がいる」

「パパ、わたししばらくここにいるから。掃除をするし、ケーキも焼くわ……」アデルカはコートを脱ぎ、椅子に掛けた。

セーターの腕をまくり、テーブルから汚れたカップを片付け始めた。

「やめてくれ」パヴェウの声が、思いがけずするどく響いた。「だれかに家事をやってほしいなんて思っちゃいない。じぶんで完璧にできる」

彼女はスーツケースを取りに庭に出た。それから、汚いテーブルにいくつかプレゼントを置いた。クリーム色のシャツとネクタイを父に。チョコレートの箱とオーデコロンをイズィドルに。そしてしばらく、手に娘の写真を持っていた。

「わたしの娘よ。見たい?」

パヴェウは写真を受け取り、目をやった。

「だれにも似とらんな。いくつだ」

「十九」

「その間に、いったいなにをしていたんだ」

彼女はふかい息をついた。言うべきことはたくさんあるのに、それらがすべて頭から飛び去ったように思われたから。

パヴェウは黙って贈り物をまとめると、部屋のサイドボードのほうへ運んだ。鍵束がじゃらじゃら鳴った。それから、サイドボードのオークの扉にきつく取り付けられた、エナメルを貼った鍵をがちゃがちゃかける音が聞こえた。彼女はキッチンを見まわし、すでに忘れていた物を思い出した。タイル張りの暖炉のわきのラックに、二重底の皿が立てかけてあった。スープがすぐに冷めないように、下の底に熱湯を注いで使うのだ。棚には、小麦粉、コメ、ひきわり、砂糖、と青い文字で書かれた陶製の容器が置いてあった。彼女がおぼえている限りでは、砂糖の容器はひびが入っていた。居間に通じるドアの上に、イェシュコトレの聖母のイコンの複製が掛かっていた。そのうつくしい手は、コケティッシュなしぐさでなめらかな胸元をひらいていたが、乳房があるはずのその場所は、血の滴るちいさな肉片、つまり心臓で赤く染まっていた。そしてついにアデルカの視線は、陶製の本体と精巧な抽斗のついたコーヒーミルにとまった。居間からは、サイドボードをがちゃがちゃ開ける鍵音が聞こえた。ほんのしばらくためらったのち、彼女は棚からミルを下ろすと、それをスーツケースにしまった。

「帰ってくるのが遅すぎた」父が戸口で言った。「すべて終わった。あとは死ぬだけだ」

かれは笑った。まるですばらしい冗談を言ったとでもいうように。父の真っ白い歯が一本も残っていないのが見えた。そしてふたりは、黙って座っていた。アデルカの視線は、蠟引きのテーブルクロスの模様をさまよったあと、スグリのジュースの入ったポットにとまった。ジュースに小蠅が浮いていた。

「わたし、ここにいてもいいのよ……」彼女はささやき、煙草の灰がスカートに落ちた。

パヴェウは顔を窓に向け、汚れた窓ガラスから果樹園を眺めた。

「俺にはもうなにも必要ない。もうなにも怖くないいんだ」

彼女は父が、なにを言いたいのか理解した。立ちあがると、ゆっくりコートを着た。そして、霜の髭で覆われた父の両頬に、ぎこちなくキスをした。彼女は父がじぶんを送りに門まで来ると考えたが、かれはすぐに瓦礫の山に行ってしまった。そこにはまだ、かれのスツールが置いてあった。

街道に出てようやく、ここがアスファルトで覆われていることに気がついた。シナノキは彼女には、前よりちいさく思われた。柔らかな風がシナノキから葉を落とした。その葉はスタシャ・パプガの雑草の生い茂る畑に降り積もっていた。

ヴォデニツァ近くでアデルカは、ハンカチでイタリア製の靴を拭き、髪を直した。それから、バスを待って、停留所で小一時間も座っていなくてはならなかった。バスが来たとき、乗客は彼女一人だった。

アデルカはスーツケースを開けると、コーヒーミルを取りだした。ミルのハンドルをゆっくり回し始めると、運転手がバックミラーから、おどろいたような視線を投げた。

訳者解説——万物の共生の物語

オルガ・トカルチュクは、いまや世界でもっとも読まれ、訳され、愛されているポーランド語作家だ。一九八九年の民主化を経て、厳しい検閲も、西側の翻訳文学への制限もなくなり、あらゆる本があふれかえるポーランドの文学市場で、時代の空気を読み、それを独自のスタイルで表現しえた作家がトカルチュクだった。意識的に、「女性」の視点を取り入れ、意識的に、時事問題から距離を置く。難解でないのに、どこか哲学的な物語をつづる文体は、修辞的で華やかでありつつシンプルだ。そうした文学は、当時のポーランドできわめて新鮮に映った。一九九三年の文壇への本格デビュー以来、コンスタントに作品を発表、国内外の受賞は数知れない。『逃亡派』(二〇〇七)で国内最高の文学賞であるニケ賞を四度目の候補を経て受賞、『ヤクブの書』(二〇一四)で再びのニケ賞受賞、さらには二〇一八年、『逃亡派』の英訳がポーランド文学で初めてマン・ブッカー国際賞を受賞したことは記憶に新しい。

本作『プラヴィエクとそのほかの時代』（Prawiek i inne czasy）は、そんなトカルチュクの長編三作目だ。ドルノ・シロンスクの国境の村タシュフ付近、ポーランド南西部に位置する架空の村プラヴィエクを舞台に、八四の断章で描かれる、（おもに）人間の日常が、ポーランドの激動の二〇世紀を浮かび上がらせる。一九九六年に出版されると、コシチェルスキ財団賞や「ポリティカのパスポート」賞（文学部門）など数々の高い評価を受けて国内で多くの読者を獲得、国外でも二〇カ国語以上に翻訳され、芸術的にも商業的にも、彼女の作家としての地位を決定づけた。この地域の同時期、つまりヨーロッパの旧共産圏で、その大変革期に出版された小説のなかでも最重要な作品のうちに数えられ、中東欧の現代文学の、すでに「古典」とさえいってよい。

中欧的断片と神話的トポス

この小説の特徴として、まず断片的な表現形式が挙げられるだろう。これは長編第一作『書物の人びとの旅』（一九九三）以来、変奏を重ねながら頻繁に採用されている、トカルチュクに特徴的なスタイルだ。作家によれば、こうした断片性は、ポーランドが属する中欧の地域的・歴史的特性を反映している。なにしろ、この地の歴史は複雑だ。大国からの侵略によりたびたび領土変更を強いられ、土地は帰属を変えてきた。トカルチュクは自らを、「東欧」ではなく、「中欧」の作家と位置付けているが、もし「中欧文学」という括りがあるとすれば、そうした、暴力的とさえいえる歴史の介入、歴史的不連続に由来する断片性こそが、それを語るキーワードになる。

そしてだからこそ、「独立」や「連帯」といった歴史や政治を語ることがこの国の芸術の長い間の使命であり伝統でもあったのだが、それらに倦みつかれた人々が驚きをもって発見したのが、ささやかな日常と神秘が隣りあう、トカルチュクの文学だった。プラヴィエクとは、常に歴史上、不安定さを強いられてきたポーランド全体の縮図であるが、ここには「蜂起」や「民主化運動」を率いる英雄など登場しない代わりに、だれの人生もかけがえがなく、無常で、繰り返されない。

その断片性によって、国や地域の不安定で流動的なアイデンティティを表象する本作は、他方で、全世界についての創世神話でもある。神話はいつでも「聖なる中心」をさだめることから始まるが、本作もプラヴィエクが「宇宙の中心」であると高らかに宣言することから始まるのだから。この聖なる場所で、「天」を意味する「ニェビェスキ」一家と「神」を意味する「ボスキ」一家が、結婚によって結びつき、それぞれに「家」をつくり、子孫を残す。すべてが始まり、出現し、じぶんの名前を与えられる。語句の反復、比喩、擬人化、形容辞の多用といった手法も、断章を重ねるスタイルとあいまって、本作に福音書のような趣を加えている。

なお、トカルチュクは一九九〇年代末に行われたインタヴューで、本作が「子供時代や祖父母の描写、子どものころに夏になると出かけた場所」と結びついており、本作がじぶんに「近い」のは、「じぶんが根差している場所について、もっとも言うべきことがある」からだと述べている（キム・ヤストレムスキのインタヴュー）。ポーランド西部の国境地帯で生まれ育ったトカルチュク自身の経験が、作中に登場する実在の地名やその描写と架空の神話的トポスを架橋しているのである。

「時間」についての物語

とはいえ、これはなにより、時間についての小説だ。「プラヴィエク」とは「太古」を意味し、それはたくさんの「時」の積み重ねで出来ている。

物語は一九一四年夏、若い粉挽き職人のミハウ・ニェビェスキが、ロシア皇帝の軍に加わって戦地に赴くところから始まる。ミハウがプラヴィエクに戻ってくると、娘のミシャは五歳になっていた。戦後、ミハウとゲノヴェファにイズィドルが生まれる。病を患っているが、感受性豊かで、とても賢い。一九三〇年代、ミシャはボスキ家の長男パヴェウと結婚する。ミシャは六人の子を産み、一人は早くに亡くなる。五人はみな村を去り、それぞれの家族を持つが、だれもプラヴィエクには戻らない。クウォスカの娘でイズィドルが恋したルタもブラジルに永遠に去ってしまうし（南米はじっさいにポーランドから多くの移民を受け入れた）、スタシャ・パプガの息子も、シロンスクの大学に進学したまま帰らない。戦後財産を没収された領主ポピェルスキも、この辺境から都会へと去る。

この物語は一見すると、たとえば『ブッデンブローク家の人びと』のように、家族の歴史をめぐる年代記、「ファミリー・サーガ」を思わせるかもしれない。本作の家族も、マンの描いたそれのように激動の歴史に翻弄される。しかしこれが典型的なサーガでない点は、一族の没落や成功が社会全体の発展や混乱と直結せず、むしろ、家族が「歴史」に積極的に参加しているわけではないことにも明らかに見て取れる。プラヴィエクでは、「大文字の歴史」は、個人的な人生の後景に退く。双子が猩紅熱にかかったとき、パヴェウにとってスターリンの死はほとんどどうでもよかったし、ミシャが脳出血で入院していたとき、国を挙げての連帯運動の動向は家族の眼中になかった。ユダヤ人の大虐殺はゲノヴェファにはかつての恋人エリの死として経験され、反共組織として社会主義国で危険視された「ラジオ・フリー・ヨーロッパ」も、イズィドルにとってはブラジル行きの航空券を得るための単なる宛先に過ぎない。

大文字の歴史とは、換言すれば、男性から見た歴史である。この物語で男性の系譜に、「続き」がないのはそのためで、パヴェウ・ボスキは娘に尋ねる。「どうして息子を産まなかった」。息子の欠如、それは歴史の終焉とおなじだ。

作家はパヴェウの問いへの答えを、キリスト教的な終末観とその超克という形で示してみせる。領主ポピェルスキが憂鬱になったのは、じぶんたちが生きている世界とは、「可能な限りのうちで最上のもの」ではないという、グノーシス的な確信からだった。かれがラビから与えられた「インストラクション・ゲーム」では、神は世界を一つどころか八つも創り、その世界ごとに違うことを考えている。たくさんの矛盾の結果として生まれる世界は、もはや神の公正な意志の成果ではなく、きまぐれと偶然の産物に過ぎない。不変のはずの神さえも変わり、年を取る。そんな世界は恒常的でも絶対でもなく、むしろ混沌に満ちている。領主は、世界が終わりに向かっており、「現実は腐った木のように倒壊する」と考える。歴史が衰退に向かうとみるのは、パヴェウ・ボスキもおなじだ。ふたりは現実を無意味だとみなし、確かなものはなにもないという結論に達して絶望する。もしも神がいないなら、価値をあらわすものは何もない。

ところが作家は本作で、おのおのの瞬間、過ぎゆく時間、「変化」の中に宿る神を示した。それは異教的な神、自然の神、汎神論の神ともいえるかもしれない。そんな神はしたがって、ときに「まったくいない」ことすらある。一方、もし人が神の似姿であるならば、つまり、もし人間がじぶんたちを、完全で不変な神と同一化するならば、それは絶望しか生み出さない。生は、本来不完全で儚いものにもかかわらず、時間は止められないと知ったとたんに、領主やパヴェウにとってのように、意味がないものになってしまう。

しかし永遠だけがすばらしいのではなく、過ぎてゆくものもまたすばらしい。もし神を、あらゆる「未完」や「不完全」のなかにも見出すことができるならば、なにかに優劣をつけることも、他者を軽んじることも、もっとずっと難しいものになるはずだ。ひとはみな生まれ、育ち、老いて、死ぬ。そのプロセスは、それぞれに個性的であり、それぞれにしかない輝きを放つ。

そして本作はこうした、「共生の思想」ともいうべきものを、男性ではなく女性の系譜をつなげることであらわしている。これを象徴するのが、トカルチュク作品に頻出するキノコのモチーフだ。動物でも植物でもない、この曖昧な存在が、子や種ではなくて菌糸によって水平かつ偶発的に結ぶ関係は、父を最高位として垂直に伸びる家父長的ヒエラルキーを破壊する。キノコは女性的世界の表象であり、ここから「歴史」はまったく違って見えてくる。菌糸体の連なりには、上も下も始まりも終わりも見つけられない。この新しい歴史においては、勝利も変革も意味を持たない。大事なのは、勝つことでも奪うことでもなく、護ること、与えること、世話をすること、つなげること。その名が場所でもあり、時間でもある「プラヴィエク」から始まった小説は、一九八〇年代後半の「アデルカの時」で幕を閉じる。ミハウの孫にあたる彼女が、この先、べつのどこかで新しい歴史をつないでいくことが示唆されている。

この解説執筆中、トカルチュクがノーベル文学賞（二〇一八年）を授与されたとの報を受けた。作家としての社会的責任に敏感で、日ごろから政治的発言を辞さない彼女は、ポーランドがかつては多民族国家で、それゆえに豊かな文化遺産を受け継いでいること、その一方でユダヤ人の虐殺行為に関係したポーランド人も存在したことを指摘して、急激に右傾化する国内の歴史修正主義者らの怒りを買い、一時は命の危険さえ感じることもあった。指摘はこれが初めてでなかったのに大騒動に発展したのは、これに先立ち発表された大部の歴史小説『ヤクブの書』が、「ポーランド的性質」を構成する要素として「ユダヤ社会」の影響を強調していたことにもよる。しかし当時もいまも脅しに屈せず、彼女の態度は毅然としている。そして先ごろ、受賞が決まった直後のコメントはこうだ。

わたしは文学を信じています。人をひとつにし、わたしたちがみなすごく似ていることを教えてくれる文学を。わたしたちが見えない脅威によってつながっているという事実に気づかせてくれる文学を。世界を、生きたひとつの全体であるかのように語る、それがわたしたちの眼前でたえず発展しつづけていて、そこに暮らすわたしたちが、ほんのちいさな、でもそれと同時に力強いその一部なんだと語る文学を。

他者への共感や弱者への温かいまなざしに貫かれた本作は、発表から四半世紀近くが経過しようとしているが、作品は古びることなく、それどころか、時代に即した新しい意義を得ているように感じられる。

翻訳に際して、松籟社編集部の木村浩之さんに大変お世話になりました。お声がけいただいてから一〇年が経ってしまいましたが、数々の温かいご助言とご尽力に心より感謝申し上げます。

二〇一九年一〇月　小椋彩

【訳者紹介】

小椋　彩（おぐら・ひかる）

北海道大学文学部卒業、東京大学大学院人文社会系研究科博士課程単位取得退学。博士（文学）。
現在、北海道大学大学院メディア・コミュニケーション研究院助教。

専門はポーランド・ロシアの文学・文化、比較文化。
訳書にトカルチュク『昼の家、夜の家』、『逃亡派』（ともに白水社）などがある。

〈東欧の想像力〉16

プラヴィエクとそのほかの時代

2019年11月30日　初版発行
2022年 6月30日　第2刷

定価はカバーに表示しています

著　者　オルガ・トカルチュク
訳　者　小椋　彩
発行者　相坂　一

発行所　松籟社（しょうらいしゃ）
〒612-0801　京都市伏見区深草正覚町 1-34
電話　075-531-2878　　振替　01040-3-13030
url　http://www.shoraisha.com/

印刷・製本　亜細亜印刷株式会社
装丁　仁木　順平

Printed in Japan

 ISBN 978-4-87984-383-8 C0397